家鴨與野鴨的投幣式置物櫃

Isaka Kotaro

伊坂 幸太郎

アヒルと鴨のコインロッカー

目錄

004 **總導讀** 奇想・天才・傳說 張筱森

家鴨與野鴨的投幣式置物櫃 011

353 **解說** 廣辭苑與寵物殺手的巴布・狄倫 張筱森

總導讀

奇想・天才・傳說

張筱森

雖然是篇談論伊坂幸太郎的文章，不過請先讓我稍微離題談一下二〇〇六年的第一百三十四屆直木獎。這屆的大事當然是東野圭吾在五度鎩羽而歸之後，終於以《嫌疑犯X的獻身》獲獎；可說是了卻他一樁心願，也替其出道二十年錦上添花一番。東野連續五度提名五度落選的事蹟，讓日本大眾文壇和讀者之間開始悄悄地流傳著一個聽來有點辛酸的名詞「東野圭吾路線」，意指不斷被提名、不斷落選，然後過了該得直木獎年紀的作家。而東野總算在第六次的提名擺脫了這個看似不太名譽，不過差一步就會變成傳說的不幸陰影。但是在東野終於獲獎的這樣可喜可賀的事實背後，其實也存在著一名極爲有力的「東野圭吾路線」候選人，那就是本文主角——伊坂幸太郎。

伊坂幸太郎，一九七一年出生於千葉，畢業於位在仙台的東北大學法學部。小學時和一般小孩一樣閱讀各式各樣的兒童讀物，年紀稍長之後開始看當時流行的國產娛樂小說，如：都築道夫、夢枕獏、平井正和等人的作品，高中時因爲看了島田莊司的《北方夕鶴2/3殺人》後，成了島田書迷。而在高中時，因爲一本名爲《何謂繪畫》的美術評論集，啓發伊坂認爲能使用想像力生存是件非常幸福的事情，而小說恰好可以一人獨立從頭開始，自己應該也辦得到；因此他決定在進入大學之後開始創作，再加上喜愛島田的作品，便選擇了寫推理小說。進入大學之後則開始閱讀純文學，尤其喜愛諾貝爾文學獎得主大江健三郎的作品。

也因爲他將對運用想像力的憧憬著力於小說創作上，於是各項具有想像力的元素都漂浮在其作品中，如法國藝術電影、音樂、繪畫、建築設計等等，使得讀者在閱讀推理小說的同時，也彷彿看了一場交織著奇異幻境寓言、生命哲思與青春況味的文藝表演。

巧妙地融合脫離現實生活的特殊經歷以及不可思議的冒險活動，一向是伊坂作品的創作主軸，這種奇妙組合，正是伊坂風靡了無數熱愛文學藝術的青年讀者的重要原因。

這樣的他，在一九九六年曾經以《凝眼的壞蛋們》獲得山多利推理小說大獎佳作，不過一直要到二〇〇〇年以《奧杜邦的祈禱》獲得第五屆新潮推理小說俱樂部獎後，才正式踏上文壇。奇特的故事風格、明朗輕快的筆觸，讓他迅速獲得評論家和讀者的熱烈歡迎，不光是在年度推理小說排行榜上大有斬獲。二〇〇三年以《家鴨與野鴨的投幣式置物櫃》拿下吉川英治文學新人獎，二〇〇四年則以《死神的精確度》獲得日本推理作家協會短篇部門獎，更在二〇〇三到二〇〇六年間以《重力小丑》、《孩子們》、《死神的精確度》、《沙漠》四度獲得直木獎提名，可以看出日本文壇對他的期待和重視。

伊坂到二〇〇六年爲止總共發表了八部長篇、四部短篇連作集和一篇短篇愛情小說。因爲喜歡島田，而決定創作推理小說的伊坂，打從一出道就以推理小說新人獎得獎作《奧杜邦的祈禱》獲得各方注意；然而《奧杜邦的祈禱》卻長得一點都不像讀者們所熟悉的推理小說模樣。伊坂曾經說過，「寫作的時候，我並不喜歡描寫眞實的現實生活，而是想寫十分荒唐無稽的故事。」《奧杜邦的祈禱》正是這樣特殊，有著前所未有的奇特設定的一部作品。一個因爲一時無聊跑去搶便利商店的年輕人伊藤，意外來到一座和日本本土隔絕一百五十年的孤島，孤島上有個會說話、會預言未來的稻草人優午。優午告訴伊藤，自己已經等了他一百五十年，而伊藤這個外來者將會帶來島上的人所欠缺的東西。留下這般謎樣話語之後，優午就死了，而且還是身首異處、死得相當悽慘。這短短幾句描寫，就能夠看出伊坂作品最顯而易見的特殊之處：「嶄新的發想」，我想很難有讀者在看了這樣奇異至極的開頭，而不繼續往下翻去，畢竟「會講話的稻草人謀殺案」實在太過特殊。而這種異想天開、奇特的發想，就成了伊坂作品中一個非常重要而且難以模仿的特色，在他往後的作品當中都可以看到這樣的特色，以死神爲主角的《死神的精確度》便是個好例子。

然而空有奇特的發想，沒有優秀的寫作能力也無法讓伊坂獲得現在的地位。第二作《Lush Life》便是讓讀者更認識伊坂深厚筆力的作品，畫家、小偷、失業者、學生、神、心理諮商師等等眾多人物各自在五個故事線中登場、彼此的人生互相交錯。如何將這五條線各自寫得精采絕倫，而在彼此交錯時又不落入混亂龐雜的境地，最後將所有故事線收束於一個點上。伊坂在敘事文脈構成上展現了高超的操控能力，就像不斷地在本作出現的艾雪的畫一般地令人目眩神迷。複雜的敘事方式中包含著精巧縝密的伏線，並且前後呼應，而此極爲高明的寫作方式，在第四作《重力小丑》、第五作《家鴨與野鴨的投幣式置物櫃》中也明顯可見。

筆者和大部分的台灣讀者一樣對伊坂最早的認識來自於《重力小丑》一作，對於本作中那幾乎只能以毫無章法來形容、或者可說是某種文字遊戲的章節名稱印象深刻。但在閱讀了伊坂的其他作品之後，便能夠理解日本文藝評論家吉野仁所指出的伊坂作品的一種極爲另類的魅力來源——「將毫無關聯的事物組合在一起」，像是「鴨子」和「投幣式置物櫃」明明是毫無關聯的東西，卻成了小說。或是書名爲《蚱蜢》內容卻是殺手的故事，這樣的奇妙組合讓伊坂的作品乍看書名就能吸引讀者的目光一探究竟。而更引人注意的是，這樣看似胡鬧的作法，也散見於每部作品的內容和登場人物的言行之中。在《家鴨與野鴨的投幣式置物櫃》中，主角的鄰居甫一登場就邀他一起去搶書店，而目標僅僅是一本《廣辭苑》!?在《重力小丑》中，春劈頭就叫哥哥泉水一起去揍人。然而在這些登場人物的異常行動，或是令人不由得笑出聲來的詞句背後，其實隱藏著各種人性的黑暗面。《奧杜邦的祈禱》中，仙台的惡劣警察城山毫無理由的殘虐行徑、《重力小丑》中的強暴事件、《魔王》中甚至讓這樣的黑暗面以法西斯主義的樣貌出現。伊坂總以十分明朗、輕快並且淡薄的筆觸，描寫人生很多時候總會碰上的毫無來由的暴力。如此高度的反差，點出了一個伊坂作品世界中的重要價值觀——在面對突如其來的暴力時，該如何自處？該怎麼找出最不會令自己後悔的生存方式？

如果將毫無理由的暴力推到最極致，莫過於「死亡」了，只要是人，難免一死，那麼人類該怎麼和終將來臨的死亡相處？從《奧杜邦的祈禱》中的稻草人謀殺案起，這個問題意識就一直在伊坂作品的底層流動，筆者想隨著此次伊坂作品集出版，讀者在全部讀過一遍之後，應該也都能得出屬於自己的答案。

而在熟讀伊坂作品之後，讀者便會發現伊坂習慣讓他筆下所有人物產生關聯，先出現的人物一定會在之後的作品登場。像是深受台灣讀者喜愛的《重力小丑》兩兄弟，也會在之後的某部作品中出現，這樣的驚喜也十足地展現了伊坂旺盛的服務精神。

在文章開頭提到伊坂是極有力「東野圭吾路線」候選人，如實地反應出日本讀者和評論家對於伊坂遲遲不能獲獎的難以理解。但是筆者忍不住想，就這樣成爲直木獎史上的傳說，似乎無損於伊坂的成就。畢竟就像日本推理天后宮部美幸說的：「伊坂幸太郎是天才，他將會改變日本文學的面貌。」身爲一名讀者，能夠和一位不斷替我們帶來全新小說的天才作家相遇，就是一種十足的幸福。

作者介紹

張筱森，任職傳統產業。喜歡推理、恐怖、科幻作品。偶爾翻譯、偶爾寫文章。

No animal was harmed in the making of this film.

（本片製作過程中，沒有任何動物受到傷害。）

——電影片尾字幕常見的但書

如果是肚子餓而搶劫水果店的藝術家，或許還可以理直氣壯一些，但我卻是手持模型槍，守在書店外頭把風。不知是因爲時值夜晚，還是因爲腦袋一團混亂，我並沒有罪惡感。硬要說的話，對我父母是有點內疚。我的雙親經營一家小鞋店，採行由於低價策略的量販店在附近開張，鞋店的經營狀況不是很好，他們仍讓我升大學，還願意爲獨居的我支付生活費。如果他們責備我「送你上大學不是爲了讓你做這種事」，我也只能謝罪：「是，你們說的一點都沒錯。」

這是一家位於狹窄縣道沿線的小書店。

過了晚上十點，儘管國道就在附近，四下卻是一片陰暗，也沒有車聲，周圍只有幾棟舊民宅零星散布，完全不見行人蹤影。

豎立在書店停車場旁的招牌並不醒目，等間隔排列的路燈又每一座都很老舊，或許因爲如此，薄雲覆蓋的夜空中朦朧暈滲而出的月光反倒顯得明亮。

其實沒下雨，整個城鎮卻顯得一片陰濕，濕漉漉地沉在夜裡。每一棟民宅看上去都黑黝黝的，彷彿裡頭的居民全進入了夢鄉。

書店外牆是單調的裸露水泥壁面，當然不可能有熱鬧的裝飾霓虹燈。

這應該是一家年代久遠的自營書店，規模不大，約莫是靠白天賣漫畫給附近的小孩，晚上賣色情雜誌給開車前來的年輕人，才能夠勉強維持經營吧。是一家現今相當罕見、感覺與布擇子十分相襯的書店。

我們抵達的時間恰好是打烊前，停車場裡的車子接二連三開走，最後只剩一輛老舊的白色轎車，大概是書店店員的吧。

我們特意選在快打烊的時候過來，因爲我們不是來買書的。

我斜瞄著店面入口，穿過建築物側面與磚牆之間的縫隙，繞到書店後方。牆間寬度雖不至於無法伸展手腳，頂多也只能容一人通過。店內燈光從嵌在後門上的玻璃小窗透出來。

我站在這扇門前。木質紋路的門板，門把是銀色的，玻璃小窗的位置正對著我臉部的高度。那是一塊霧面玻璃，我只能像從混濁的海面窺看水中似地確認店內的狀況。

磚牆旁有一株不知名的樹，修長而低垂的樹枝朝著我伸展，枝椏彎曲的角度彷彿正打算從上方襲擊而來，也像是在對我發出恫嚇。

一旁擺著空調室外機和塑膠水桶，空氣中瀰漫著一股混合了灰塵與小便的氣味。

得把模型槍拿高才行——我突然想到，連忙將手裡的模型槍湊近窗玻璃。

地面在晃。本來以爲是地震，但根本沒事，只是我的腿在抖罷了。

眞窩囊。我感到一陣悲哀。

我哼起巴布·狄倫（註一）的歌。

「你要做的事很簡單。」河崎是這麼說的。

的確不複雜。說眞的，一點技術性也沒有，誰都辦得到。

拿著模型槍，站在書店後門，如此而已。唱十遍巴布．狄倫的〈隨風而逝（*Blowin' In The Wind*）〉，如此而已。每唱完兩遍就踹門，如此而已。

「眞正動手搶劫店家的人是我，你只要顧好後門別讓店員逃走就行了。」河崎說：「悲劇總是從後門發生。」

而這位河崎已衝進即將打烊的書店，搶劫《廣辭苑》（註二）去了。

店內傳來聲響，我嚇了一跳，右腳一退，鞋子踩上雜草。踏著泥土的觸感很噁心，我起了雞皮疙瘩。

風並不大冷。剛從關東搬來的我，一廂情願地認爲東北的四月應該還很冷，想不到完全不是那麼回事。也就是說，明明不冷，我卻在發抖。仰頭望天，雲朵完全遮蔽了月亮。

我握緊模型槍，一面踢門，一面回想起剛搬來的那一天。那不過是短短兩天前的事。

註一：巴布．狄倫（Bob Dylan，一九四一—），美國歌手、詩人、作曲家。美國代表性的藝術家之一，影響當代文化甚鉅。

註二：岩波書店出版的中型辭典，是日本最有名的國語辭典之一。

◇ 現在 1 ◇

兩天前，剛搬到這個鎮上的我，首先遇到貓，接著遇到了河崎。

一按下公寓的門鈴，便響起「叮」的輕快聲響，接著放開手指，響起的是「咚——」的長長尾音。

剛進入四月，距離櫻花綻放的時節似乎尚早，公寓入口處的獨株櫻樹依然光禿禿的，甚至有種堂而皇之的裸女氣勢。

我是上午搭新幹線來的，坐上公車抵達公寓，開始將送達的行李一件件拖進住處，忙著忙著轉眼便到了太陽西沉時分。

這棟雙層公寓是屋齡十五年的木造房屋，或許是外牆才剛重新粉刷過，在我看來就像新落成的一樣。

建築物正中央是一道樓梯，每一層樓的樓梯左右側皆有兩戶，一層共四戶。換言之，這是一棟全部只有八戶的小公寓。可能是「四」這個數字不吉祥的迷信依然根深柢固，一〇三號室的旁邊是一〇五號室。

各戶的玄關位在從正面大馬路無法直接看到的地方，所以很陰暗，雖然涼爽，仍有種潮濕的氣味。眼角瞥見天花板上爬行的蜘蛛，我決定當作沒看見。牆邊成團的灰塵掉落，一樣，當作沒看見。

我站在隔壁住戶的門前，留心端正姿勢。要是裡面的人出來應門，我給人的第一印象將會透過門上的魚眼窺孔決定。

沒人應門。門的另一頭聽不見可愛女大學生的應聲，也沒有粗魯的巨漢冷冷走來的腳步聲。

鄰居究竟是怎樣的人呢？若說我沒有期待，那是騙人的。若說沒有不安，那也是騙人的。

我的手再次放到門鈴上，按了下去。「叮」的躍動聲響之後，「咚——」地拖著長音。

平日的小鎮，閑靜得猶如無人居住，門鈴聲被櫛比鱗次的民宅牆壁吸了進去。我轉頭望去。

搞不好……我心想。

搞不好小鎮的居民們正待在某處的高臺，從上方觀察、評論著剛搬來的我。不然就是，某處正召開攸關全鎮居民的重要集會，唯獨我被排除在外。

明明不可能，腦中卻掠過這樣的不安。我等了一會，放棄了。認識鄰居這件事就留待下一次，我回到自己的住處——一〇五號室。

屋裡堆積如山的紙箱正等著我，對我施以無言的壓力。我不禁覺得，要這堆紙箱從世界上消失，簡直就像要軍隊從美國消失一樣不可能。絕對不可能。我在心裡說著洩氣話。我想，先消滅的應該會是美軍吧。

我看看座鐘，已過下午四點。

我決定面對現實，首先打開裝音響的紙箱，拿出喇叭和電線，將音響設置在南側的牆邊。一插好插頭，馬上放音樂來聽。

一個小時之後，貓來了。

曲子結束的時候，我聽見了叫聲。鋪木地板的四坪大房間另一頭，窗外是座小庭院，因爲沒有圍籬隔開，透過庭院可以往來於各戶之間。我知道貓應該在那附近，一開始並未放在心上。

但一會之後，那隻貓跳上窗框，用爪子抓起玻璃來，這我可受不了。

我慌忙開窗喝止：「欸，不要這樣。」但貓充耳不聞，輕巧地進到屋裡。

「喂，聽話啊。」

貓的動作非常迅速，很熟悉似地橫越房間溜進我剛裝上的窗簾裡，突然又探出頭來，接著鑽進角落的空袋子。我想揪住牠，跌跌撞撞地越過紙箱伸長了手亂抓。

那是隻毛皮滑順的貓，漆黑的短毛亮麗有光澤，沒戴項圈，長長的尾巴高舉朝向天花板，末端卻唐突地彎折。

一直抓不到貓，我不禁感到厭倦。不管了，要待就隨你便吧，到時候傷腦筋的是你。我回頭重新整理行李，沒想到我一沒搭理，貓便理起毛來了，動作充滿挑釁之意。這下應該抓得到了吧。我逼近牠，正想撲上去，貓卻突然跳起來。不曉得是口水還是飼料的味道，總之某種像是動物體臭的氣味掠過鼻腔。貓不知何時跳進空紙箱裡，愉悅地探出頭。

最後我又花了將近十分鐘，總算逮住牠。我從窗戶把牠放回庭院。貓瞥了我一眼，我提防牠又要跳進來，但貓只是一臉冷淡，就這麼走掉了。

「連聲招呼也沒有？」

生平頭一遭的獨居生活，值得紀念的第一位訪客竟是隻麒麟尾的貓，實在讓人高興不起來。

到了晚上六點，我仍遲遲無法決定每件行李的定位，乾脆先把不要的紙箱堆到門外。這時，我遇見了河崎，他就杵在那裡。

一開始我沒發現站在身後的他，自顧自哼著巴布．狄倫的〈隨風而逝〉。我以爲四下無人，唱得頗大聲，所以背後傳來「啊啊！」的聲音時，我嚇了一大跳，然後，覺得丟臉極了。

他站在我早些時候按過門鈴的一〇三號室前，手插在長褲口袋裡，大概在找鑰匙吧。

「巴布．狄倫？」他劈頭就問。我以僵硬但肯定的語氣回答：「巴布．狄倫。隨風而逝。」

他彷彿正親臨一個極重大的場合，一臉感動地點點頭說：「你搬來啦？」

「呃……嗯。」

他個子比我高，肩膀卻不怎麼寬，人很清瘦，偏短的頭髮沒有分線，有種隨興的氛圍。

「我剛到沒多久。」我指著他那一戶呑呑吐吐地說：「我剛剛去你門口打過招呼，可是你不在。」趁著還沒被指責，先辯解再說。

或許是曬黑了，他的肌膚呈深褐色，可能是沉迷衝浪或滑雪的那種人吧。

他穿了一身黑，黑襯衫搭黑皮褲。

這身服裝要是沒搭好，看上去會像鄉下地方的樂團成員，但他穿起來非常稱頭，約莫是個子夠高，顯得相當帥氣，很適合他。

我想起一句外國的諺語：「惡魔沒有畫上的黑。」

意思似乎是無論再怎麼壞的人，還是會有某些良善之處，或者是指，沒有百分之百的壞人。我記得不是很清楚。

我試著想，這人搞不好是惡魔，因爲這一身服裝，應該沒有畫上看到的惡魔那麼黑。再者，看在老練的惡魔眼裡，才剛搬來、舉目無親的大學新生，肯定是上好的獵物。

「需要幫忙嗎？」他說。

「不用了，解決得差不多了。」我撒了謊。如果屋裡的狀況能夠稱爲「解決得差不多」，那麼在世界上發生的爭執應該大半都解決完畢了。

「哦？」他思忖般點了點頭，「那到我家來吧。」

他的鼻梁很高，嘴巴有點寬，眉毛深濃，一笑嘴角便往上揚。用髮雕塑型立起的短髮看上去充滿活力，惡魔的印象更強烈了。他應該比我年長吧。

該怎麼回應才好？我猶豫著，把紙箱換到另一手拿。

眼前的他開了口：「啊，對了，尾端圓滾滾來過了吧？」

噢，這一定是惡魔的語言！——我心想。

當然，他的住處格局和我的幾乎一模一樣。只有廚房和浴室的位置剛好對調，除此之外完全相同。

「我姓椎名。」我一報上姓名，他便說了聲：「眞難叫的名字。」然後打從心底覺得拗口似地歪了歪臉。「椎名，椎名，再追加一名——」他歌唱似地說道。

「那種冷笑話我聽過一百億次了。」我露出一副受夠了的表情。

「一百億？」

我向他說明，就是有那麼無聊的意思。

「那麼，這是一百億次紀念。」他從廚房裡拿出兩只玻璃杯和一瓶紅酒，默默拔著軟木塞，感慨地低語：「喏，乾杯。」接著說：「我叫Kawasaki。」

「哪個Kawasaki？三劃川的川崎，還是河童的河崎（註）？」

「哪個都可以。」他敷衍地說完便笑了。我推測應該是「河崎」。沒來由地，只是覺得「河崎」比較適合他。

「好。」他把杯子遞到我面前。其實我還搞不清楚狀況，只是覺得人家遞過來的東西就該接下。

「乾杯。」

我不習慣酒精，而且我未成年，不過，我多少也明白酒精恐怕是學生生活不可或缺之物，便毫不猶豫地拿起了酒杯。看著紅色酒液，讓我有種成熟大人的錯覺。

「呃，是爲了什麼乾杯？」我探問道。

「爲了一百億呀。」

「哦……」

「還有慶祝我們的邂逅。」

「邂逅……啊。」這個理由比較能接受，但總覺得毛毛的。「我只是搬過來……而已。」

「我在等人搬過來。」

「遲早會有人搬來啊。」

「沒想到竟是個唱巴布·狄倫的男生。」

「哦……」我只覺得是自己的糗事被揪出來恥笑，忍不住想低下頭。

兩只酒杯一碰，發出輕脆悅耳的聲響。紅酒的味道比想像中順口，我鬆了口氣。

「尾端圓滾滾來過了吧？」他又重複那句話。

「你剛才也提過，是在說什麼啊？」

「貓。」

「哦哦……」我小心不讓杯子倒下，謹慎地放到地毯上。「那隻貓，有啊，來過了。是河崎先生養的貓嗎？」

「不用加『先生』，叫我河崎就好。」

「是河崎養的貓？」

「直呼名字，感覺親近多了，對吧？」河崎說。確實，略去敬稱，距離感一下子便縮短了，不過距離縮短不見得是好事。

「這棟公寓很早就住了個老外，總是用敬語說話，完全熟絡不起來。」

註：日文姓氏「川崎」與「河崎」都念成kawasaki。

「哦……」比起同意他的意見，我反而是在「老外」一詞的發音裡聽出類似輕蔑的歧視語氣，對他多少起了點戒心。

「那隻野貓很可愛吧？尾巴後段像折彎的石楠樹枝，前端圓滾滾的，所以叫『尾端圓滾滾』。」

「牠常來嗎？」

「你說尾端圓滾滾？」

「對、對。」我甚至感到一種若不同意他，就沒辦法繼續談下去的氣氛。

「貓啊，通常會去拜訪寂寞的人。」

「換句話說，牠上我那裡去，是因爲我寂寞？」

「你被牠看穿了。」河崎面不改色地說道，又補上一句：「黑貓尤其厲害。」

「說到黑，你不也穿了一身黑？」

「很像惡魔吧。」他自己也承認。

「還好啦。」其實我也這麼覺得——再怎麼樣我也說不出這種話，只好說：「很像隻黑狗。」很像是一隻鼻子高挺、背脊筆直、威風凜凜的狗。

「其實，我是死而復生。」河崎歪著頭，目不轉睛地凝視我：「完全是個惡魔，對吧？」

「從死亡復生？」

「從回天乏術的狀態。」

我不禁緊張起來，話題該不會扯到詭異的方向去了吧。「死」或「復活」這些字眼，應該更謹慎地說出口才對。

我環視屋內。什麼都沒有，地上隨意擺著一臺手提音響，一旁散放著錄音帶和雜誌，靠牆有一面穿衣鏡，除了簡易的衣櫥和電話，沒有任何稱得上是家具的東西。沒有報紙，也沒有坐墊和靠墊，籠統地說，就是沒有生活感。被堆積如山的紙箱占去所有空間的我的住處雖然很糟，他的住處單調無趣的程度也相當驚人。要是把我的行李搬一半過來，剛好可以平衡吧。

「你是學生嗎？」河崎問。

「是啊，從後天開始。」

「那今天呢？」

「今天？」

「到後天之前你還不是學生吧。」

「我今天……？是什麼呢……準、準學生嗎？」我給了個平凡的回答，「河崎，你呢？也是學生嗎？」

「我的事不重要啦。」

角落有一張小茶几，上頭擺著手鏡和一罐造型髮雕，還有電動刮鬍刀。我的視線回到河崎身上，他肯定是很講究外表的人，總覺得散發出一種成熟的氛圍。

「眞是太剛好了。」喝了一口酒之後，河崎突然說道。

「剛好？」就算惡魔開心地對我說「眞是太剛好了」，我也不覺得高興。

「我正好想做一件事。」

「想做一件事……這樣啊……」聽起來也像是在暗示同性之間的性關係，我不由得害怕起來。

「我正在等一個契機。那件事需要人手幫忙。」

「呃，我不記得說過要幫忙……」

「不是什麼大不了的事。」

我低頭看著還沒喝完的紅酒，遲遲無法判斷該不該繼續喝下去。內在的我低語：我應該立刻離開這裡。

「我剛才提過，這棟公寓裡住了一個老外，對吧？」河崎說。

「你是指那個講話都用敬語的外國人？」

「對。他就住在隔壁的隔壁。」

「一〇一號室啊。」我在腦中畫出公寓的草圖。一〇一號室是越過中央樓梯，最靠邊的一戶。「是哪一國人呢？」

「老外每個看起來都一樣啊。」河崎不知覺得哪裡好笑，張大嘴笑了好一陣子：

「不過肯定是從亞洲來的。」

「亞洲很大耶。」

「他的年紀比你大一點點。」

「是留學生嗎？」

「應該是。」河崎點點頭。

「你們不大熟？」

「說熟算熟，說不熟也算不熟。」

「你說那個外國人怎麼了？」

「恰好是前年的這個時候，他常關在屋裡不大出門，變得很消沉。」

「是思鄉病發嗎？」

「發生很多事。」河崎似乎知道原因，卻不打算向我說明。

「這樣啊……」「很多」眞是個方便的用詞。

「其實，之前他一直和女友住在一起。」

「啊，眞令人羨慕。」只有這個時候，我是發自眞心地脫口而出。面對即將展開的大學生活，在我的感覺裡「女友」與「同居」就是終極目標之一。「他是和女友分手，意志消沉嗎？」

「猜對了，椎名。」河崎指著我說。

「那麼，那個不大出門的外國人怎麼了？」

「我希望他打起精神來，所以想送他一份禮物。」

「這主意不錯。」我嘴上說著，卻一點也不覺得哪裡好。

「他一直很想要一本辭典。」

「辭典？」

「他平假名和漢字都看不懂，卻想要辭典，很有意思吧？只要有辭典，總會有辦法。他是這麼想的。」

「我好像可以理解。」我嘴上說著，但當然一點也不瞭解。

「他呀，想翻辭典查兩個詞。一個是『窩囊廢』，他一直以為這是一種水果。」

「另一個詞呢？」

「『加油』。他的國家使用的語言裡沒有這個詞。」

「是哪個國家啊？」

「亞洲的某個國家吧。」

「對喔，你剛剛說過了。」

我想差不多該回去了。一方面是，明明坐著人卻十分疲憊，另一方面，我也掛心在屋內等著我的紙箱們。最重要的是，我開始覺得恐怖，要是繼續待在這裡，可能不消多久我就會被逼著買下昂貴的壺或衣櫥了。

「所以，」河崎說：「我想送他辭典。」

「我覺得很好啊。」不妙，再不走不行了。我直起身子。

「不能是一般的辭典，要很厚、很豪華的辭典。」

我坐立不安，盤算著站起的時機。

「我要去搶一本《廣辭苑》。」

河崎的話直衝進耳裡，起初我以爲自己聽錯了。

「你說你要做什麼？」

他張大鼻翼，難掩興奮的神情，揚起嘴角說：「我要去搶一本《廣辭苑》。」

我啞然失聲。有一種地面抽離、唯有我一個人浮在半空中、被拋棄的感覺。我知道自己顏面的皮膚陣陣痙攣。

「所以，」他繼續說：「要不要一起去搶書店？」

我學到一個教訓：沒有敢搶書店的覺悟，就不該去向鄰居打招呼。

◇ 二年前 1 ◇

那個時候，正在四處尋找失犬的我，首先遇到一隻被輾死的貓，接著遇到了一群殺害寵物的年輕人。

一輛以超乎常理的速度從我身旁呼嘯而過的深藍色轎車，發出「嘰——」的煞車聲，往左彎過轉角不見蹤影之後，旋即傳來一聲短促的「咚」的聲響。

空氣中瀰漫著宜人的溫暖，彷彿只要時間對了，全鎮的櫻花都將一齊綻放，然而聽到那道聲響的瞬間，我全身發冷。

我慌忙衝了出去，跑下平緩的坡道，奔往深藍色轎車左彎的轉角。

時間是傍晚五點過後，逐漸西沉的夕陽，慢慢將城鎮的表面染成一片赤紅。

那道「咚」的聲響，有一種在身體內側震盪般的獨特音色，所以我知道——被撞了。

「What happened?（怎麼了？）」我身邊的金歷·多吉一面跑，一面用英語問道。

「車子，」我調勻呼吸，想讓自己冷靜下來，「車子好像撞到什麼了。」

「車子，嗎？」多吉用結結巴巴的日語問我。

「嗯，好像被撞了。」

「黑柴，嗎？」

我偏著頭看他，講這什麼不吉利的話！——我差點發火，還是吞了下去。「黑柴」是我上班的寵物店走失的柴犬，正是我和多吉從剛才一直在市區裡四處尋找的狗。

因爲是黑色的柴犬，所以叫「黑柴」。這樣命名或許太隨便，但作爲商品分類的標記倒是不壞。而在牠失去商品價值的現在，我們只是繼續這麼叫牠罷了。

「黑柴，非常遺憾。從今天開始你不再是商品，要降級成朋友了。」這是店長麗子姊兩個月前對滿四歲的黑柴所說的話。黑柴相當可愛、相當聰明，價格也壓得相當低了，還是賣不出去。我想可能是因爲牠的鼻子天生歪一邊，這個外表的缺陷比起牠各種「相當」的優點都要來得醒目吧。

心臟劇烈地跳動，我胸口都痛起來了。我快步走下坡道，多吉隨後跟上來，這名二十三歲的不丹人健步如飛。

世界充滿諷刺，這一點我也明白，所以早有心理準備。找了大半天找不到的狗，可能會在歸途中以被撞死的姿態出現在我們面前。

很平常的黃昏。城鎮似乎屏住聲息，窺視著意外現場。路上不見任何放學後的孩子，可能是上下學路線沒經過這裡吧。這一帶是新興住宅區，只見配色大同小異的房舍櫛比鱗次。某處傳來開窗的聲音，或許哪戶人家也聽見了剛才的煞車聲，但很快又關上了。

因爲是下坡路，我又走得急，不小心踉蹌了一下。我雙腳踩穩開始小跑步，鞋子好幾次差點掉了。

我想起麗子姊。要是黑柴被撞了，她會露出什麼表情呢？

麗子姊擁有彷彿不屬於這個世界的雪白肌膚，總是面無表情，從不表露情緒。聽說曾有客人把麗子姊誤認爲店裡的擺飾人偶，恐怕未必是玩笑話。那張標致到幾乎毫無現實感的臉孔，與其說是從事服務業的店長，更接近無血肉的櫥窗模特兒或蠟像。

不過，就算是那副模樣的她，要是得知自己疼愛的滯銷柴犬遭逢意外，應該也會皺起一道眉吧？

彎過轉角，車子早已不見蹤影，取而代之的是一隻小動物倒在馬路正中央。道路施工過後隆起的柏油路面上，那隻貓宛如沉睡般倒臥在人孔蓋上。

是貓。

不是柴犬。

不是黑柴。

然而，說不上是鬆了口氣，我反倒憂鬱了起來。那是一隻約四、五歲的黑貓，體格健壯，黑色毛皮雖然沾到泥土，仍非常漂亮。脖子被壓爛，露出骨頭，牠的腳尖一陣一陣地痙攣，令人不忍卒睹。有股動物特有的騷臭傳進鼻腔。

「好可憐。」

「眞，不幸。」我身後的多吉說著生澀的日語。

「這種時候，不該說不幸，應該是說不走運哪。」

「是罷。」多吉以不帶感情的平板腔調應道。多吉的英語非常流利，日語卻只能說一些簡單的單字組合。

他雖然以留學生的身分就讀大學，但一起念書的同學多半是來自海外的留學生，對話幾乎全用英語，應該沒什麼機會練日語。

和琴美妳說話的時候，我想盡量用日語——多吉這麼說，結果大多還是依賴英語。「是罷。」是多吉的口頭禪。遇到聽不懂的日語，或是窮於回答的時候，他幾乎都用這句話曖昧地回應。

不久，貓的身體不再動彈，吐長了舌頭，腸子從肚裡掉出來。我只求別讓牠曝屍荒野，便提議：「幫牠埋葬吧。」

於是多吉打開提著的紙袋，用英語說：「（裝進這裡，帶走吧。）」袋子裡只裝著回家路上買的T恤，他把T恤挾在腋下，將袋子交給我。我一打開袋口，多吉便毫不遲疑地蹲下身子，雙手捧起倒在人孔蓋上的貓。多吉的臉上沒有任何觸摸汙物的不愉快或嫌麻煩的表情，眞要形容，那氛圍甚至像是在進行農務、翻鬆泥土。

「（在不丹人看來，像這樣打算把牠埋起來，很奇怪嗎？）」我用英語問道。

「（因爲不丹沒有墳墓嘛，不是火葬就是水葬。）」

「鳥葬呢？」

「ㄋㄧㄠˇ ㄗㄤˋ？」

「（交由鳥處理屍體的葬法。）」

「（哦，是有那種葬法，不過現在幾乎沒人那麼做了。就算有，也只剩一些偏僻的地方吧。）」

我一直以爲鳥葬這種儀式是遠古的野蠻風俗，好奇心被激了起來。

「（妳在想：不丹人眞是野蠻，對吧？）」多吉簡直看透了我的內心。

「（日本也應該採用鳥葬的。）」我沒想太多，就這麼脫口而出：「（壞蛋們哪，全給鳥吃掉最好。）」

多吉露出潔白整齊的牙齒，很傷腦筋似地笑了。「（鳥葬不是殺人的手段，是爲死者治喪的方法耶。）」

「啊，對喔。」我笑了笑掩飾難爲情。

我們在鎮上徘徊，尋找可以埋葬貓的地方。我擔心紙袋底部可能會破掉，不由得走得有些大步。

「（不丹也會有被輾死的貓吧？車子數量可能不多，但都開得橫衝直撞，不是嗎？）」

「（不丹人開車眞的很亂來呢。因爲我們相信會轉世，一點都不怕死。）」他這話不曉得有幾分認眞。

淡淡地說「相信會轉世」的多吉，對我來說很新奇。我深切感受到，他果然是跟我不同世界的人。

我想起和多吉的初次邂逅。

那是約半年前的事。深夜一點過後吧，我走在路上，一名男子突然衝到大馬路上。那是一條沒有號誌的行人穿越道，而那名男子就是多吉。

他似乎打算衝去救睡在路上的醉漢。

高聲按著喇叭的3車號轎車（註）簡直像扭曲了法律條文，認爲倒在路上的醉漢就可以任意輾過，完全沒放慢速度，反倒加速衝來。

千鈞一髮——應該是吧，其實當時我閉起了眼睛。睜開眼時，只見多吉拖著醉漢，往人行道上拉。惹事的醉漢平安無恙，多吉卻受了不輕的擦傷。

我急忙跑過去，當時內心可能相當激動吧，又沒人拜託我，我卻連聲稱讚他的英勇，一邊斥責他的魯莽，吱吱喳喳地比手畫腳講個不停。

過了好半晌，多吉開口用英語說：「（我第一次遇到這麼吵的日本人。）」我才終於發現，他不是日本人。

註：日本的汽車分爲車牌以3開頭的普通乘用車，及以5或7開頭的小型乘用車，兩者依排氣量區分，所課的稅金也不同。

店家的招牌燈都已熄滅，唯有偶爾駛過身旁的計程車車燈這點程度的微弱照明，但就算不考慮光線狀況，多吉的外表看上去也完全是個日本人。

「（你受傷了，要不要去醫院？）」老實說，我不知道我的英語能力還不錯這件事，對多吉而言是幸或不幸？總之，我記得這個問題就是我們最初的對話。

多吉表明自己是來自不丹的留學生。

「（你爲什麼會衝出去救他？）」我問。他歪著頭納悶地說：「（不知道耶，當下直覺就……我自己也不知道爲什麼。）」

「（不過，你因此認識了我，以結果來說很幸運。）」

「妳，很樂觀。」多吉生澀地說完便笑了。

「（反正人遲早會死，不樂觀點怎麼撐得下去。）」

聽到這句話笑了開來的多吉，或許是在吟味這不同於自己國度的生死觀吧，但他什麼也沒說。

此時，我發現有股惡臭撲鼻而來。「（你身上好臭啊。）」

他一臉錯愕地說：「（會嗎？）」

豈止是「會嗎？」的程度。

我後來才知道，居住在乾燥高地的不丹人不常入浴，但那個時候我只想到：「（拜託你去沖個澡吧。）」總之先帶回我公寓再說。而醉漢，我記得最後就這麼拋下了。

我沒想到適合埋葬貓的場所竟然如此難尋。太陽已完全沒入地平線，往來車輛開始打亮車頭燈的時候，我們總算找到了一座兒童公園。

「這裡，嗎？」多吉以生硬的日語問道，一邊指著公園前方一塊寫著「禁止進入」的告示牌。他應該看不懂日文，可能誤以爲那塊板子上寫的是這座公園的名字吧。

那是一座種著杉林的公園，看起來占地很大，裡頭似乎正在進行防止土石崩塌的工程。「禁止進入」的告示牌上是這麼寫的。

但總不能一直帶著貓的屍體晃來晃去。稍微入侵公園一下，應該不會害誰變得不幸吧。我決定翻過圍欄。

「裡面，可以，進去嗎？」多吉的語氣很不安。

「（上面寫著，如果是一下子而已，沒關係。）」我對看不懂日文的多吉撒了謊。

還不到七點，在夜晚禁止進入的公園裡卻是冷寂又陰森，光是看到杉樹搖動的影子，就夠讓人惶惶不安了。

公園入口一帶設有滑梯和鞦韆等遊樂器材，再進去就是整片的樹林。往深處延伸的杉林一片漆黑，瀰漫著危險的氣味。高高伸展的杉樹彷彿準備刺穿天空，一逕擺動著樹葉。

公共廁所後方湊巧擺著鋤頭和鐵鍬。我挑了一支大一點的鐵鍬，朝樹林前進。

走了一段路，來到林子深處，多吉說「我來」，拿起鐵鍬便俐落地開始掘坑。可能是習慣這種勞動，他的動作非常熟練，一鍬、再一鍬，前端挖到石頭時，便徒手挑出來，又繼續挖。

杉葉擺動的聲音彷彿層層堆疊似地從天而降。

不到五分鐘，就挖出一個夠深的坑了。

我慎重地拿起紙袋移到腳邊，留意貓頭部的位置，慢慢地把牠拖出來。分不出是血腥味還是貓嘔吐物的餌臭味，一股腥臭撲上我的鼻子。我屏住呼吸。

我慢慢地把貓往坑裡放。本來想讓牠腳先著地，再整隻放平到泥土地上，卻沒抓好放手的時機，就這麼直接落進坑裡了。

多吉幫牠蓋上泥土。

「（不丹沒有墳墓啊？）」我問起剛才多吉提到的事。

「（因爲死掉的人會轉世啊。不管動物或人都一樣，全部重新洗牌。所以死了之後，做這種事也沒什麼意義。）」

「（原來有這樣的想法。）」我佩服地點頭。

「（我們只有這種想法啊。）」多吉說著，露出微笑。

填平坑之後，我退開一步，合掌閉上眼睛。左手手指沾了血跡，我要自己不去介意。

身旁穿著灰色運動服搭牛仔褲的多吉跟著做出同樣的動作。

「（爲了死掉的動物這麼大費周章，你會覺得怪嗎？）」

「（不會呀，也不是不能理解。）」多吉回答，「（而且，在妳的心中，狗和貓都是……）」

「是什麼？」

「查洛，吧。」

「（那是宗喀語（註）嗎？）」

「（是「朋友」的意思。）」

「沒錯。」聽他這麼說，我點了點頭，「比起人類，我更喜歡狗和貓。」

我說得很快，或許他沒聽懂吧，多吉只應了聲：「是罷。」

我想洗手，而多吉想喝咖啡，於是我們決定先留在禁止進入的公園裡休息一會。我在洗手臺洗了手，多吉去自動販賣機買了罐裝咖啡，我們在樹林旁一張孤伶伶的長椅坐下。

「辛苦了。」我說，多吉回道：「（沒能找到黑柴。）」

註：宗喀語（Dzongkha）是不丹的國語。

「（但找到一隻死貓。）」我半帶苦笑地說：「（對了，）」我想起白天發生的事，「（多吉眞的很像日本人耶，康子也完全沒發現。）」

「（因爲同樣是亞洲人吧。）」

「（多吉，你尤其像日本人。）」

白天我們搭市營公車前往市中心，路上偶然遇見我的朋友康子。在我說明之前，她一直以爲多吉是日本人。

「（因爲妳把我變帥了吧，）」多吉笑道，撫了撫自己的劉海。

當初相遇時，他的劉海幾乎呈一直線，我告訴他這種髮型在日本不流行了，拉著他上髮廊。

「（可是啊，）」多吉將視線從我的臉上移開，「（那個女生跟不丹有仇嗎？）」

「（爲什麼這麼說？）」聽到意想不到的話，我吃了一驚。

「（她一知道我是不丹人，突然變得很冷淡。）」

哦——我垂下眉，搖了搖頭。多吉看起來總是很豁達，不像會去注意瑣碎小事的人，實際上卻很敏銳地觀察著對方。

「（不是因爲你是不丹人，）」我跟他解釋：「（而是日本人不曉得該怎麼跟外國人打交道，所以會不知所措吧。）」

多吉只是挑了挑單邊眉毛。

「（像你大學的研究室，因爲有來自許多國家的留學生，或許不會有這種情形，但不習慣和外國人相處的日本人，一遇到外國人就會手足無措，其實沒有惡意。若要問爲什麼嘛……）」

「（爲什麼？）」

「（因爲日本是個島國。）」

「（拿這個當理由，太狡猾了。）」多吉語氣輕鬆地說。

「（可是，我之前也根本不曉得有不丹這個國家啊。）」

「（這可是一種侮辱。）」多吉笑了出來，「（妳應該說得更帶歉意一點吧。）」

我笑了笑，打馬虎眼。

「（不過，不丹的確很落後，完全比不上日本。）」多吉口吻嚴肅。

「（不丹才不落後。）」雖然沒去過他的國家，我卻語帶包庇。

「（不會嗎？很落後啊，而且不丹爲了保護自己國家的文化，還排斥外國的文化，雖然最近逐漸有在改變就是了。）」

「（根本不需要什麼外國的文化啦。）」

「（那樣的話，國家就富裕不起來，會不上不下的。不丹要是能早點變成像日本這樣就好了。）」

每次一聊起不丹與日本的差別，多吉就會失去冷靜，很像鄉下青年憧憬大都會，力陳都市的美好。不，根本就是這樣。

「（日本相當糟糕，全都是些笨蛋，不是笨蛋就是一臉了無生趣的大人。）」我總是拚命說服多吉，但他根本聽不進去。

「（就算全是笨蛋，在我看來，還是覺得日本人比較快樂。）」

「（我有一個認識的人去過不丹。）」

「是河崎先生，對吧？」多吉微笑。不丹人那無憂無慮的笑容，總是溫柔地撫慰著我。

「（你怎麼知道？）」

「（每次提到認識的人，琴美說的總是河崎先生。）」

我苦笑著說：「（那個人去了之後大受感動，一直稱讚不丹真是個好國家。）」

「（原來河崎先生去過不丹啊。）」多吉的眼睛亮了起來。

「（去過呀，應該沒錯。）」真恐怖，我心想。只有很短一段時間曾是我男友的那個可惡傢伙，竟造訪過現在與我一同生活的男子的母國，真是奇妙的緣分。

突然間，背後傳來刺耳的笑聲，我渾身一震。與其說是恐懼或驚訝，比較像是對突然冒出的人聲下意識地起了反應，害我的腳踝撞到椅腳。

我察覺多吉想回頭，在自己還沒意識到的時候，手已放上他的肩膀，跟他說：

「（別出聲。）」

或許應該盡速離開才對，但我選擇靜靜留在原地不動。

或許是出於好奇吧。不，是因爲恐懼。總之，我在長椅上縮起身子，側耳傾聽身後的對話。

「哈，爽透了。」一名年輕男子的聲音，鞋子踩著碎石子地的聲響愈來愈大聲。

「那傢伙叫得有夠淒厲的。」

「折磨哭哭啼啼的傢伙最爽了。」這是女人的聲音，像在吟詠俳句（註），還打著節拍。

對方似乎沒發現待在長椅這邊的我們，一逕往杉樹林走進去。我小心不發出聲音，悄悄地回頭。老舊的路燈下，那些人的模樣浮現出來。

兩名高個子的年輕男子，後面跟著一名女子，正搖搖晃晃地走著。三人都頂著黃褐色的染髮。兩名男子穿著西裝，女子身穿鮮豔的洋裝。我看見男子踹飛腳邊的雜草，連飛散的草屑都看得一清二楚。

「（誰？認識的人嗎？）」多吉小聲地問。

「（不認識。不過，感覺很可疑。）」

「年紀，比琴美，大吧。」

註：日本一種五、七、五共十七個字音的短詩。

只看背影不是很清楚，不過他們大概二十五、六歲，可能比二十二歲的我年長。

「他們，在做什麼？」多吉直盯著他們，納悶地問。

「你的日語進步了嘛。」雖然毫無關係，但我不禁脫口而出。

多吉在不丹的時候好像曾在酒店駐唱賺錢，音感似乎相當不錯。

我所收藏的CD，他只要聽過一次，馬上就能哼唱出來。我一直認爲語言能力不是一種知識或邏輯，比較近似音感之類的能力，所以我認爲多吉應該有語言天分。實際上，多吉學日語的時候，從不確認教科書或筆記上的日文，總是喜歡用耳朵聽、以嘴巴說的方式學習。

「日語，很難。」多吉繼續說：「（我搞不懂第一人稱的『boku』和『watashi』兩者的區別（註）。）」

「這倒是。」我同意。日語肯定是屬於難度高的語言。「（『boku』是男人用的，『watashi』是女人用的。）」因爲解釋起來太麻煩，我姑且這麼回答。

「（那使用『boku』這個第一人稱的話，就一定是男的了？）」

這時，傳來那幾個年輕人折返的腳步聲。

我和多吉同時轉回身子，把頭壓得比剛才還要低，藏身在長椅上。

「搞什麼，收穫竟然是零啊。」男子咋了咋舌。

「我看那些野貓呀什麼的，可能都沒了吧。」另一個男子回答，音質與剛才的男子很像。

「無——聊——斃——了——」女子拖著聲音說：「就跟你們說那種陷阱很難抓到東西，還是要一口氣多抓一點啦。」

「我看還是要衝那個嘍。就是店家啦，店家。」男子話說得很快：「直接衝去店家抓狗和貓來。」

「這個好。」另一個男子回應。

「可是，我們差不多該從虐待動物畢業，往上升一級了吧？」女子似乎很興奮。

「不不不，再練習一下比較好，先用狗和貓練習夠了再說啦。」

「我餓了。噯，廢話少說，先去老地方賴著吧？」女子講了鎮上一家速食店的店名。

「好耶、好耶。」男子說。

不知是他們說話聲太大，還是公園裡太安靜，三人的對話連身在遠處的我們都聽得一清二楚，杉樹彷彿也謹慎了起來，不再搖晃枝葉。

「話說回來，我得繼承我家老頭的店。」男子哀嘆的聲音傳了過來。「眞的假

註：日文的表現非常細膩，光靠第一人稱便能看出說話者的性別或個性。其中「僕（boku）」是男性用的第一人稱，相較於「俺（ore）」，給人一種較謙遜溫和的感覺。「私（watashi）」男女皆可使用，屬於比較中性、正式的第一人稱。

的？」另一人語帶鄙夷地提高了聲調。

「眞的啊，千眞萬確。」

「那不是很好嗎？當老闆耶。」女子的聲音裡也帶著嘲諷。

「到時候，我們就殺去你店裡順手牽羊。」另一人說。

「找份安定的工作很重要呀，就是這樣。」女子嚴肅地說：「在以前啊，能夠盡情享受用刑拷問的，都是那些不愁吃穿的貴族。」

沒完沒了的冗長對話，猶如怠惰的年輕人噴發出來的混濁氣息，我聽在耳裡，不禁渾身起了雞皮疙瘩。他們每說一句話，草木便爲之枯萎，花朵爲之凋零，天空變得狹隘。

「可是，我還想再玩玩那個耶。」男子似乎很遺憾，另一人立刻接話：「你說鉗子？」女子一聽，隨即發出高亢輕浮的冷酷笑聲：「沒錯，那隻貓眞是有夠讚的，超讚的，讚透了！」

聽到「貓」這個詞，再加上「鉗子」這個詞，我突然有種被重拳擊中心窩的感覺。這兩個詞其實很平常，然而組合起來，卻讓人感受到某種極端凶殘而陰森的東西，不快的感覺充塞整個胸口。我把耳朵豎得更高。

「我啊，比較喜歡那個。腳。」

「切斷腳？」男子一問，不曉得哪裡好笑，女子低俗地笑了起來。「那個啊，弄人的話也是同樣的方法嗎？」

「應該吧？」

緊貼著長椅椅背的我，因心跳加速而顫抖。

「（他們在說些什麼？）」幾乎是整個人縮躺在長椅上的多吉發現我的異狀，目不轉睛直盯著我：「（妳好像很生氣？）」

我湊近多吉，「（他們在說貓。）」

「（是同業的人嗎？）」多吉壓低聲音問。

那些人怎麼看都不像是寵物店的店員。我否定了。「（搞不好，他們正是那些虐待貓的人。）」原本期待說出口會舒服一點，卻沒什麼效果。

「（寵物殺手？）」多吉一臉若無其事，直截了當地說出這個名稱。

我的胃痛了起來，同時感到一股憤怒有如滾水注入血液。

大約三個月前，市內連續發生寵物遭到殺害的事件。通稱是寵物，但聽說當初受害的主要是野貓，不久，家犬與家貓也開始遭殃，許多家庭飼養的寵物紛紛被帶走，以殘酷的手法殺害之後拋棄。

不知是爲了殺害而加以凌虐，還是虐待致死，總之慘不忍睹的動物屍體在各處被人發現。

光是我知道的，就超過二十件。

可能因爲我在寵物店打工，很早就聽到這個傳聞，然而警方和報社卻是最近才開始注意這些事件。

新聞並沒有報導得很詳細，但我從店長麗子姊那裡聽來的內容簡直就是慘絕人寰。背部被挖出卍字型、皮被鉗子剝掉的柴犬，眼球被挖出來的三花貓，四肢連根切斷的臘腸狗。屍體不是被棄置在河岸，就是扔在便利商店的垃圾桶。

剛聽到這些事的時候，我明知搞錯對象，仍忍不住連連責問麗子姊：「警察到底在做些什麼？」

「又不是殺人，或許警察提不起勁吧。」麗子姊頂著那張看起來沒血沒淚的雪白臉孔，說出沒血沒淚的話來。

「麗子姊，妳不在乎嗎？」

「怎麼可能不在乎。」麗子姊那雙有如冰冷玻璃珠的眼睛凝視著我。不知是在瞪我或只是望著我，但她八成在生氣。

麗子姊會這麼掛心走丟的黑柴，也是因爲發生了殺害寵物的事件吧。突然從店裡消失的黑柴，或許是以自身的意志離開的。牠可能發現自己的自由與未來應該在寵物店的外頭，所以悄悄地溜走。若是如此就好了。否則，黑柴要是被寵物殺手帶走，下場實在教人不敢想像。

「那種事，一定是哪裡的年輕人爲了消磨時間而幹的。」麗子姊不知哪來的根據，一口斷定凶手就是小鬼頭。「要是凶手出現在我的面前，我絕對饒不了他。」她一拳揮向空中。

麗子姊！——我在內心呼喊著。搞不好，我撞見那群凶手了。彷彿呼應我的呼喚，杉樹又開始搖晃，低聲吟唱著：「怎麼辦？該怎麼辦才好？」枝葉們不負責任地煽風點火。

麗子姊說，虐待寵物是年輕人孤獨的娛樂，所以應該是單一凶手所爲，但此刻我的眼前有三個人。

「上次你們看到電視了嗎？」男子的聲音又在身後響起。他們還沒離開公園，似乎打算抽一、兩根菸才走，我聽見打火機點燃的聲音。

「有啊，看了、看了，話題開始熱了耶，這表示我們紅了嗎？」

「這樣以後就難下手了啊。」女子說道。

「我說啊，那個哭哭啼啼的飼主，長得眞是有夠醜的。」

另外兩人大笑。

「（錯不了。）」我很肯定，一邊按捺著想大叫的怒氣，對多吉說：「（那些傢伙，鐵定就是凶手。）」

「（是嗎？）」比起我來，多吉冷靜多了。

下一秒，多吉的眼中浮現怯意，而我的眼神一定也是如此吧。因爲我們身後傳來腳步聲，那三人突然匆匆移動。

一回神，我們坐的長椅正劇烈地搖晃。

有人踹椅背。

我反射性地站起，心臟幾乎要從體內蹦出，面對突如其來的恐怖襲擊，一時之間我無法明白發生什麼事。多吉也站起來，睜圓了眼。

眼前出現兩名年輕男子和一名女子，露出凶神惡煞的表情，瞪著我們。

「你們在這種地方幹什麼？」左側的男子噘著嘴說。

我學到一個教訓：入侵禁止進入的場所時，必須做好心理準備會面臨相當程度的風險。

◇ 現在 2 ◇

「請、請問一下……」我的聲音裡摻雜著猶疑與驚訝。

「遇到不懂的事，不要裝懂，應該問個清楚才是。」這是住在橫濱的阿姨常說的話。還很年輕、風姿綽約而且身材姣好的阿姨，是我很欣賞的女性，所以我總是盡可能遵循她的教誨。

「你說搶書店……怎會說到這上頭來呢？如果要送辭典，去書店買不就得了？」

「去書店搶一本《廣辭苑》也可以吧？」河崎滿不在乎地應道。

「這不是可不可以的問題，根本沒有偷的必要啊。沒錢的話我借你，把書送給那個外國人的時候，不必說出我的名字沒關係。」

我難得確定自己說了正確的話。不，我覺得我說的肯定沒錯。

「可以問你一件事嗎？」河崎顯得從容不迫，反問「什麼事？」的我卻是膽戰心驚。

「爲什麼不可以搶書店？」

我以爲這是玩笑話，但他的表情一本正經。

「這、這違反法律……」身爲一個即將進入法律系就讀的學生，這是理所當然的回答。我甚至覺得這是個值得嘉許的模範答案。

「你聽過這句話嗎？」河崎得意洋洋地說：「『當政治人物犯錯的時候，這個世上對的事情全是錯的。』」

「什麼？」

「現在日本的政治人物是對的嗎？」

「我還沒有選舉權……」

「政治人物並不是對的，換言之，法律是錯的。」大概是情緒激動，河崎連珠砲似地說。

「可是，這會給書店造成麻煩。」

「哦，」河崎點頭，「這倒是。」

「對吧？」

「不過，前提是那是一家好書店。如果是壞書店，被搶了也沒辦法。」

「你的意思是，你要搶的是壞書店？」

我留心著不弄翻酒杯，傾身向前。

「是壞書店哪。」河崎像是在客觀地陳述法則。他把軟木塞壓進酒瓶裡，一面拴緊，一面笑嘻嘻地說：「他們會販售封面摺到的書。」

我不禁傻住，「那樣就算是壞書店嗎？」

「以一家書店來說，不可饒恕。」

「但也不等於可以去搶劫啊。摺到的書，不管哪家書店多少都有一、兩本吧，你根本是遷怒。」

河崎像是在觀察，目不轉睛地看著我，打算只是默默聽我的意見。

「如果是書，用不著搶，付錢買就行了。」

「你聽過『夏隆的貓』的故事嗎？」河崎對我的話充耳不聞，唐突地問了這個問題。

「夏隆？」

河崎吐出一口氣，似乎有點緊張。如果有個牧師正要開始演說長年在他心中醞釀的小故事，應該就是這副模樣吧。

「夏隆，」河崎彷彿按捺急著說話的速度，緩緩地說下去：「夏隆和戀人馬龍住在紅磚色公寓的五樓。」

「夏隆是女的，馬龍是男的？」

「夏隆很喜歡從房間窗戶俯視外頭，總是從窗口望著馬龍回家來。」

「什麼跟什麼？」不是我自誇，我高中的時候，曾被登門拜訪的推銷員的花言巧語說動，差點買下數十萬圓的學習教材。我不安了起來，要是繼續聽下去，該不會又被騙吧？絕對不能重蹈覆轍。

聽下去就是了——河崎朝著我這個唯一的聽眾豎起食指。「某個雨天，夏隆從窗戶探出頭，發現底下有一隻小貓。那是一隻淋成落湯雞的小貓。」

「眞不想見到淋成落湯雞的小貓哪。」

「夏隆對馬龍這麼說：『我想要那隻濕淋淋的小貓。我想要那隻從這裡看得到的、被雨淋濕的可憐小貓。』」

「嗯？」

「馬龍很了不起，儘管才剛從公司下班回來，他立刻奔出家門，然後，抱著小貓返回。」

「馬龍萬歲。」不要聽，不要聽！——我在內心默念。是教材，他要拿出教材了。

「馬龍拿毛巾擦乾濕漉漉的小貓，交給夏隆。」

「眞是令人感動的一幕啊。」我一點都不感動。

「然而，夏隆卻生氣地說：『我想要的是從這裡看到的、被雨打濕的可憐的小貓。現下在這裡的，是被你抱著、一點都不濕的可愛小貓，對吧？這隻不是我想要的。』」

「這個故事眞教人心裡不舒服。」

「最後兩人分手了。」河崎彷彿想非常愼重地結束這個小故事，以恭恭敬敬的口吻說：「因爲馬龍生氣了。從此，馬龍和小貓幸福快樂地生活在一起。」

「嗯？」

河崎說完故事，露出一種鬆了口氣、又有些驕傲的神情，似乎很滿足。「跟這個一樣。」河崎說道，我慌了。

「什、什麼跟什麼一樣？」

「我也一樣。我不是想把《廣辭苑》當禮物送他，我不要用錢買的《廣辭苑》，我想要的是搶書店得到的《廣辭苑》。」

「莫名其妙嘛。」

「這跟夏隆想要的貓是一樣的。」

「什麼一樣，不是這個問題吧。」我支支吾吾起來，「反正，我覺得這是不對的。」

高級學習教材的惡夢再度襲來——這個句子掠過腦海。

「你要做的事很簡單。」

「啊？」

「真正動手搶劫店家的人是我，你只要顧好後門別讓店員逃走就行了。」

可不可以先等一下——我想這麼說，聲音卻卡在喉嚨。

「你只要守在後門，不斷踢門就行了。」

「後門？踢門？」

「我不想讓店員逃掉。」河崎繼續道。

「爲什麼？」如果要搶劫或是偷竊，店員不在比較好辦事吧。

「這個嘛……」河崎像是在思考理由，眼睛滴溜溜地轉：「要是店員逃走去叫警察就麻煩了，所以我想appeal我外面也有同伴。」

他說「appeal」的發音很美，我忍不住聽得入迷。

「就算店員從後門逃了，也不至於引發悲劇吧。」我覺得煩了，說得很不客氣。我發現我的臉很燙，是紅酒升高了體溫嗎？

有那麼一瞬間，河崎垂下眼。「悲劇總是從後門發生。」

哦，這樣。我沒當一回事，他又重複一次：「悲劇總是從後門發生。」哦，這樣啊。

「總之，我不會參與這麼危險的事。」我發出宣言。

「搶書店並不難。」河崎徹底地把我的宣言當成耳邊風。

「又不是難不難的問題。」

河崎直起身子，站了起來，走到房門邊，手伸進一個附了小抽屜的櫃子裡。看到他拿出來的東西，我不禁倒抽一口氣。那是一把黑色的手槍。

「這、這個……」

「模型槍。」河崎冷冷地說，把槍遞給我。

槍並不重，我戰戰兢兢地望進槍口，只是一個半開不開的洞，但上頭有擦痕及被削到的痕跡，看起來像眞槍。

「你要拿這個搶書店？」

「對。」一副完全若無其事的口吻。「放心吧，」河崎仍一臉認眞，點點頭說：「也準備了你的份。」

不是那種問題——我連解釋都辦不到。明明應該可以當場拂袖離去，或是露出曖昧的討好笑容聰明地逃回家，我卻沒這麼做。一方面腦袋被「夏隆的貓」的故事攪亂了，另一方面，河崎看起來不像是可疑的人。再者，我總覺得在這個即將展開獨居學生生活的時刻，不分青紅皀白地警戒周遭的人，實在是太沒種、太窩囊的行爲了。

「你不惜做到那種地步，也要送《廣辭苑》給那個外國人，對方會高興嗎？」我指著牆壁，一〇一號室應該是那個方向。

「會。」

「他不可能會高興。雖然我沒見過那個人，無法斷言，但我不覺得他會高興。」

「你最好不要見到他。」河崎挑起一邊眉毛說。看來像是個嚴肅的忠告。

「爲什麼？」

「我剛才說過了，他從某個時候就一蹶不振，把自己關在屋裡不出門。」

「不是因爲和女朋友分手嗎？」

河崎沒回答。

忽然間，我想起河崎說過「我是死而復生的人」這句話。「河崎，你眞的曾差點死掉？」

河崎露出像是被逗笑了的表情說：「病毒感染。」

「什麼病毒？」

「登徒子會染上的病毒。」河崎靜靜地說。他的外表看起來確實很受女性歡迎，但實在難以想像會致人於死的疾病究竟是什麼。這是某種比喻嗎？

「回到剛才的話題，」我的表情都扭曲了，「總之，別跟那個外國人交談比較好嗎？因爲他不會說日語？」

「尾端……」河崎這麼回答：「尾端圓滾滾可能幫得上忙。」

「那隻貓？」

「那隻貓會穿過那邊的院子，在公寓裡晃來晃去。窗戶打開，牠就會進屋，或許牠也會去那個老外的屋裡。」

「你的意思是，在貓尾巴上綁信，和外國人溝通？」我半信半疑。

「就是這個意思。」河崎微笑。

「傳信貓？」我苦著一張臉，納悶地說：「我不覺得這個方法行得通。」

「我也這麼覺得。」

「什麼嘛？」我疲於和初次見面的人進行這種支離破碎的對話了。

我決定離開這裡。於是，我說了聲「先走了」，便起身走到玄關。

「謝謝你的紅酒。」我撫了撫應該已變得緋紅的臉頰說。

「就算只有我一個人，我也會去搶書店。」河崎說得很乾脆。

「那是沒意義的啦。」

「要不要一起來？假如改變主意了，告訴我一聲。」

「你才應該重新考慮……」我抓起鞋子的後跟，「重新考慮一下比較好。」

接著我說：「我把電話號碼留給你。」雖然就住隔壁，難保什麼時候需要聯絡。河崎也把他屋裡的電話號碼寫給我。「手機號碼呢？」我問。他只是揮了揮手說：「我沒有手機。」

我一直以爲像我和河崎這種年齡的人，幾乎人手一支手機，所以有些吃驚：「哦，這樣啊。」

「女人會打電話到手機來，很煩。」他說。

聽起來像是半開玩笑，不過再看一眼河崎的外貌，我覺得很有可能。

「對了，告訴你一件重要的事。」

我不想漏掉任何重要的訊息，於是認眞地聽他說。

「鎭上有一家寵物店。」

「寵物店？鎭上？」

河崎說出店名，並說明大致的位置。那家店位在與鬧區拱頂商店街相交的小商店街上。

「我沒打算買寵物啊。」

「不是。你要小心那裡的店長。」

「啊？」

「那裡有個叫麗子的女人。要是你有機會遇見她，千萬別相信她。」

「寵物店跟相不相信有什麼關係？」

那家寵物店總不會跑來推銷教材吧？——我忍不住想這麼問。

「最好不要碰上她。碰上了也不要相信她。」

我想應該是不會遇上的。儘管心裡這麼想，我只是曖昧地應一聲，聳聳肩。

我避開傘筒打開門，走出屋外。風像在摸索似地輕撫著我，不知哪戶人家傳來燉煮咖哩的香味，撩撥著我的鼻子，胃轉爲準備迎接咖哩的模式。現在的我恐怕只能接納咖哩。

我回頭望向河崎。

雖然對他提議搶《廣辭苑》的事感到不解，我卻有種一定還會拜訪這裡的預感。

「怪人有兩種。一種是令人想敬而遠之的，另一種是出於愈怕愈想看的好奇心，還想再多打交道一陣子的。」阿姨以前這麼說過。事實上，她結婚的對象就是一個完全背離「認眞老實、印象佳」的人物，所以我想她應該是喜歡後者那類的怪人吧。

對於河崎，我也漸漸產生「愈怕愈想看」的好奇心了。

我打開住處的門鎖，揣想著一〇一號室的外國人究竟遇到什麼事。

◇ 二年前 2 ◇

「你們在幹什麼？」長髮男子的語氣介於訝異與揶揄之間。

漆黑的公園裡，三名年輕人站在我們正前方。

眼前的三個人，外表如同從背影推測的，是二男一女。兩名男子都是瘦高型，一頭褐色長髮，穿著合身的西裝，兩人都擺出雙手插在長褲口袋的姿勢。女子的鼻翼很大，下巴很長，長相特徵十足。這三人要是閉上嘴巴、表情正經一些，看上去也像是奉公守法的好青年。

我趁隙左右張望。這裡離公園出口頗遠，想大叫引來路人似乎不太容易。

長髮男子走近，雙手仍插在口袋裡。他的襯衫不是白色的，但在陰暗的光線下，看不出是什麼顏色。

「在幹什麼下流的勾當嗎？」男子撇下嘴角，頻頻瞄向多吉。

我不禁覺得，路燈朦朧映照的昏暗環境，以及輕聲細語般搖動枝葉的杉林，似乎激發了他們的嗜虐性。我提防著他們襲擊。

然而，出乎意料，他們的表情中看不到一絲興奮。「噯，算了。」我聽見他們說：「隨便你們去卿卿我我吧。」三人突然感到無趣般，轉身離開。

「對了，你們啊，」女子突然想到似地開口：「去過那邊的樹林嗎？」

「沒有。」聲音沒發抖，我鬆了一口氣。

「設下的陷阱有沒有抓到貓還是狗？」女子不知是不是沒聽見我回答，繼續追問。

我的心臟開始劇烈鼓動。

「要是看到了，記得通知我們一聲啊。」她身後的男子接著說，還露出微笑。笑容可掬的那副表情，自然得宛如服務業在接客值勤中，我都快被說服從他們身上感覺到的危險氣息全是一場錯覺。

「啊……」此時男子突然張嘴，靜靜地出了聲。

「怎麼了？」女子皺起眉頭。

「我在想，差不多該換成人類了吧。」

他的話讓女子和另一名男子瞬間怔了一下。我當然也聽不懂，愣在原地。停了幾秒，女子指著我說：「你是說這個女的？」我甚至覺得她的音色帶有一種興奮，不禁毛骨悚然。

「對不起，我們要回去了。」多吉突然出聲，他伸手搭住我的肩，頻頻向他們鞠躬，拉著我慢慢往後走。

他們沒追上來，只是投來嘲笑膽小鬼的視線，輕薄地笑著說：「趕快回家比較好喔！」

來到距離公園出口只剩數公尺的地方，回頭看那群人，只剩模糊的人影。或許是離遠一點膽子變大了，也或許是再三壓抑的憤怒終於爆發，我實在無法忍受就這麼夾著尾巴逃跑，於是我朝著他們所在的方向揚聲大喊：「你們太變態了！」

「（琴美，快走！）」多吉連忙扯住我的手離開現場。

「怪不爽的。」我埋怨道。

我們來到小巷子之後，就不再小跑步了。和公園相比，路燈的數目變多了，群聚燈下的小飛蟲就像小型龍捲風般飛舞著。

「ㄍㄨㄞˋ ㄅㄨˋ ㄕㄨㄤˇ？」

「（總覺得哪裡不痛快啊。那些傢伙一定有問題，噁心得要命。）」我用英文說道。

「（妳那樣做太危險了。）」多吉其實很擔心，卻罵我：「（還是小心點比較好。）」

我們走出巷子，來到犬黃楊木夾道的大馬路。

「（可是啊，要是他們真的是寵物殺手怎麼辦？）」

「（不怎麼辦。）」多吉笑道。

「（不丹沒有那種年輕人吧？所以你不明白。）」

一旁的多吉沉吟了一聲，環起雙臂。「（年輕人也是什麼樣的都有啊，只是，不丹有宗教，可能有些不同吧。年輕人再怎麼瞧不起傳統，來到寺院前多少也會安分點。）」他說：「（因爲要是作惡多端，報應遲早會還諸己身。）」

「那樣眞不錯。」這是我的心底話。

「是嘛。」

「（河崎他啊，曾像個笨蛋似地說過這種話。）」我想起河崎那俊秀到令人憎恨的容貌。「（他說，有必要住在沒有宗教也沒有小熊貓的國家嗎？）」

「（小熊貓？）」

「（長得像塡充玩偶，動作慢吞吞的，跟浣熊同一類的動物，市內動物園裡也有。）」我說明著，想起了牠的別名：「對了，就是Redpanda啦。」

「（哦，那個不丹有啊。一臉呆呆的，很可愛。）」

「（誠實的宗教與野生的小熊貓。）」我的念法很有韻律感，「（不丹兩樣都有，而這個國家兩樣都沒有。）」

「（不過野生的已瀕臨絕種。）」

「（但有小熊貓是不變的事實吧？不丹眞是個好國家。）」

「（有機會眞想跟河崎先生好好聊聊。）」多吉眼睛閃閃發亮地說。

「（勸你最好不要。那個人一看到外國人，就會假意親切，教一些多餘的事。）」

他老在大學校園裡亂晃，一發現留學生，就過去招呼人家說：「讓我來告訴你這個國家的一切吧」。

「（河崎先生每次遇到我，都說要教我日語。）」多吉的眉毛垂成八字形。

「（那男人是個窩囊廢。）」我想起仗著自己外表優於常人、接二連三誘騙女性、一有機會就想把人家帶進旅館的河崎，一股厭煩湧上胸口。「（那個愛說教的窩囊廢。）」

「（妳之前跟那個窩囊廢交往過耶。）」反倒是多吉先提起這件事，只見他一臉困惑。

「（我只是被他的外表騙了。）」我和河崎只交往了短短一個月，儘管如此，卻留下數不清的不愉快回憶，讓人忍不住佩服他的本事。

聽說不丹這個國家的男女關係非常開放，一夫多妻不用說，似乎也有一妻多夫，兄弟成為同一名女性的丈夫的情況不少。戀愛與性行為是稀鬆平常的事，因此嫉妒心不強，倫理觀和我們的觀念可能也有微妙的不同吧。所以，就算我提到和河崎交往過的事，多吉似乎也毫不介意，反而聽得很愉快。

我們在十字路口的紅燈前停下來。

多吉望向設置在路肩的交通廣角鏡，神情變得怪怪的。

「（怎麼了？）」我問，多吉搖頭：「（沒事，沒什麼。）」

「（小熊貓超可愛的。）」

「（妳說Redpanda?·對啊，很可愛。）」

「（可愛到教人想從動物園裡偷出來養。）」

「（那是犯罪吧。）」

「（是犯罪啊。）」我回答，腦海浮現孩提時代的回憶。「（說到動物園，小時候我一遇到討厭的事就會跑去動物園。因爲離我家很近，後方的圍欄又有個破洞，可以從那裡出入。）」

「（動物園那麼好玩嗎？）」

「（會讓人心情放鬆啊，雖然只剩模糊的印象，但看到各式各樣的動物與亂哄哄的社會毫無瓜葛地悠閒過活，整個人便安心了下來。）」

「（在不丹，狗和貓都過得很悠閒，全放養在戶外。）」他溫呑地笑道：「（或許不丹本身就是一座動物園吧。）」

「（有一天，我從圍欄溜進去的時候被工作人員抓到，狠狠地訓了一頓，從此以後，動物園就變成討厭的地方。）」連我自己都覺得這眞是個任性的後遺症。

多吉只是含糊地回道：「原來如此。」搞不懂他究竟有沒有在聽。

「（不丹眞是個好國家。）」我漫不經心地說，比畫著撫摸小熊貓又長又蓬鬆的尾巴的動作。方才在公園體驗到的恐怖感受一點一滴地變淡，內心的激動也逐漸平息。

「妳的怪不爽，治好了嗎？」多吉用結結巴巴的日語問我。

繼續走了大約五十公尺，多吉突然說：「我想，去便利商店」。

左手邊就是一家紅磚色的便利商店，我想想也無所謂，兩人便走進了自動門。瞬間輕快的音樂躍入耳中，整理得有條不紊的明亮店內，與剛才兒童公園那種陰鬱、不明所以的黑暗有如天壤之別，讓我鬆了一口氣。

「你要買什麼？」

多吉沒回答，在店裡繞了一圈，不像是在仔細挑選物品，而是快速瀏覽著商品陳列架。

「（你是來幹麼的啊？）」

「（只有這個了。）」多吉走回入口處，拿起門旁的雨傘。

「不像要下雨的樣子吧？」

我講的日語多吉置若罔聞，一逕拿著塑膠傘往結帳櫃檯走去。

眞拿他沒辦法，我只好走到零食區確認有什麼新商品。我看到一張寫著「巧克力含有多酚，有益健康」的絕妙廣告，用力點頭同意。

我拿著零食去排隊結帳，先付完帳的多吉過來我身邊說：「（老吃那種東西，會生病的。）」

「（在晴朗的夜裡買雨傘的人，才沒資格說我吧。）」

店員把商品條碼按到感應器上，一臉稀奇地望向用英語交談的我們。

離開便利商店，我們往公車道前進。回家的距離搭計程車太近，考慮到車錢和時間，我們覺得搭公車比較划算。

廉價錄影帶出租店前立有好幾根宣傳用的旗幟，多吉指著說：

「（我每次都覺得好像除障旗。）」

嗯嗯，我點頭附和。

所謂的除障旗，是不丹一種寫有經文的細長旗子，豎立在鎮上各處。據說，每當薄布被風吹起，搖曳擺動，就能得到與誦經相同的效果。

「（因爲不丹人很懶惰，懶得自己念經，就讓風來代勞。）」我開玩笑地說，沒想到多吉回道：「（妳眞敏銳。）」他點頭，「（我們最擅長拿替代品來蒙混了。）」

話聲剛落，我突然發現多吉的樣子不大對勁，正奇怪他的話怎麼變少了，他竟開始揮舞買來的雨傘，異樣地警戒著周圍。等他終於開口，說出的竟是：「派出所，附近有嗎？」

「（你在幹麼?練習日語?）」

「（這附近有沒有派出所？）」這次他用英語說。

「（你掉了什麼東西嗎？）」

「（這裡的路我知道，自己一個人回去沒問題，所以要是有什麼萬一，妳先逃，明白嗎？）」

「（你在講什麼啊？）」我對多吉莫名其妙的發言不耐煩了起來。

「車。」多吉只是低聲吐出日語，這時響起了煞車聲。漆黑的夜路上響起的煞車聲刺耳極了。

一輛黑色迷你箱形車超前我們，拉出一些距離，彷彿往前撲似地猛然停下，三扇車門幾乎同時粗暴地打開，幾道人影急急地下了車。我反射性地望向車牌，是我多心嗎？號碼看不清楚。

「chi、ni、sumu。」多吉悄聲確認人數，「（三個人。是剛才那些傢伙。）」

啊！——我的思緒一瞬間凝固了。雖然我能理解眼前的狀況，腦子卻無法思考這代表什麼意義。

走出迷你箱形車的，正是兒童公園裡的那些年輕人。

戴耳環的男子帶頭跑過來。路燈妖異地綻放光芒。

「你們幹什麼？陰魂不散的！」我強逼自己壓抑內心的震顫，總之先往前踏出一步。因爲我知道只要一往後退，膽量也會跟著退縮，整個人都將被膽怯支配。

「後來我們三人討論了一下，決定還是不要放你們走了。」男子毫無抑揚頓挫地說。

「什麼決定不決定的……」男子們面無表情，我不由得心底發毛。

「我們離開公園，開車尋找你們，沒想到一下子就找著，眞幸運哪。」男子斂起下巴。

「喂，妳選哪邊？」女子咧嘴，笑了開來。「被害人協會或加害人協會，妳要加入哪邊？兩邊都在徵人。如果是加害人協會，就可以跟我們一起疼愛動物。如果是被害人協會，就可以跟動物一起被我們疼愛。」

「疼愛動物」這種說法讓我腦門充血。

「載上車，帶走吧。」男子說。

「好啊。」另一名男子點頭。

「不要，這樣。」這時多吉突然擋到我前面。

「怎麼？」戴耳環的男子皺了皺鼻，「小哥，別礙事。」

「多吉，去叫警察來。」情急之下，我用日語脫口而出。

「是罷。」

啊啊——我差點當場癱軟下去。多吉那一如往常的悠哉回答，彷彿正反映了我們的無力。不安輕而易舉地侵襲了我。

「不要，這樣。」多吉重複一次。

「好啦、好啦，小哥，怕就退到一邊去吧。」男子笑道：「他說『不要這樣』耶——」他模仿著多吉的腔調。

只說隻字片語的不丹人，和嚇得口齒不清的日本人難以區別。他們似乎認定多吉是在害怕，然而我很清楚身旁的多吉十分冷靜。

「喂，你怕個什麼勁！」男子突然大吼，我嚇得渾身瑟縮，幾乎就在同一瞬間，多吉行動了。

他倒握剛買來的塑膠傘，將握把的部分朝向對方，刺了上去。

雨傘揮上眼前男子的臉，打中鼻頭。可能是沒料到我們會反擊，男子對突如其來的攻擊大吃一驚，一時沒意識到究竟發生什麼事。他眨著眼睛，遲了一拍之後才大喊「好痛！」，皺著臉坐到地上。

「你幹什麼！」另一名男子俯視著鼻子流血、呻吟不止的同伴，大聲怒吼。

多吉像要遠離他們，往後退了幾步。

接著多吉驀地低下身子，像要蹲下來似地把手伸到地面，撿起一塊石子般的東西。是水泥塊，還露出斷掉鋼筋般的物體，整塊比拳頭大上一圈。

一輛計程車駛過，車頭燈在短短一瞬間照亮了多吉，我清楚看見他的動作。

宛如投保齡球，多吉握著水泥塊的手敏捷一揮，用力擲出的水泥塊打中戴耳環男子的胸口。鈍重的聲音透過地面，從我腳邊傳了上來。

男子完全無法出聲，只見他按住胸口，痛苦地閉上眼睛。

「對不起。」多吉恭敬地說，低下頭鞠了個躬。

「（快逃！）」我抓住多吉的手，往來時的方向跑去。

「開……」我們根本沒工夫理會女子的叫嚷。她望向蹲著的男子們，怒氣沖天地大喊：「……開什麼玩笑！」

我們拚了命地跑，使盡全力往前衝，彎過小巷，鑽入大樓之間的縫隙，一邊閃避著路邊的塑膠垃圾桶和招牌前進，鞋子踩出的噠噠聲更催促著我。終於來到我們公寓的停車場。

總算鬆了口氣，跑到腳都軟了，我一下站不直，單膝跪倒在地，褐色皮鞋掉落在一旁。

「還好，嗎？」多吉伸出手拉我一把。我撿起鞋子穿好。

反觀多吉只是做了個深呼吸，完全不見一絲難受的表情。

「跑了、這麼遠……你竟然沒事。」

「ㄇㄟˊ ㄕˋ？」多吉彷彿在吟味這個詞：「（不丹的海拔比日本高，空氣稀薄多了。或許是因爲這樣吧，在這裡跑步比較輕鬆。）」

「（剛剛買的雨傘，平白糟蹋了。）」

「（那本來就是買來這麼用的。）」

「咦？」我驚叫道：「（買來這麼用……你知道我們會遭到襲擊？）」

「（是預防萬一。剛才我們走在路上，路邊鏡子映出有車經過，看上去像在找人。）」

「（所以，你是爲了防身才買雨傘？）」

「（沒想到，看起來派得上用場的東西其實不多。）」多吉露出戲謔的表情。

「（不丹這個國家，危機管理意識這麼強嗎？）」

「（沒那回事。）」多吉用力搖頭，「（我的國家很悠閒，國民性格溫和，是個佛教之國。）」

「（那爲什麼會……？）」

「（可能是受到琴美妳的影響吧。）」多吉看起來不像是在說笑，「（其實我不是很喜歡這麼做。）」

「咦？」

「（不管是善行或惡行，只要是做過的事，最後都會還諸己身。就算現在沒事，也會在轉世後報應到自己身上。我剛剛的行爲是不對的。）」

很像是相信輪迴的佛教國家的青年會說出的話。

「（多吉剛才做的是對的啊。）」

「（是嗎？）」他一臉發愁。

「（要不然這樣，我們請神明睜一隻眼閉一隻眼吧。這是緊急狀況嘛，把神明關進看不見的地方就好了。）」我信口胡謅一通。

「（神明啊……）」他拖長了聲音說。對他而言，「神明」這個詞應該是完全不同的意義吧，是指佛陀，或是更漠然的事物呢？我無從得知。

「（太麻煩了嘛，反正把神明關起來，當作壓根沒這回事就好啦，這麼一來幹壞事也不會被發現。）」

「（眞是亂來。）」多吉目瞪口呆。

「（沒關係啦，我們日本都是這樣做。）」

「（是這樣嗎？）」多吉認眞地點點頭，表示會記住。

我們慢慢走上天橋的樓梯。

「德庫。」多吉突然想起似地低喃。或許他是說「格庫」。

「（在說什麼？）」

「（不丹有這樣的遊戲，原本是寺院的僧侶在玩的。在地面畫標的，然後扔石頭。）」

我想起多吉投出去的水泥塊劃過空中的軌跡，問道：「（你是說剛才那個？）」

「（剛好有大小適中的石塊。丟得很準吧？我很擅長那個遊戲。）」

不過，玩遊戲的時候不可能扔得那麼狠吧？我心想，一邊調侃道：「（不丹其實是個很野蠻的國家吧？）」

多吉露齒微笑，沒有還嘴。

「（剛才，妳害怕嗎？）」多吉問。

「怕得要死。」我故意講得很快，而且是用日語。

多吉沒聽清楚，露出似懂非懂的表情，好像想再問一次同樣的問題，但終究只是坦白道：「（我啊，其實很討厭暴力。）」

「眞的嗎？」我壞心眼地問。

「（就跟妳說，我只是受了妳的影響嘛。）」

是、是，這樣啊——我直盯著多吉，又重複一次：「（跟你說只要把神明關起來就不會被發現啦。）」這時，我不經意地發現，鑰匙快從口袋裡掉出來。

我把玩著自己家門的鑰匙，思索那些年輕人會不會眞的就是寵物殺手。

◇ 現在 3 ◇

早上九點醒來，在收拾房間和更衣之前，我先去浴室淋浴，把身體從頭到腳仔細清洗過一遍。

我還不習慣衛浴設備的用法，花了許多時間調節水溫。我發現排水孔上有黑色汙垢，手指一摸，似乎是發霉。我才剛搬進來而已，怎麼可以這樣？真令人悲傷。我用水沖掉黴斑，拿海綿用力刷洗之後，又後悔或許不該刷的。

我上街是爲了購買日用品，但說實在的，可能還比較接近是厭煩了拆解堆積如山的紙箱而逃出門。

頭好重。是因爲在不熟悉的屋子裡睡覺嗎？還是別人請的紅酒害的？我無法判斷。

我穿上春季毛衣，套上牛仔褲，走出住處。隔壁一〇三號室的門映入眼簾，門仍關著，河崎還在睡嗎？

「要不要一起去搶書店？」

這句話浮上腦海。一身漆黑襯衫搭黑長褲的鄰居這麼邀約，我一時想不起來自己同意了嗎？應該拒絕了吧？我戰戰兢兢地回想著，朝公車站牌走去。我應該拒絕了吧？我確認似地再次努力回想。

開往車站的市營公車車體是暗藍色的，那是一種模糊的中間色，看上去很低調。現在應該不是通勤時間帶，車上卻沒有空位。

窗外的景色沒什麼特別，在我眼裡卻很新奇。坡道途中一家黃色招牌的藥局、擁有寬廣停車場的錄影帶出租店、陽臺開滿整片紅花的公寓一室——這些風景平凡無奇，對我來說卻十分新鮮，連像小鴨子般排成一列等紅綠燈的幼稚園孩童都相當稀奇。

身旁的乘客是不是都看得出我是個外來者，不屑地心想：「這個初出茅廬的小鬼」呢？這樣的被害妄想侵襲我的腦海。

車行大約五分鐘後，我發現車上有色狼。

被害人是駕駛座稍後方一名抓著吊環的女子。她身穿可愛的粉紅色春季大衣，隨興披散的一頭長髮看起來未經照護，手提的皮包也俗氣而樸素。

我的視線移到她身上的時候，她突然坐立不安。因爲她一直扭動脖子，我一開始還懷疑是不是有飛蟲停在她的脖子上。

我有些在意，透過乘客之間的縫隙看過去，發現她腰部一帶有隻男人的手正在亂摸。啊啊——我在內心哀嘆，卻發不出聲音。這是我第一次看到色狼，一點眞實感也沒有。啊啊，緊急轉彎。啊啊，是幼稚園小朋友。啊啊，天氣很好。啊啊，有色狼——就像這樣。

我旁邊的窗戶上貼著當地居酒屋的廣告，鄰座坐著一個婦人，手裡提著裝了蔥的購物袋。那些蔥的味道很嗆，就算目擊到色狼騷擾，現實中也難以湧出情色的聯想。

我很快就看到色狼是誰了，他就站在女子後方，是一名理了個光頭的中年人，年約三十後半或四十出頭，體格非常壯碩，比所有乘客都高出一個頭，最重要的是，他滿臉橫肉，眉毛稀疏，臉上掛著詭異的獰笑。我很肯定這人絕對不是上班族，即使不諳世事如我，這種程度的區別我還看得出來。如果那是標準的上班族模樣，我這一輩子恐怕都沒辦法就職了。

是黑道分子嗎？我暗想，又隨即否定了。那個人外表雖是那種類型，但眞正的黑道應該不會做出在擁擠的公車裡亂摸女人屁股的卑劣行爲。

我觀察眼前的情景好一陣子。不，正確地說，除了默默觀察之外，我其實無能爲力。

女子再三擺脫男人的手，露出走投無路的神情左右張望著。她的外表樸素，完全稱不上活潑。我心想，或許她是懷著想要克服自己不起眼的外表的心情，才買了身上那件粉紅色外套。這麼一想，我心都痛了。

「請不要這樣。」

可能是路面顛簸不平，公車劇烈搖晃著，女子的話語並沒有發出她所期待的音量。連我都聽到了，色狼應該也聽到了才對，然而男人毫不怯縮，反倒興奮起來。他神情駭人地瞪著女子，手又開始動。可能是我多心，但我覺得他比先前更加肆無忌憚。

女子露出求救的表情環顧四周，以一種依附求援的視線，望向比自己身高要高的乘客們。

這段時間有幾個人注意到她無言的傾訴。人們察覺有色狼，先是赫然一驚，接著想站出來制止，於是望向光頭男的臉，然後，救援行動就在這裡停住了。

色狼非常清楚該如何瞪人才能有效地讓對方退卻，他無言地威嚇著：要是有誰膽敢指責一句話，應該明白會有什麼下場吧。

沒有一個人制止色狼，我百思不得其解。他都這樣大剌剌地做出犯罪行爲了，卻沒人加以制止，太奇怪了，這是不對的。

不知不覺間，我的心跳加速，呼吸也變得急促，大量蔥的氣味吸進胸腔，內心突然萌生的使命感讓自己不知所措。我覺得非救她不可。

她一臉泫然欲泣，再一次說：「請不要這樣。」

但狀況並未改變，誰也沒開口。她的視線轉向我，我倒抽一口氣，就在這時，發生了一件令人失望透頂的事。

我……別開了視線。

難以置信，但這是事實。我斷然撇下向我求救的女性。徒有滿腔使命感與正義，一旦眞有人向我求救，我卻裹足不前。

第一次赤裸裸地面對自己的膽怯，吃驚之餘，我非常恐懼。我知道自己的面容有多不堪。椎名，搞什麼啊？我對自己感到幻滅。

「讓一讓、讓一讓。」就在這時，身後傳來聲音，有人從後方推開乘客們往這邊過來。是一名女子。

她穿過我身旁的時候，一陣寒意掠過我的身體。寒顫沿著背脊竄過全身，因爲那名女子的臉實在太白了，說得誇張一點，簡直就像恐怖電影裡的死人在車內穿梭的感覺。

「讓一讓。」

雙眼皮、黑白分明的大眼睛、高挺的鼻梁、柔軟的髮絲、尖細的下巴——從每一個部位的精巧程度來看，她活脫脫是美女的範本，但我無法直率地稱她是「美女」，可能是她的皮膚太過死白了，白得就像保麗龍還是豆腐，完全感受不到所謂的生命力。

她的長髮綁成一束，年紀應該比我大，但看起來像二十幾歲也像三十幾歲，身上的藍色短袖毛衣與她十分相襯。

「可以讓一下嗎？」她穿過乘客之間，毫無阻礙地往前移動。人們就像要避開幽靈，紛紛讓路給她。

我以爲她是要在下一站下車才會往前門方向移動，結果不是。

「住手。」一走到前面，這名穿毛衣的女子便出聲。車內鴉雀無聲，只有後面座位不知哪位乘客的隨身聽傳出陣陣作響的音樂。

「啥？」光頭男回過頭來，那爐火純青的瞪視，連身在遠處的我都嚇壞了。「妳說啥？」

以女性來說，毛衣女子的個頭相當高，但比起光頭男還是有段很大的差距。「不要性騷擾人家，你這個老色鬼。」

我們全體乘客都暗暗驚呼「咿──」，渾身戰慄。

「這位大姊，妳說啥啊？」男子面露詫異。

「連我都聽到這位小姐叫你住手了。」她看了粉紅大衣女子一眼，「煩死人了，快點住手。」

「妳說啥啊？找死嗎！」

我的胃痛了起來，簡直就像自己遭到攻擊。如果是體格嬌小的幼童，光是聽到那個人的怒吼，搞不好就會活活嚇死。

「找死的人是你吧，要我殺了你嗎？」她毫無懼色地說出口，措辭雖然粗魯，音調卻沒有強弱起伏，彷彿機械在說話。

「大姊，別以爲妳是女的，老子就會放過妳啊。」

「別以爲你是男的，老娘就會放過你啊。」她模仿男人的口氣。

光頭男受辱，滿臉通紅，鼻孔大大地張開。只要有撲上去的契機與空間，他肯定會當場對女子暴力相向。

男人似乎吞不下這口氣，揚起右手，便朝雪白女子的衣襟伸過去。

但女子飛快地用左手擋開了，那宛如白樺樹枝般細白的手臂強而有力。

光頭男的表情變得非常凶惡。

「總之一句話，不要再亂摸人家了。難看死了。」她繼續說。

我喘不過氣來，這時才發現自己一直忘了呼吸。

光頭男按了下車鈴，「妳給我在下一站下車。」他低聲說：「居然讓老子沒面子，看妳還敢不敢這麼囂張。」

「誰要跟你下車？」女子滿不在乎地說：「反正你不是想揍我，就是想踢我吧？體格不同，誰甩你。」

「看我把妳那漂亮的臉蛋變成醜八怪，妳現在後悔也來不及了。下一站給我下車！」當著一車子這麼多乘客的面，堂而皇之地威脅別人不要緊嗎？我不禁擔心起來。

「要是打起來，我怎麼可能打得贏你？老色鬼。」

男人的臉脹紅了，「那就不要多管閒事！」

「要是不想被別人說話，就不要性騷擾人家，至少在我面前不准幹這種事。」她繼續說：「我再也不想看到有人不幸了。」

仔細想想真的很奇妙，她的聲音從剛才就毫不激動也沒發抖，不帶任何感情，似乎只是淡淡地發出聲音。該說是從容不迫，還是滿不在乎？膚色雪白，甚至可稱得上是美術品的美女與色狼對決的景象，充滿不可思議的趣味。

快到站了，公車逐漸減速。

「少囉嗦，反正妳給我下車。」光頭男努了努下巴。

好一陣子，毛衣女子像電池沒電似地一動也不動，然後竟然答應：「我明白了。下車就下車。」

車裡每個人都幾乎要發出分不清是悲鳴還是哀嘆的嘆息。

「那個……很危險，妳不要下車比較……」騷動源頭的粉紅大衣女子戰戰兢兢地說。

一直佯裝漠不關心的乘客當中，有幾個人深深點頭，我也在內心用力點頭吶喊：「就是啊，不要下車比較好。」

公車停下來，車門開了。

「下車。」光頭男鼻子陣陣抽動，伸手拉扯白皙女子的手臂。

「妳眞的不要下車啦。」色狼受害人幾乎要哭出來了。

「不要緊。」臉龐彷彿喪失所有血液的美女說。

喂，誰去阻止她啊！——我沒說出口，卻很想這麼大叫。要是讓她下車，天曉得會發生什麼事啊。爲什麼我不自己站出去阻止她？我也不知道，但我明白這樣下去，眾人都會後悔。

絕望與焦急席捲了我。這時，那兩人開始往公車前門移動，我仍暗自期待有人拉住她。我徹頭徹尾只想依靠他人。

光頭男付了車錢，踩著階梯下車。穿毛衣的雪白女子不見絲毫躊躇，邁出腳步。

就在此時，突然「噗咻」一聲氣音響起，公車門關上了。

啥?我一頭霧水。「咦？」身邊的乘客一起望向前方。

關閉的車門另一側，光頭男大聲咆哮著什麼。

公車往前開動。毛衣女子大概也吃了一驚吧，但她表情依然沒變，回頭望向司機。

可能是司機的臨機應變，他留下光頭男一個人便發動了車子。司機對著麥克風說：「現在開車。」聲音充滿磁性，魅力十足。公車開進車道裡，逐漸加速。

「噢噢。」全車響起佩服與讚賞的聲音。說穿了，這是一群無能爲力的人們的歡呼。化妝品香味傳進鼻子，或許是雪白美人身上傳出來的，蔥的味道離我遠去。我們這些人原本該背負的罪惡感得以不了了之，全都鬆了口氣。

在陌生的城鎮閒晃雖然新鮮，卻強烈感覺到一種遭到排擠般的不安。拱頂商店街裡有鞋店、漢堡店、柏青哥店等琳瑯滿目的店家。行人專用道兩側種植著山毛櫸，也有長椅。步道上的磚塊呈幾何圖樣排列，分出白、灰兩色。

不可思議的是，我應該是第一次來到這條商店街，卻覺得似曾相識，甚至忍不住懷疑自己以前來過這裡。

我一路晃呀晃地走著，一名陌生女子突然上前對我說：「啊，好久不見。」我腦子更混亂了，愣在原地，只見她又說了句「啊，認錯人了」，便揚長而去。每個城鎮的行人專用道或許都大同小異，而外表像我這樣的人也隨處可見吧。

我繞去雜貨店，買了生活日用品。踏出店門，我忽然想到河崎。這個年輕人究竟是怎麼維生的？想著想著我靈光一現。記得他說自己不久前才「差點死掉」，搞不好是那時候的保險金還留下一大筆。「眞令人羨慕——」事實又不一定是這樣，我卻嫉妒了起來。

河崎說要去搶書店。

我有義務制止嗎？

「當然有啦。」我內心的一隅說道。那一定是想要恪遵常識與道德的、聰明的我。

「有什麼根據嗎？」這麼追問的，是我內心乖僻的部分。

「法律。法律應該有規定，不可以搶書店。」

「法律一定是對的嗎？」

我重複著無謂的自問自答，沒多久就覺得自己很可笑。於是，我加快腳步。

不知不覺間，我哼起巴布．狄倫的歌，是那首〈隨風而逝〉。我不擅長英語，唯有這首歌例外，我不光把歌詞全背起來，還能夠一字不差地唱到最後。

爲什麼呢？因爲我拚命背起來了。

學會這首歌的那段過去，其實連結了一場悲哀的回憶。

我國中的時候喜歡上一個同年級的女生，她很喜歡這首歌。在某次對話當中，我偶然得知這件事，於是我卯足了勁反覆聆聽歌曲，不斷練習直到可以不看歌詞就唱出來。這對於個性認眞努力的我來說，並不是件難事。

在畢業典禮的前一天，我很幸運地有了一個與她兩人獨處的絕佳機會，於是我意氣風發地唱出那首歌。

感覺眞是糟透了——我到現在仍這麼覺得。

我滿心以爲她會感動，或至少表示佩服吧，沒想到她聽完我的演唱之後，反應完全出乎意料。「那是什麼歌？」

我整個人傻住。什麼歌？還用說嗎？是妳最喜歡的〈隨風而逝〉啊！場面完全冷掉了。

我想她可能從沒聽過巴布．狄倫的歌，或許她只知道歌名。

回憶的結尾暗淡極了，但從此以後，我一直樂觀地相信，只要拚了命去做，大多數的事都能成功。

「是巴布對吧？巴布。」

身旁突然有人出聲，嚇了我一跳。一名等紅綠燈的中年男人正對著我笑。是臉上有鬍碴的矮個子男人，右手抱著一大落碗公。

「賣拉麵的？」我沒禮貌地說出少根筋的話，不過仔細想想，這可是我整天下來第一次開口。

「蕎麥麵啦。」男子的眼角擠出笑紋，「『田村蕎麥』。就在車站對面的公園旁邊，歡迎惠顧。」

「哦……」

「你剛才唱的是巴布吧？」男子看起來很開心。

「巴布·狄倫。你也聽他的歌嗎？」他把巴布·狄倫稱爲「巴布」，感覺怪怪的，卻也很可愛。

「我老婆年輕的時候啊，很喜歡他的歌，不過那是以前的事了。Long long ago。隆隆阿狗啦。」

「你知道剛剛那首歌名嗎？」我望著眼前的斑馬線問道。

「哦哦，就是那個吧？〈Like a Rolling Stone〉。」他毫不猶豫、自信滿滿地回答。

我連出聲訂正「不不，是〈隨風而逝〉」的力氣都沒了。「嗯，是吧。」我回答：「就是那種感覺。差不多是那樣。」

號誌轉綠，我點頭致意之後踏出腳步，穿越十字路口。

一邊哼著歌，我心想，那個時候那個同年級女生不知道歌名，搞不好是因爲我唱得實在太爛了。

路過一家拉麵店，店裡冒出蒸氣，傳來洗碗盤的聲音。我看看菜單，只有手寫的「鹽味」兩個字。有意思。我走進店裡，在空蕩蕩的店裡吃完鹽味拉麵。

回程的公車依然擁擠，但沒有色狼。

回到公寓，很不自然地，我想起一件事——這麼說來，那名雪白女子究竟是何方神聖？

◇ 二年前　3 ◇

大清早六點就醒來的我，在洗臉更衣之前，先檢查一遍衣櫃裡的衣服。我翻遍了每一件衣服的口袋。

一開始只是有點在意，模模糊糊地想到：對了，我的車票夾放哪裡去了？但一想到或許是掉了，當場有如從頭被澆了一盆冷水。

不會吧——我找著桌上和書架。車票夾裡其實只放了公車定期券，不過弄丟的話很麻煩。我本來以爲應該馬上就會找到，發現皮包裡也沒有，不禁焦急起來。我摸索昨天穿的牛仔褲口袋，襯衫也整件翻過來找。

「（怎麼了？）」可能是被我弄出的聲響吵醒，多吉從被窩裡探出頭來，「（如果要找彩券，收在平常那個錢包裡。）」

「（不是啦。）」

我們每週都會買數字彩券，這是興趣，只是幾百圓的便宜彩券。不，與其說是興趣，更像是一種不帶熱情的低調儀式，稱爲每週一次的例行公事或許比較正確。總之，我們每週都會買。只有四位號碼的數字彩券雖然與巨額獎金無緣，還是比頭彩數億圓的彩券更具現實感，比較符合我的個性。一到早上，我們便一起打開早報，確認中獎號碼。不，是確認落空，然後一起佩服機率的偉大：「眞的很難中呢。」

「（我不是在找彩券。）」我說。

多吉起床打開窗簾。陽光無聲無息地照亮屋內，也照出了浮游的塵埃。

「（有種不好的預感。）」我說。

「（不好的預感？）」

我一邊把手探進衣架上的襯衫口袋，一邊解釋：「（我在找車票夾。）」

「（車票夾？妳放定期券的那個？）」

「（我記得應該在某個地方。）」

「（當然會在某個地方。）」多吉一本正經地說。

「（可是，我覺得好像在那個時候弄掉了。）」

「（那個時候？）」

「（昨天逃開那些穿西裝的年輕人的時候，車票夾好像從口袋掉出去了。那時候顧不了其他，四下又暗，我以爲是錯覺。）」我愈說愈覺得陰鬱的空氣被吸到自己的周圍，胃痛了起來。「（不過，或許是我多心了。）」

「（萬一，）」多吉探問似地皺起眉毛，「（萬一眞是那樣呢？）」

「（車票夾上有地址。這裡的。）」我從鼻腔細細地吐出氣，壓抑住慌亂的喘息。

雖然不明顯，多吉的臉色變得有點蒼白。「（意思是，如果他們撿到車票夾，就會知道這裡？）」

「（或許吧。）」

「（要是知道這裡的地址，他們會找上門來嗎？）」

「（不知道。）」我回答。事實上，我真的不知道。我們又沒目擊到他們的犯罪現場，應該沒必要特意追來吧。只不過，唯有一件事令我在意：「（其實我完全不瞭解他們在想什麼。）」常識在那些人身上根本行不通。

「（這……）」多吉皺起鼻頭，「（感覺很不妙。）」

「（是啊。）」我點頭，「（可是，光是煩惱也沒用吧。）」

「（要去找嗎？）」從口氣聽起來，他沒覺得特別嚴重。「（沿著昨天逃跑的路線再走一次，找找看車票夾是不是掉在路上吧。）」他率先提議，「（妳今天不用打工吧？）」

今天寵物店公休。「（多吉，你呢？不用去研究室嗎？）」

「蹺課。」

淨學些不正經的日語啊。我聳了聳肩。

換好衣服、離開住處前，我攤開報紙確認彩券的中獎號碼，結果選的號碼一個也沒中，以慘敗告終。「（不好的預感。）」我們異口同聲地說。

不好的預感揮之不去。我們坐上公車去到昨天那個小鎮，從昨晚買雨傘的便利商店沿著後來經過的道路四處尋找，完全不見車票夾的蹤影。

「那是ＬＶ的耶。」我半開玩笑地哀嘆，多吉卻一臉意外地問：「（琴美，妳在意的是價錢啊？）」

我突然想去棒球打擊場。

每當諸事不順、心情鬱悶的時候，我大多會去棒球打擊場。雖然打得不算好，也不是特別喜歡棒球，我只是相當中意亂揮球棒發洩多餘精力的行爲，感覺就像沒有任何生產性的勞動，不錯。

「（我說啊……）」我才剛開口，多吉似乎早就察覺，搶先一步說：「（要不要去棒球打擊場？）」

棒球打擊場很空。走進轉了個大彎的國道旁一條細窄的單行道，前進二十公尺便抵達一座小型停車場，角落有兩株柳樹，旁邊就是棒球打擊場。巨大的招牌上畫著引退的棒球選手肖像，支柱腐朽彎曲，簡直像要把客人嚇跑，要是地震一來就會塌了吧。空氣中瀰漫著草的氣味，站著靜止不動，小蟲便群聚過來。

綠色網子包圍的場地總共有六個打擊席。狹小的管理室裡，一名頭戴棒球帽的中年男子雙臂環胸，打著瞌睡。

球棒的金屬敲擊聲，與球撞上網子的聲音零星響起，光聽就覺得舒服。

我和多吉並非想認眞練習棒球，所以沒必要看著對方揮棒互相指教。我們總是各自走進中意的打擊席開始打球。

我漂亮地揮空全部的二十球之後，離開打擊席來到外頭，只見多吉等著我，他應該打完了吧。

「（爽快一些了。）」我氣喘如牛地說。

這時，多吉用食指指著相隔兩個打擊席的網子說：「（那是不是河崎先生？）」

「咦？」有種看到黑貓竄過眼前的感覺。不知該說是不吉利還是不愉快，總之，倒楣得要命。眞想禁止多吉說出那個名字。

清瘦的男子背對我們，也就是站在左打擊席揮著球棒。雖然不算打得特別好，但三球裡至少會把一球打出輕快的聲響。

透過網子看到那張側臉，我的臉皺成一團。「（是啊，是那傢伙。）」

我想佯裝沒看到直接離開，多吉卻朝他走過去。河崎把球棒放回本壘旁的筒子裡，走到外面。「嗨。」他對多吉揚起手。

依舊是那副中性的長相，髮絲細柔亮麗，眼睛很大，一雙濃眉給人敏銳的印象。

「還有琴美。」他親熱地對我揮手。

「請不要直呼我的名字好嗎？」

河崎穿著長袖T恤，很隨便，但與那貼身的長褲十分相配。「好凶，何必那麼介意？琴美就是琴美啊。」他輕浮地笑，「加上『小姐』，一個沒叫好，感覺就不親了。」

「我跟你本來就不親。」我粗聲粗氣地說，一邊故意東張西望。「眞稀奇，居然沒有女人跟著。」

「就說吧？我偶爾也會一個人出沒。」

「哦，這樣。」我一點都不想和他長談，匆匆地說：「我們正好要回去了，再會。」

我拉扯多吉的手。

河崎瞄了多吉一眼，問道：「你跟琴美都用英語交談嗎？」

「（大部分是。）」多吉以非常漂亮的英語發音說。

河崎挑起一邊眉毛。他一這麼做，彷彿完美無瑕的花朵突然凋萎。「老是這樣，你的日語永遠不會進步。琴美也明白吧？日語的語調和發音只能從大量的對話中學習。說起來啊，留學生們就算聽力好，口語都糟透了。」

「喂，你用日語講得這麼快，多吉怎麼可能聽得懂？」

「我就說嘛，」河崎更加強了語氣：「妳就是像這樣寵他，他才不會進步。」

我望向多吉。不出所料，他好像聽不大懂河崎說什麼，耳朵雖然湊了過來，卻一副納悶的神情。「請你，說一次，好嗎？」

「是『再說一次』，不是『說一次』。外國人常搞不清楚這種細節。」河崎像個燃起使命感矢志指導學生的教師。「（你想不想學好日語？）」他換用英語說。

「我，想。」多吉用力點頭。

「想吧？」河崎點點頭，接著看向我，問道：「妳那邊的公寓有招租嗎？」

「問這幹麼？」

「雖然還有一些時間，不過我現在住的地方要拆掉了。如果住在你們附近，我隨時都可以教他日語。」

「跟我們住同一棟公寓？你是隨口說說吧？話說回來，你怎麼會在這裡？我不記得你以前來過這裡呀？」

河崎露出苦澀的表情。「不，」他難得支吾起來，「我突然想起有誰說過，在這裡揮棒可以甩掉不安和不滿。」

「是哪個女人告訴你的吧。」

「是啊，應該是哪個女人說的。」

他認識的人有八成是女性，其中半數以上和他上過賓館。

「我先聲明，告訴你這件事的大概是我。」我並不打算沒完沒了地挖苦他，不過該說的還是要交代清楚。「原來我也包括在『哪個女人』裡面，眞是榮幸。」

不出所料，他毫不退縮，一臉若無其事地說：「啊，或許是吧。」

「話說，你在煩心什麼？和太多女人交往做愛，搞不清楚順序跟時間表了嗎？」

「琴美還是老樣子，殺氣騰騰哪。」可恨的是，他看起來很享受我的攻擊。「不是的，我也會有無聊的煩惱。」

「河崎先生，是，花心蘿蔔嗎？」多吉笨拙地以日語說：「琴美，常常，這樣說。」

河崎微笑道：「何必教他這種事？」

「我只是想先讓他知道這個國家的汙點。」

「就跟妳說不是嘛，這很平常。像是不丹，不就非常寬容嗎？對吧？」

「是罷。」多吉回答。

「男人都是喜歡女人的，這才是常態。」他的表情彷彿在向多吉尋求同意。我不得不承認，他的舉手投足確實充滿了吸引女性的魅力。「而我在這當中，是特別喜歡女性的一個。只是這樣而已。」

「還眞是大言不慚……」

「長鼻子的大象會把鼻子充當水管用，長頸鹿就吃高處的樹木果實，食蟻獸的嘴巴長那樣，所以吃螞蟻。總之，上天賦予的能力就該加以活用才對。而我就像你們看到的，外表如此優秀，那麼我就該搭訕全世界所有的女性，盡可能地做愛才是。妳不這麼覺得嗎？」

「一點都不覺得。」我斬釘截鐵地說：「完全不覺得。」

然而他沒有退讓的跡象，反倒抬頭挺胸起來。「我說啊，妳沒聽過這句話嗎？『當政治人物犯錯的時候，這個世上對的事情全是錯的。』」

「我一點都不想知道。」

「也就是說呢，究竟是不是錯誤，不能一概而論。」

河崎流暢述說的話語，多吉八成都聽不懂吧，他眨眼的次數變多，神情看上去也有點退卻。

我把河崎的話扼要地英譯給他聽，然後說：「（這是登徒子的藉口，聽不懂也沒關係。）」

「（不。）」多吉笑了。「（我的看法與河崎先生相近。）」

啊啊，好像是這樣。我也注意到了，多吉雖然溫和又彬彬有禮，在性方面卻有種不拘小節、自由奔放的印象。這是不丹人的天性嗎？

「就說不可以用英語交談呀。」河崎露出不高興的表情：「不是跟你開玩笑，我來教你日語吧。」他再次面向多吉，「你好好考慮吧。話說得不流暢，會被人瞧不起。這個國家的人連對自己人都很冷漠，對外國人更是不假辭色，態度冷到跟冰山一樣喔，冰山。像你現在日語講得結結巴巴，鐵定會被當成傻瓜。」

「是罷。」多吉被河崎的氣勢壓倒了。

「像這種曖昧的回答，就會讓人家把你看扁。」河崎立刻指正。

「看扁，嗎？」

「看扁。比扁平足還要扁，比被擀過的麵皮還要扁。」

「一堆無聊的比喻。」

「不丹眞是個好地方。」河崎高舉雙臂，伸了個懶腰。

「你，去過，不丹。」多吉似乎記得我昨天說過的事。

「只去十天左右，沒辦法說什麼大話啦。」河崎爲數不多的優點之一，就是會大方承認自己的不足。「可是，我好羨慕有小熊貓和宗教的國家。」

多吉豎著耳朵，勉強聽懂幾個單字，反問河崎：「（你有宗教信仰嗎？）」

河崎傷腦筋似地垂下眉。我也有些好奇他會怎麼回答。

「這問題好難。」河崎這麼說：「反正對你們來說，宗教並不是信或不信的問題吧？對你們來說，宗教就『存在』於那裡，打從一開始就存在。」

「是罷。」

「不丹人連蒼蠅都不殺。」河崎驕傲地對我說：「因爲他們相信會轉世，一想到眼前的蒼蠅搞不好是自己的爺爺或奶奶，就不敢亂殺了。」

我用英語向多吉說明之後，跟他確認：「是這樣嗎？」

「是罷。」多吉似乎很開心地點頭。

「對吧，藏傳佛教就是這樣的。所以不丹人才會那麼豁達開朗、平和又溫柔。況且又有因果報應說，只要做好事，總有一天會得到回報，做壞事也遲早會有報應。」

「日本人不也常這麼說？」

「不一樣啦。日本人馬上就想要回報不是嗎？不丹人是這麼想的：就算不是馬上得到回報也無所謂，那或許會在轉世之後才出現。日本人就是追求即效性，老是暴暴躁躁、急急忙忙的。相比起來，不丹人優雅多了。人生漫長哪。」

「那樣說來，不丹就沒有殺人命案嘍？」我提出單純的疑問。

「當然，至少我從來沒聽過。」河崎很神氣地強調。

然而，在一旁聆聽的多吉卻一臉遺憾地回答：「（不，不丹也會有殺人命案。）」相當滑稽。

「哦，這樣啊？」河崎似乎有點掃興。

「（有時候會有。）」多吉好像很不甘心，爲了其中的矛盾顯得有些尷尬。

我放聲大笑，伸手指著河崎：「看吧，你說的是錯的。」

河崎擺出怒容：「不是的，凡事都有例外，對吧？就算有殺人命案，也和日本完全不同。只因有殺人命案，就等同於日本，這種說法太武斷了。不丹人的寧靜與溫柔，毫無疑問是眞的啊。」

「講得那麼了不起。」
「因爲我最喜歡不丹了。」
「河崎先生，相信嗎？」多吉伸長了脖子問。他是在問河崎是否相信宗教吧。
「我啊，從來不相信看不見的事物。」
「啊啊，你是這樣沒錯。」我想起他老是把這句話掛在嘴邊，一陣惱火。
河崎淡淡地說：「不管是哪裡的半島上有幾百名孩童缺乏糧食而餓死，還是哪個陌生的大陸森林裡發生動物大虐殺，在親眼目睹之前，我都不信。不，我要自己不去相信。在親眼目睹之前，等於什麼都不存在，我是這麼認爲的。」然後，他用力地重申：「我抱定這種主義。」
「（你知道這個人在說些什麼嗎？）」我皺起眉，向多吉確認，他只是害臊地搖搖頭。
「這點程度的日語，你很快就能聽懂的。」河崎插嘴。
我特地把河崎無聊至極的演說精簡之後翻成英語，聽完後，多吉大感佩服地說：「（很有趣的想法。）」
「（不過，只相信自己看得到的事物這種想法，仔細想想，不正是眼睛看得見的人的傲慢嗎？）」我的口氣變得充滿攻擊性。
結果河崎說：「琴美，妳的眼睛看不見嗎？」

「不是啦，我是說也要考慮眼盲的人的情況啊。」

「我認爲輕率的考慮，對任何人來說都是一種負擔。」

「那麼，」這下子我變得氣勢洶洶，「就算眼睛看不見的人遭遇困難，也不伸出援手嗎？」

「妳的論點偏離了吧？」河崎似乎很享受這樣的拌嘴。

「我知道論點偏離了啦。」我憤恨地回答：「要吵來吵啊。」

「那種事誰都無法預測吧。如果那個人顯然遭遇困難，或許我會去搭救。但只有這件事我能夠斷定：我不會一廂情願地考慮自己根本沒親眼看到的事而行動，那才是傲慢。」

「沒用的廢人。」我淪爲逞口舌之快的幼稚小鬼，豁出去了。「囉嗦死了，你這個白痴。」

「那麼，琴美，只要看到有人遭遇困難，明明沒人拜託，妳也會一一出手幫忙嗎？」

「當然。」我想都沒想就脫口而出。「要是有人迷路，我會告訴對方該怎麼走。看到有人餓肚子，我會給對方飯吃。」先說先贏，「我還會開路，便利每個人通行。」

「開路是政治人物的工作。」

「也是我的工作。」連我都欽佩起自己的大言不慚了。

「妳那才是傲慢，自命不凡。」河崎微笑，像在安撫忿忿不平的孩子般說：「琴美，妳怎麼變成這種人了？」

「你這個人，眞的讓人很火大耶。」

河崎不改微笑，用英語向多吉解釋我說了多麼有勇無謀的話。河崎的英語雖然比不上我，也相當不錯。

多吉只是說：「（拯救別人，自己也會得救。）」

「所以嘍，」河崎的眼神依然認眞，慢慢斂起下巴：「我也不相信愛，因爲愛看不見。不過，如果愛等於『女人』或『做愛』這樣的意義，我就相信。」

「了不起。」我冷冷地說。

「因爲那一類的東西看得到啊。」

「像那樣裝模作樣、佯裝冷靜，你自以爲很酷，對吧？」要是沒有一邊留心措詞、一邊注意話速，對他的不滿就會像機關槍般爆發出來。我也是相當辛苦的。

「如果妳所謂的酷，指的是泰然自若，我的確是如此吧。」

「我想說的是，你偶爾也表現出熱情的一面如何？」

「熱情，指的是什麼？」

「好比，如果有一本你很想要卻貴得要命的書，就算搶書店也要弄到手。或是，跳進河裡差點溺死，不像樣地掙扎活命之類的。你這個人啊，是那種就算溺水也要裝酷耍帥，最後任由自己沉下去死掉的類型，對吧？」

不知爲何，河崎突然一臉溫順。「掙扎啊……」他低聲吐出一句，「原來如此。我的確是那種會裝腔作勢然後沉下去淹死的人。我很不擅長豁出一切地掙扎。」

「要是現在立刻發生大洪水就好了。」我不負責任地說完，扯著多吉，催促：「走吧、走吧。」

「河崎先生，有趣。」多吉說：「他，瞭解不丹。」不知是否我多心，多吉的語調顯得雀躍不已。「他好棒。」

「（那個人在日本人當中算是特例。）」

「（話說回來，）」多吉突然改用英語，納悶地說：「（他褲子後面口袋裡放著保險證。他生病了嗎？）」

「咦？」我反問，又隨即想到：「（生病的人才不會來棒球打擊場吧。）」

「（或許他是爲了甩掉不安才來的。甩掉生病的不安。）」

「（不管罹患什麼病，那個人都不會放在心上。）」我說：「（他只會逞強耍帥，任由病情惡化。）」我回望棒球打擊場，看著河崎，嘆了口氣：「（喏，你看，他爽得很。）」

就在剛才那裡，河崎正在和兩名女高中生交談。

「（咦，那些女生是從哪裡冒出來的？）」多吉睜圓了眼。

「（那也算是一種病。）」眞是夠了，那些女人是從哪裡被吸過來的？連我也不禁傻眼，該不會是從地面湧出來的吧？「（那種病醫院是治不好的。）」

在歸途上，我們又再尋找車票夾，還是沒找到。

回到公寓，我不由得心生佩服——「不祥的預感」這玩意，還眞不會消失哪。

◇　現在　4　◇

我回到住處，把空掉的紙箱攤平疊好後，就再也無事可做。像是以慘不忍睹的成績結束錦標賽的中繼投手，下一季什麼都沒了。

我再次著手微調畫面模糊不清的電視，神經質地擦拭遙控器上的灰塵，不知不覺間，天色暗了下來。現在幾點了？我想看時鐘，卻遍尋不著，又是一陣翻箱倒櫃，總算找到，一看已是晚上七點半。透過玻璃窗看不到外面的景色，反而倒映出我自己的身影。我拉上窗簾。

我突然想到一件事——也該去向河崎以外的住戶打聲招呼吧。於是，我馬上站起。「趁心意還沒改變之前，快點行動。」這是小時候阿姨常對我說的話，「最好趁著煩了、厭了、怕了之前，趕快完成想做的事。」

父母說的話我總是左耳進右耳出，阿姨的忠告我卻不能置若罔聞。我穿上運動服，照鏡子確認過自己的服裝儀容，沒考慮太多便出門去。

很偶然地，就在樓梯前，我遇到了河崎。「嗨。」他高興地露齒微笑。

「啊……」我毫無來由地覺得尷尬。

「我正要去找你。」河崎寬闊的嘴唇兩端緩緩揚起。

「呃，我想去向其他住戶打招呼……」

「打招呼？」

河崎斜著身子，打算伸手指向樓梯，可能是碰巧吧，我看見有人往公寓走來。

那名青年從公寓前方平緩的坡道小跑步下來，年紀與我相仿，身材精瘦，手裡提著超市的袋子，臉上表情很陰沉。他瞥了我和河崎一眼，似乎對我們完全沒興趣，縮著肩膀匆匆走進最角落的一戶。

「那個人是住一〇一號室？」

「嗯。」河崎生硬地點頭。不知是否我太多心，他似乎不想和那名住戶碰頭。

「是外國人嗎？」老實說，我覺得他看起來根本就是個日本人。

「他來自一個小國家。」河崎似乎也不知道是哪裡。

「哦？」

「像那樣穿著一般的服裝，看起來就跟我們沒什麼區別吧？」不曉得哪裡好笑，河崎莞爾說道：「可是只要一開口，馬上就會露餡。」

「我去打聲招呼好了。」

河崎瞬間板起臉。「跟他？勸你還是不要比較好。」

「啊？」

「我之前說過了吧？他非常沮喪，一直關在自己的殼裡。」

這麼一提，剛才那名男子的表情確實不太明朗。「因爲失去了女朋友？」

「失去？」河崎垂下頭，露出陰鬱的神色，「沒錯，他失去了女友。很可憐。」

當時，河崎口中的「很可憐」三個字充滿感情，我忍不住猜測那名青年或許是在不尋常的狀況下與女友分手。同時，我也懷疑河崎或許與那「可憐」的事件有所關聯。

「河崎，你和那個外國人之間發生過什麼事嗎？」

「我和他沒什麼關係。」

「可是，你卻想送《廣辭苑》給他？」

「因爲我是個好人。」河崎眼角擠出可愛的皺紋。

我沒再追問下去。與其說是臨陣脫逃，其實只是單純地嫌麻煩。

「來我家吧。」河崎說。

我找不到理由拒絕，點點頭。跟其他住戶打招呼的計畫又延宕了，違背阿姨教誨的內疚殘留在心中。

河崎的住處還是老樣子，井然有序，充滿無機質的印象，甚至令人感到冰冷。

河崎這次端出來的不是紅酒，而是紅茶。我啜著紅茶，與河崎面對面。

「如何？你去街上看過了嗎？」

「嗯。」我輕輕點頭，「雖然還不習慣。」我目擊色狼犯案，發現自己的懦弱。這並不是什麼愉快的事。

「改變心意了嗎？」河崎微笑。

「你說書店的事？」

「才一天而已，不可能改變吧。」他搶了我的回答。

「是啊。」

「我的心意也沒有變。」

這段對話毫無脈絡、支離破碎，我卻發現自己因暌違好幾個小時總算能夠與他人說話而感到喜悅。雖然曾和蕎麥麵店的男子聊了兩、三句，除此之外，我沒和任何人說上話。我不知道獨居生活竟會孤單到這種地步。

我別開視線，映入眼簾的是堆積如山的ＣＤ。

「你聽巴布·狄倫的歌啊？」

我一邊伸手拿起ＣＤ盒，一邊問道。收錄我國中時期豁出一切拚命學會的那首歌的專輯，也在ＣＤ堆當中。

「我很喜歡巴布·狄倫啊。」河崎笑也不笑地說。

「仔細一看，河崎你和巴布·狄倫滿像的耶。」

我把其他ＣＤ的封面照片與河崎拉到一起比較。河崎和蹲著的巴布·狄倫看上去非常像，兩者都像狡黠的惡魔，絕非善類，就是那副德性。雖知性卻不優雅，雖冷酷卻不可怕。

「像嗎？」河崎有點困惑，似乎也有些沾沾自喜。

「不至於如出一轍啦，不過氛圍很像。」

「啊？」

「我說氛圍。」

「椎名，你是聲音像。」

「聲音？」我頭一次被別人這麼說。

「一開始聽的時候沒注意到，後來才發現。」

「會像嗎？」

「嗯。」河崎回答。

「可是，這樣的話，爲什麼那個女生沒聽出來呢？」我脫口而出。我單戀的那個女生，爲什麼沒有被我的歌聲感動呢？

「女生？」

後來我們聊了一陣子巴布．狄倫的歌。河崎一下子興奮得滔滔不絕，一下子又沉默不語只管點頭。我們聽了幾張ＣＤ，曲子彷彿融入河崎的房間，想必是牆壁太單調的緣故。

「我呢，」河崎忽然指著自己說：「後天要去搶書店。」

如果他說要參選下次選舉，我還不會覺得這麼沉重。

「我明天就開學了。」我說道，期待這能成爲拒絕的理由。

「大學剛開始都很閒吧？」

「會嗎？」我完全不曉得大學生活會是什麼狀況。不過我也有種預感，學生生活的每一天，可能無論何時都閒閒無事。

「反正晚上才要去書店。」他似乎認定我會參加。我慌了手腳，連忙說：「你好像誤會了，我是不會去的。」

「還有時間，明天晚上我再去找你。」

然而，我無法明白地拒絕他。總之，明天晚上不要待在屋裡就沒事了。我天眞地想。

我走出河崎的住處，轉頭望向一〇一號室，想起剛才看到的青年。那個駝背、一臉陰鬱的亞洲人。還是去打聲招呼好了。我的腳都轉向那邊了，但前往拜訪的氣勢已被削弱，我終究打消了念頭。

翌日，我轉乘公車前往市內的活動中心。大學的入學典禮比我期待的簡樸，卻比想像中還要滿溢奇妙的緊張感。

年輕人穿著不習慣的西裝，壓抑著警戒心，面露笑容，不甚自然地互相寒暄。

每個人應該都知道第一印象非常重要吧，我也明白這一點。所以，每個人在自我介紹之餘，也進行一些無關緊要的對話，一邊觀察情勢。就是這樣的感覺。

「你住哪裡？」「老家在哪裡？」「找到打工了嗎？」

雖然不至於到彼此刺探這種陰險的地步，但很像在籃球比賽中，對手投進球之後，選手們四處移動確保自己位置的狀態。

於是，我明白了自己與河崎的邂逅有多異常。「尾端圓滾滾來過了吧？」「要不要去搶書店？」

實在不是一個想要結交朋友的人，會跟初次見面的對象所說的話。

一點也沒錯，那是異常的。接下來才是正常的學生生活——我高興了起來。

入學典禮結束，我直接前往大學書店，買了幾本需要的教科書，然後和兩個男同學一道去了鎮上。一個是姓山田的關西人，還有一個姓佐藤，喜歡車子。我跟這兩人並不是特別意氣投合，只是因爲坐在附近，自然而然地走在一起。

我們才剛認識，感覺就像與不明白興趣和嗜好的對象探索著彼此的手牌，表面看上去輕鬆自然，其實是戰戰兢兢地避免出糗或自曝其短。說新鮮也是新鮮，說愉快也算愉快，說累人也的確累人。投籃後的卡位行動持續著。

山田不斷挑剔這塊土地與故鄉的差異。他那種把「我們那邊」當成開頭語、滔滔不絕的說話方式充滿攻擊性。若是聽信他的話，他的故鄉關西簡直就是人間天堂了，總之我只是聽聽，持保留態度。

佐藤則是當地人，似乎很希望別人把他視為一個花花公子，頻頻想把話題扯到「女人」、「酒吧」和「車子」上頭。

「是喔？」我應和著兩人的話，卻有種被拋下的感覺。「是喔？好厲害。」個性並非勇往直前的我，光是要聆聽對方的話已筋疲力盡，宛如在客場出賽的足球隊般採取保守姿態。後退、再後退，能得分就很不錯了。

我們三人搭上地下鐵，發現車廂內坐著一名外國人。一身類似民族服裝的打扮，我猜想對方大概來自印度一帶吧。

「老外實在滿討厭的。」山田在我耳邊說。

「啊，我也這麼覺得耶。」佐藤說。

「會嗎？」我反射性地發出像是在反對的話語，可能是想到自己公寓裡也住著外國人吧。再者，至今我置身的環境，從不需要去意識到對方的國籍，所以老實說，我對他人的外表和想法都不怎麼關心。

「搞不懂他們在想什麼嘛。」山田噘起嘴。

要這麼說，日本人不也一樣？——雖然這麼想，我卻沒說出口。實在很想問他：這位如果是美國人，你也會講一樣的話嗎？但我依然沒說出口。

不過，我換了個說法，試著問：「如果我是外國人，你們會怎樣？」

「咦，眞的假的？」佐藤露出嫌惡無比的表情。看到他的反應，我也感到嫌惡，「不是啦，我只是假設。」

他把我從頭到腳仔細觀察了一遍，應道：「哦，大概不會想跟你說話吧。」

「爲什麼？」

「也不是瞧不起外國人啦，總覺得很麻煩不是嗎？日本人之間有一種不用說也明白的默契，可是外國人不懂這些，還得一一跟他們說明，麻煩死了。」

雖然覺得哪裡不大對勁，這個意見還算差強人意。

「總之，」佐藤又說：「我覺得跟外國人不管再怎麼要好，也沒辦法完全互相瞭解。」

或許吧。和山田及佐藤聊著，我心想，這總比孤單一個人要來得強。

和他們漫無目的地在街上閒逛的時候，遇到了河崎。純粹是巧合。我們走在以天橋連接車站的百貨公司附近，河崎就在數公尺的前方。正確來說，不算遇到，而是看到。

我們站在行道樹夾道的人行道上，旁邊是有中央分隔島的大馬路，行人號誌燈催促般的聲響與柏青哥店的音樂喧囂刺耳。我從發面紙的男子手中接過了一包。

我並未叫住河崎，一方面我們之間的距離就算出聲喊也聽不到，再者我身邊有剛認識的朋友，不能就這麼跑過去。

因爲我滿確定，要是這兩個剛交到的新朋友，知道那名奇妙的男子是我認識的人，一定會對我白眼相向。

最主要的原因是，河崎一面走一面踢倒停放在人行道上的腳踏車。就算我想叫住他，也不敢出聲。

一輛腳踏車發出「鏘！」的巨響倒下。人行道與馬路之間設有腳踏車停車格，那輛腳踏車就直直倒進停車格裡。

我無法理解他的舉動，一逕眨著眼睛。只見河崎又伸出腿，用腳底推也似地踢倒一輛登山越野單車。

那輛單車並不是停在人行道正中央，只是超出停車格，路上往來的行人也不至於完全無法通過。

然而，河崎卻接二連三地踢倒腳踏車。「鏘！鏘！」腳踏車發出巨響倒了下去，相鄰的腳踏車則一輛、兩輛地呈骨牌效應傾倒。

「那傢伙在幹麼？」山田說：「腦袋有問題嗎？想踢腳踏車症候群嗎？」無聊的笑話，我只是禮貌性地笑笑。

「看樣子，那人相當火大吧。」佐藤接過話。

「我們那邊就沒有這種人。」山田連這種事都要拿來跟故鄉比。

我的腦袋一片空白，無法開口。光看著眼前的情景都很勉強了，我不敢承認山田說的「這種人」是自己認識的人。

又傳來腳踏車倒下的聲音。

或許河崎這個人有突發性胡來的毛病，我不禁如此懷疑。好比，搶書店偷《廣辭苑》、一輛一輛踢倒停在路邊的腳踏車。或許他有一種病，驅使他老是做出違反常識的舉動。

忽地，我的眼角瞄到一名男子。

男子拄著拐杖，走過停在原地的我們身旁。

拐杖是白色的，接著我看到男子臉上戴著墨鏡。這個人或許眼睛看不見。

男子身形瘦削，拐杖有節奏地左右擺動，一邊敲擊地面一邊前進。我看得戰戰兢兢，但他的動作很熟練。

男子筆直前進。

我望向拐杖男子的腳邊，不禁「啊！」了一聲。

拐杖男子走在人行道邊緣，因爲只有那一帶的地面有顏色，上頭有凹凸，那叫導盲磚，是用來引導視覺障礙者的磚塊。撐拐杖的男子正探尋著導盲磚，在上頭行走。

我渾身上下感到一股不可思議的爽快感，彷彿發現了謎題解法般痛快。

河崎踹開的每一輛腳踏車，原本都停放在導盲磚上。

搞不好，他是發現路上有盲人撐著拐杖行走，才把擋路的腳踏車踢開。我拍膝暗叫：「河崎是在爲撐拐杖的男子開路啊！」但同時我也心想：「這未免太胡來了。」腳踏車擋了路，用不著粗魯地踢開，把車子抬起來移開就行了。不然直接出聲叫住撐白色拐杖的男子，爲他引路也行，根本沒必要像是踢開女友的仇人似地踹倒腳踏車。

我的視線回到河崎的身上。他仍繼續踢倒前方的其他腳踏車，「鏘！」的聲音響起，他的身影逐漸遠去。

「那人到底在幹麼？」佐藤低聲嘟囔。

至於我，依然處在一種揉合爽快與訝異的不可思議心情當中，同時暗忖，這下子得重新考慮今後該如何與這位鄰居相處了。

然而，我根本沒有考慮的時間，因爲那天晚上，河崎跑來找我。

他站在打開的門前，說了聲「嗨」，露齒微笑。門前的日光燈發出微弱的光線，看起來也像是他背負著另一邊夜晚的黑暗。

「等等，我正在愼重思考該如何與你相處下去啊。」——不能拿這種理由趕他回去。

看著快活地向我打招呼的河崎，我也沒辦法說出：「今天我看見你踹腳踏車。」

河崎毫不理會手足無措的我，開口：「喏，走吧。」

「若走八？」

「去書店。去搶書店。」河崎面露微笑，從黑色外套內側取出模型槍揮了揮。「車停在外面了。出發吧。」

一切來得太過突然，我驚訝不已。「可是，搶書店不是明天嗎？」今天不是只要確認我參不參加而已嗎？

「要活得快樂只有兩個訣竅。」河崎輕快地說：「一是不要按喇叭，二是不要計較小事。」

「亂七八糟。」

「這世上本來就是亂七八糟。」河崎的表情也像是打從心底悲嘆，「不是嗎？」

◇ 二年前 4 ◇

翌日前往寵物店的時候，我已沒把車票夾的事放在心上。就像早已不迷了的搖滾樂團新發售的專輯一樣，完全無所謂。

「這個，可愛。」多吉透過玻璃望著籠子裡的小博美狗說：「很可愛，呢。」

大學那邊似乎因教授有事而停課，多吉閒得發慌。他一閒得發慌，一定會去電影院，然後回程的時候繞過來我打工的地方。在不丹，狗和貓似乎都正大光明地放養在外頭，過著絕對稱不上乾淨的生活，所以多吉看到陳列在清潔環境中的動物，感到很稀奇。

我工作的寵物店位在拱頂商店街的某條小巷子裡，是一個鋪滿紅磚、別致風雅的場所。店鋪占地不廣，卻充滿清潔感。外牆與招牌是美麗的白色，想必是爲了配合麗子姊外表的白。

「想要的話可以賣你。」麗子姊一邊檢查懷裡柴犬的牙齦，一邊對多吉說道。語調一如往常，沒有抑揚頓挫。「琴美是店員，我可以算你員工價。」

「有員工價嗎？」我從沒聽過這回事，不禁提高聲調。麗子姊面無表情地回答：

「現在有了。」

我不明白話中有幾分是在開玩笑。「可是，我們住的公寓不能養寵物。」

我和多吉並肩站著，望進籠子裡，裡面的幼犬拚命地啃著滾動的小球。

「狗眞的很可愛。」麗子姊用一種發表數學公式般的武斷口吻說。這句話她一天要說上十次，我覺得她的言外之意是：「只有我明白這件事。」不過，從那張毫無表情的臉上完全看不出來。

「眞不敢相信竟會有人虐待這樣可愛的狗。」麗子姊接著說。

我吃了一驚，直起身子轉向麗子姊。我知道自己的血壓急遽下降。

「虐待……妳是指殺害寵物的事件嗎？」光是說出口都令我全身戰慄。

就算以爲自己遺忘了，痛苦與恐怖的記憶怎麼也不會消失。在兒童公園杉樹林裡喧囂的男女身影瞬間浮現腦海，記憶中那座公園比實際上還要黑暗。我注意到時，自己正緊咬著牙。

我的視線移向角落的籠子，那是原本放黑柴的地方，現在依然空空如也。我和麗子姊都盡量不去看那裡，但不管怎樣都還是會在意。黑柴平安無事嗎？牠和寵物殺害事件無關吧？沒有消息就是好消息嗎？我們兩人都沒提起黑柴的事。

「昨天好像又發生了。」麗子姊的口吻不帶感情。把人形容爲人偶或許是種老掉牙的比喻，但麗子姊看起來就是個人偶。沒有動感或肉感魅力，只有宛如觀賞品的美。她的白皙給人強烈的印象，應該是三十五歲左右，皮膚上卻沒有一絲皺紋。她是白色的陶器，唯恐一敲就破碎，纖細的體格更讓人直接聯想到人偶。從七分袖的春季毛衣露出來的手腕，細瘦得彷彿連我都能一把折斷，她卻以這樣的身軀，成天與活潑的黃金獵犬及英國古代牧羊犬格鬥，只能說太令人驚奇了。

就連和她一起工作了兩年的我，若是她沒親口說「眞開心」，也無法分辨她是心不甘情不願地、疲倦地，或是高興地幫狗梳理毛。

「昨天又發生了嗎？在哪裡？」

麗子姊稍微頓了一下，或許她是在煩惱該不該說，但最後還是開口：「在距離市區一公里遠的河岸，發現四肢被切斷的貓。」

我倒抽一口氣，就這麼忘了呼出來。「好殘忍。」

「是很殘忍。」麗子姊用一種絲毫不覺得殘忍的聲音說：「而且四肢可能是活生生被切斷的。」

「騙、騙人的吧？」

雖然不認爲麗子姊會說那種謊，但我實在不願相信。

「是野貓嗎？」

「不是。」麗子姊搖頭，「是店裡的貓。」

「店？寵物店的？」我急忙掃視店裡，查看有沒有鎖壞掉的籠子或是玻璃破掉的門窗，一邊檢視有沒有動物受傷。

「不是我們店，是和久井小姐那裡。」麗子姊說。和久井小姐是一家叫「奧黛麗」的寵物店的老闆，她的店位於大馬路旁。

聽說她是某大樓房東的獨生女。她把位於商店街中心一棟高聳建築物的一樓到五樓全部拿來開寵物店，應該是全縣最有名、規模最大，恐怕也是最賺錢的一家寵物店。然而，相較於豪華的外觀和大手筆的宣傳活動，卻感覺不到她對動物的愛情，我不大喜歡那裡。順帶一提，以「和久井小姐」開頭的流言多不勝數：和久井小姐踹了野狗、和久井小姐把貓扔進河裡、和久井小姐被長得像柴犬的男人甩了、和久井小姐看上去那副模樣，從前可是個田徑選手，百米紀錄十二秒多……

和久井小姐的店只會進一大堆流行的犬種，對於賣剩的動物則露骨地刻薄對待。根據傳聞——也就是不可靠的情報，她是基於「想要擁有一家時髦的店」這種現實而非文學性的動機才開店。聽說，其實不管是咖啡廳還是精品店都好，她只是偶然看到出現在電視上的狗很可愛，便選擇開寵物店。這件事益發令我感到不愉快。

「貓是從她的店裡偷走的？」

「她剛剛來我們店裡是這麼說的。」

「和久井小姐來過？她來麗子姊這裡做什麼？」

「天知道。」麗子姊淡淡地說：「可能是想抱怨吧，她看起來又不傷心。」

「貓，被殺了嗎？」多吉回頭納悶地問。雖然只是片片斷斷，但他也聽到我們的對話了吧。

我和多吉四目相接，他的腦中應該浮現和我相同的場景。夜裡遇到的那些年輕人的身影、聲音，還有興奮的氣息。

「欸，之前你說過不丹有鳥葬，對吧？」我想起來了，「（乾脆把那些罪不可赦的寵物殺手抓去鳥葬好了。你不想嗎？把凶手剝光綁到樹上，讓鳥和野獸吃掉。）」

「（我前天也說過了呀，鳥葬是喪禮儀式的一種，不是殺人的方法。）」多吉露出很頭痛的表情。

「（讓他們活生生被鳥啄死好了。）」我說著，伸出兩根手指。「（尤其是眼睛。）」

麗子姊不擅長英語，沒加入我們的對話，但也不見她面露不悅，或許她把我們的對話聲當成貓叫或狗叫吧。

店門打開了。麗子姊以一點都不像從事服務業的冰冷聲音說：「歡迎光臨。」我只好帶著兩人份的心意再次出聲招呼。

一看到進門的客人，我「呿」了一聲。

「眞巧啊。」踏入店裡的客人一臉訝異，仍對我露出微笑。

身穿緊身牛仔褲、披著短外套的男子，正是河崎。一名濃妝豔抹的女人緊勾著他的手臂。女人看上去年紀比我大，但應該是二十多歲沒錯。

「琴美認識的人？」麗子姊看向我。雖然只是普通的問題，但被面無表情地這麼一問，感覺好像被審問一樣，很不可思議。

「河崎先生。」多吉高興地揚起手。

「嗨。」河崎笑了開來。

「你來幹麼？」我將氣憤的情緒注入話語。

「呃，這真的是碰巧。」河崎辯解似地手在面前揮著，「她突然說想看狗才進來，我不曉得妳工作的店就是這裡。」

「這女人是誰？」濃妝女露骨地顯露不悅，朝我瞪來。

噢噢，好可怕——我真想舉雙手投降，大叫：「我是無辜的。」我跟這個人一點關係也沒有，請不要用那麼恐怖的眼神看我。真要說的話，妳和我同樣都算被害人協會的會員哪。

「哦，她嗎？是我朋友。」河崎相當熟悉這種時候該如何處理，從容不迫地介紹我。

「以前是朋友，現在是陌生人。」我點著頭附和，但濃妝女似乎不滿意，仍是一副不相信的表情。

「想要看什麼樣的狗呢？」麗子姊把懷裡的狗放回籠子後，走了過來。

「這位是店長麗子小姐。」我主動介紹。

「好漂亮的人啊。」河崎總是能夠很自然地說出這種話。

麗子姊神情不變，也沒皺眉，但她轉頭望向我，似乎很訝異這個男的突然在講什麼。

「呃……」我指著河崎說明：「這個年輕人立志把全世界的女人占爲己有。」要我再加上一句「他認爲能夠藉由不斷做愛來接近眞理」也成。

「喂，你幹麼稱讚別的女人？」纏住他臂膀的女人不高興地說。

「我只是說她很漂亮而已啊。」

「眞不敢相信！」女人把頭撇向一邊，嘟起嘴的表情看起來惺惺作態。

河崎還是老樣子，對女人的情緒相當遲鈍，他應該是沒興趣吧，毫不在意地走近放狗的籠子。「這好可愛。」他瞇起眼睛說：「騎士查理王獵犬。」

「你知道得眞清楚。」麗子姊說。

「你是眞知道還是假知道啊？」

「當然知道嘍。」河崎認眞地說，望向一旁的多吉。「這是英國查理國王特別疼愛的犬種。」

「查理，嗎？」多吉生澀地說。

「欸，反正你不會買吧？快點回去。」我插嘴。

河崎沒生氣，反倒是一旁的女人動怒了。「這女人怎麼搞的？有夠讓人火大的。這樣也算店員嗎？」

我一想到這個女人不久就會被河崎拋棄，比起憤怒，更感到同情，連自己都很訝異，我竟不生氣。我發現自己心中彷佛鎮坐著一尊佛陀。

「還有，這人不是日本人吧？」女人說得很快，手指著多吉。

「虧妳看得出來。」河崎佩服地說。

「外表是看不出來啦，可是他說話很奇怪啊。」

聽到這裡，我的佛心出現了裂痕。

「他是不丹人。」河崎進一步說明。

「妳，好。」多吉搜索著適當的話語說道。

女人露出極為厭惡的表情，目不轉睛地看著多吉說：「那是哪裡的國家？光聽就覺得非常落後。」

「喂！」連我也不禁動怒，盤算著至少要讓她吃一記衝撞，河崎卻搶先一步。

他迅雷不及掩耳地把勾住自己手臂的女人拉開，扯著她轉朝自己，按住女人的雙肩，接著間不容髮地高高舉起右手，一掌摑上她的臉頰。一道清脆的聲響。籠子裡的貓狗們彷佛配合突然響起的聲音進行調音，發出長長的嚎叫。

「你幹什麼啦！」

「不許侮辱我的朋友。」河崎說。

「等一下……」我想要說話，卻一直插不上話。

「快滾！回去、回去！」河崎扯住女人，硬是把她拖出店門。把女人趕走之後，河崎一臉爽快地回來了。

「等一下，多吉不是你的朋友吧？」我總算說出口了。

「那個人，沒關係，嗎？」多吉困惑地望著門口。

「什麼？你說誰？」河崎好像眞的把那個女人忘得一乾二淨。

「你也快點滾出去啦。」

河崎再次湊到籠子邊，喚多吉來看，一邊悠哉地說了起來：「這種騎士查理王獵犬啊，在宮廷備受寵愛，所以本來養狗要付稅金，只有這種狗不必支付。」

麗子姊允許我把休息時間提前，於是我們到附近的咖啡廳喝咖啡。麗子姊一定也很想把光看狗而不回家的河崎趕走吧。

我們來到拱頂商店街，走進大樓一樓的咖啡廳。店裡只有一扇小窗，還掛著窗簾，空間感覺很密閉。櫃檯有一名像是店長的中年女子，不過送來餐點之後，她一直只顧埋頭看文庫本（註）。

註：日本的一種書籍出版形式，爲A6尺寸，攜帶方便且價格低廉。

可能是攏有芳香劑，人工的柑橘香味濃重，干擾了咖啡的味道。

「你不去追那個女的沒關係嗎？」我一開口便對河崎這麼說。

不出所料，他充耳不聞，甚至回了我一句牛頭不對馬嘴的話。「可是，我好高興。」

「高興什麼？」

「琴美居然會邀我來咖啡廳，我還以爲自己肯定被討厭了。」

「不，你的確被討厭了。」

「我想，和你縮話。」多吉在我旁邊高興地點頭。

「我也很想和你『說』話。」河崎像老師教導學生般，清楚地發音。

「請不要拐騙純潔的不丹人好嗎？」

「可是，我也是純潔的日本人啊。」河崎說著，一張臉笑開了。「對了，剛才那個麗子小姐長得好美。」那副表情就像登山家在迷霧的另一側發現了新的山峰。

「拜託。麗子姊雖然美，但她不會對你有興趣的。」

「我明白。」看他的表情是完全不明白。

「而且她的年紀比你大。」

「沒關係。」他撫摸著美麗的髮絲，從容不迫地說：「她宛如一尊蠟像。雖然漂亮，卻像假的。」

「很帥氣吧？」我激動地說。

「她是個怎樣的人？」

「面無表情、冷靜沉著，就算聽到人家說『從明天起我要一天引爆一顆核子彈，一步一步毀滅地球』，她也會不動如山。」

不知我親切詳盡的譬喻哪裡好笑，我每說一句，河崎就笑一句，卻又笑得十分迷人，令人氣惱。總之，他興奮地說：「不要緊，只要和我交往，麗子小姐也會變得表情豐富。」

「眞想知道你那自信是打哪裡來的。到底是從哪裡來的？」

「自信來自於經驗與實績。」河崎說完，表情變得暗沉，也像是被自己的話刺傷。

「才不是。」我按捺想拿起水杯潑上去的衝動，「那是過度自信。沒有不安的自信，是假的。」

「別看我這樣，我啊……」

「『對於在床上帶給女人幸福，是很有自信的』，對吧？」我搶先說道。這是他從以前就掛在嘴上的口號，或者說像是廣告詞一類的東西。

「妳記得眞清楚。」

「可是啊，麗子姊就算和你上床，眉毛也不會動一下。」雖然沒有根據，但我有自信。沒有經驗與實績的自信。

「最近，我總算發現一件重要的事。」

「什麼事？」

「人的一生太短了。想要抱盡世上所有的女人，實在是太短了。」

「哇，眞的是這樣耶！大發現！」我故意誇張地做出吃驚的反應，拍手嘆息，然後轉向多吉，垮下了臉。

「所以，我想要盡可能珍惜每一場邂逅。剛才的麗子小姐也是。」

「總之，就是想和每一個遇到的女人上床，是吧？」

「我的夢想是用交往過的女人的生日，把三百六十五天全部塡滿。從元旦到除夕，我要和每一個不同生日的女孩子交往。」

「這個夢想相當有意義。」我終於敗下陣來，開始自暴自棄。我探出上半身，向河崎擺出要求握手的姿勢說：「我支持你，加油。」

「多吉這個名字在不丹常見嗎？」河崎轉問多吉。不知道是厭倦和我說話了，或者是想完成原先的目的。

「常見。」

「這樣啊。」河崎啜了一口咖啡說：「怎麼樣？想要我教你日語了嗎？」

「（這種人能教你的全是不像樣的話，都是些泡女人的話。）」

「喂，不要用英語啦，妳那樣會害他永遠學不好。」

「女生，我，喜歡。」多吉說著，笑了。

河崎的臉綻放光芒，他以發現同志般的開朗聲調說：「我就說吧？」

「多吉和你水準不同，程度不一樣。」

「沒那種事。」

「是罷。」多吉高興地回答。

「啊，對了，話說回來……」河崎突然迎面看著我。

我的胸口一震，心跳加速。事到如今，我還會被河崎的外表吸引嗎？怎麼可能？我重振精神，嚴厲地回答：「幹麼？」

「琴美有事煩心，對吧？」

「咦？」

「昨天遇到妳的時候我就這麼想了，妳的不安都寫在臉上。」

「哦？」我佯裝不知，喝了一口水。

「琴美每次平靜不下來的時候，就會喝水。」

「渴的時候也會喝啊。」

「可是妳會去棒球打擊場，通常是爲了甩掉不安吧？」

多吉開始不安分地扭動身體，「其實……」他思索著用日語該怎麼說。我知道他想和河崎商量那些年輕人的事，還有我掉了車票夾的事，慌忙插嘴：「沒事啦。」接著在桌子底下用左手狠狠地拍了一下多吉的腿，硬是阻止他說下去。

「不說這個，你自己不也上醫院去了嗎？」我做出反擊，壞心眼地問：「你是不是得了什麼糟糕的病啊？」

「爲什麼這麼問……」好久沒看見河崎狼狽的模樣了。

「你每次平靜不下來的時候，眼神就會游移不定。」總算痛快了些。

只是河崎比我想像中還要慌張，我怔了一下，說出原委：「多吉在你的口袋裡看到保險證啦。」

「對不起。」多吉道歉。

「啊，原來如此。」河崎似乎恍然大悟，臉色卻依舊很差。

「難道……你身體眞的有什麼問題？」

「其實啊……」河崎垂下頭，語氣凝重，手撫著下巴，似乎很苦惱該不該說出事實。

「對不起，」我突然良心不安，「我不該拿這種事開玩笑……」

這時，河崎抬起頭，歪著嘴，很難受似地吐出：「其實啊，櫃檯有個很可愛的女孩。是內科的。想追人家，也得等彼此再熟悉一些吧？所以我打算定期去醫院看診。」

聽到這個回答，我決定再也不跟這個男人說話了。

「可是，我不知道健康檢查不算在保險裡。」河崎鼓起腮幫子說。

「不要理這種白痴了，走吧。」我對多吉說。看看手表，休息時間差不多要結束了。

「多吉還有時間吧？我們再聊一下。」

「是的。我，可以。」不知爲何，多吉似乎很喜歡河崎，一臉開心。「我，還想，說話。」

「最好不要。跟這種人在一起，會被傳染輕浮病。花心怪人會附到你身上喔。」

多吉一臉茫然。「輕浮」和「怪人」這些詞或許難度太高了，多吉嘴上雖然說「是罷」，卻沒有要起身的樣子。

「對了、對了，」河崎也不像要挽留我，卻又向我搭話：「琴美對最近的殺害寵物事件有什麼看法？」

這些事件正是最近折磨著我的問題，我差點沒尖叫出聲。我用杯裡的水把尖叫沖回喉嚨。

「不曉得後來怎麼了呢？」河崎問道。

「什麼怎麼了？」

「光是在報紙上看到的，就發生了二十件左右，全都是狗和貓吧？在寵物業界沒有造成話題嗎？」

「有啊。」昨天慘遭殺害的動物就是從寵物店偷走的，「眞的太殘忍了。喂，你去消滅他們啦。」

「講得像是消滅蟑螂似的。」

「蟑螂好多了。」我發現憤怒從自己的體內沸騰湧出。我再次抓住杯子，正要拿起來的時候，手卻不禁顫抖，我慌忙放開手。腦子裡浮現那些年輕人的身影，「你覺得凶手是怎樣的人？」

「年輕人吧。」河崎若無其事地說：「做那種事的絕對是年輕人，爲了排遣無聊，不然就是發洩壓抑的不滿。」

「嗯，可能是吧。」

「不能原諒。」

「莫非，其實你很喜歡動物？」我不知道原來河崎是這種人，十分意外。坦白說，我和他交往的期間就是這麼短，短到連他有這樣的一面都來不及知道。

「我啊，比起人類，更喜歡貓狗。」

「琴美，也是。」多吉開朗地說，伸手指著我。

「不，這個男的就算是狗，也只喜歡母狗喔。沒錯。」

「妳究竟把我當成什麼？」

「一個很棒的男性啊。」

我們聊天的時候，右側桌位的制服粉領族們頻頻望向這裡。她們對河崎有意思。

「你現在還聽狄倫的歌嗎？」因爲沒話題了，最後我不經意地這麼問。

「巴布．狄倫？」河崎點頭，「現在也常聽啊，不行嗎？」

「我也，喜歡。」多吉插嘴。

多吉來到日本，認識我之後，也開始聽起巴布．狄倫的歌。

「是喔。」河崎的眼睛熠熠生輝，「他的聲音眞是棒透了。」

「會嗎？皺巴巴的，很恐怖耶。」我故意唱反調。

「他的聲音像在撫慰人、又像在揭發人心，很不可思議，對吧？那是神明的聲音。」河崎豎起食指。

我在與他短暫的交往期間，也常聽他這樣形容，早就膩了。「對對對，是神明。」

「神明，嗎？」多吉感動地說。

「別理這種人，我們快走吧。」我站起身，不理會露出苦笑的河崎，直接走向出口。

來到櫃檯的時候，我發現忘了拿帳單，回頭一看，河崎已移動到鄰桌，正向粉領族們搭訕。蠢斃了。我沒付錢便離開咖啡廳。

「我想，請河崎先生，教我日語。」我們走在拱頂商店街，多吉一字一句地慢慢說道。

「（與其讓那種人教，去買本辭典還比較有用。《廣辭苑》就不錯，厚得要命，比河崎可靠太多了。）」

「ㄍㄨㄚˇ ㄘˊ ㄖㄢˋ，嗎？」多吉新奇地低喃著剛學到的新詞，「有人會，給我嗎？」

◇ 現在 5 ◇

「椎名，你會唱巴布．狄倫的歌吧？」河崎開著據說是跟朋友借來的舊型轎車，詢問坐在副駕駛座的我。

「我只會〈隨風而逝〉。只會這首。」

河崎默默地盯著我，我再次用力地強調：「我只會〈隨風而逝〉而已。」如果我單戀的對象是披頭四迷，我會唱的應該是披頭四的歌。

或許因為這裡是國道旁的小巷，夜晚路上頗為空曠，兩側全是民宅，頂多再加上小酒鋪和郵局而已。由於已入夜，店鋪都關著。十字路口的信號燈一個接一個轉綠，車子順暢地前進。只有一次，因一輛休旅車硬是從旁邊的道路插進來而緊急煞車，除此之外，我們的車子完全沒停過，反倒像要避免我的決心動搖似地，河崎開車的速度愈來愈快，前方的號誌燈光彷彿融入黑暗的風景。

「你眞的要去搶書店？」因為毫無現實感，我試著說出口。還是一樣毫無現實感。

「你只要站在後門就行了。」

「站在後門？」

「嗯，這麼一來，店員就不會從後門逃走。」

「店員逃走不是反倒好嗎？沒人在的話，要偷多少本書都行。」我提出理所當然的疑問。

河崎沒回答。他用力轉動方向盤，車子猛地往右駛去。我之前沒怎麼意識到，從側面看上去，河崎英姿煥發，同樣是男性的我都幾乎被迷住了。該說是豪邁嗎？他顯得無比堅毅。

「後門的門板上有個玻璃小窗，你站在後門那邊，從店裡就可以看到你的影子。」

「你要自己一個人進去店裡？」

「那是家小店，只有一個打工的店員，我們去的時間已快打烊，應該沒有客人。」

「眞是清楚。」

「調查過了。」他一副理所當然的表情，「我計畫很久。」

「計畫？」

「計畫作戰。」河崎望向遠方。

「你應該去做更有意義的事吧。」

「三十分鐘過後就逃走。」

「要花上三十分鐘？」

「過了三十分鐘，你就逃走。我也會逃走。」

「其實我沒帶手表耶。我忘了帶。」我捲起毛衣袖口，把手伸向駕駛座。我不是故意的，而且河崎也沒指示我要帶什麼，這不是我的錯。我只是想說連手表都沒有，還是打道回府比較好。

「這樣的話，就是巴布・狄倫了。」河崎思考半晌之後，興奮地說。

「什麼？」

「〈隨風而逝〉大概三分鐘吧？你唱十遍就逃走。」

一邊唱巴布・狄倫的歌，一邊搶書店？

我想動怒，卻不知道該怎麼生氣。就算想無言地離開，人也坐在行駛的車子裡，無處可逃。「你是認眞的嗎？」

電線桿一根根往後方退去，圍繞著路燈的一隻飛蟲撞上擋風玻璃。

「你拿著模型槍，舉在玻璃窗前讓店員看到，這樣他就不敢輕舉妄動了，然後每隔一陣子就踢門。」

「踢門？」

「要讓店員知道外面有人。你唱兩遍〈隨風而逝〉……就這麼辦吧，每唱完兩遍就踢門。這套動作重複五次，怎麼樣？」

「要是有人能在這時候回答『沒問題』，我一定會很尊敬他。」

「用不著尊敬。」

「只是偷一本《廣辭苑》，有必要這麼大費周章嗎？」

「凡事都有步驟。」

河崎表現出無論我說什麼都不會改變心意的頑固。

「就算沒有我也無所謂吧？」這是我最起碼的抵抗。我已踏出學生生活的第一步，也逐漸有交到朋友的跡象，只希望他不要把我捲入犯罪。「你自己一個人去、自己一個人逃走，不就得了？」

「我不要有人從後門逃走。」

「為什麼？」

「就是不要。」又是這種回答。河崎簡直像拿歪理當盾牌、勇往直前的士兵。那面盾牌意外地堅固，我輕而易舉地被撞開。

好一段時間，我們沉默不語。車子靜靜地前進，偶爾彷彿被排列於兩側的捕蚊路燈吸引過去般左右變換行進方向，唯有車速一點也沒慢下來。

「我不想搶什麼書店。」

「我知道。你沒那個意願，可是，是我拜託你這麼做的。」河崎的聲音爽朗，但充滿堅定的意志。「你要做的事很簡單。」

我倚在副駕駛座上，摻雜塵埃的座椅氣味讓我噎住了。

「我想問你一個問題。」車子總算被紅燈擋下來，我開口問他。可能是路燈變少的關係，四下又更暗了。

「什麼？」

「其實，今天我在車站附近看到你了。你瘋狂地踹腳踏車。」

車子行經公車站，站牌的燈光照亮了駕駛座上的河崎的臉。他只流露些許驚訝的神色。

「腳踏車？」他一副完全不記得有這回事的模樣。

「希望你能告訴我，爲什麼要做那種事。」

「那種事？」

「那個時候，我看到附近有個雙眼不便的人。難道你是爲了讓那個人好走一些，才把腳踏車踢開？」

「如果是那樣呢？」

「你這個人出乎意料地親切。」

「你想太多了。」河崎斟酌遣辭用句似地說。

「可是，你就像在幫那個人開路一樣。」我說出內心的想法，結果他睜圓了眼，也像是有點不知所措。

半晌之後，他低聲說：「開路是政治人物的工作。」不過，他的口吻彷彿是在懷念著什麼，我有種奇妙的感覺。

「其實，」雖然也不是順便，我決定說出我的恥辱——而且是剛發生不久的新鮮的恥辱。「昨天我在公車裡發現色狼，被騷擾的女生非常困擾，我卻只是袖手旁觀，什麼事也沒做。如果是你，一定不會默不作聲吧。」

「我什麼都不會做。」河崎靜靜地說：「唯一確定的是……」

「確定的是？」

「我沒有駕照。」

在罵他之前，我先確認自己繫好了安全帶。

車子往北駛進一條偏僻的小徑，在旁邊的空地停下。這塊地被磚牆包圍，地面鋪著砂礫，車子開上去的時候發出響亮的噪音，但一關掉引擎，四下瞬間變得鴉雀無聲。這塊空地的大小，約莫可蓋一棟房子。

角落堆著即將解體處分的車子，有整輛車翻覆過來的，有看起來還能跑的，也有電動機車。那些車子層層疊疊地堆放，在夜晚的黑暗中，看上去也像是一座醜陋的要塞。

土地正中央豎著一塊看板，四下太暗，看不見上頭寫了什麼，但湊近一看，可以看出「管理地」三個字，以及不動產公司的名稱和電話號碼。連晚上十點過後擅自開車闖進來的我們都無法阻止了，究竟是在「管理」什麼？我單純地感到疑惑。

「有很多車呢。」我指著角落的要塞。

「都壞掉了。」

「也有看起來還能動的。」我說。

於是河崎微笑，點點頭說：「沒錯，不過混在一起就看不出來了。」

啊啊，對耶。我靜靜地回答。

「書店就在那裡。」河崎指著人行道前方。

「我說啊，你沒有駕照怎麼可以開車？」

「沒有執照的政治人物更恐怖吧。」河崎像在挑選措詞似地慢慢說：「就照剛才說的：去書店，三十分鐘後，回來這裡。」

「在這裡集合？」

「對。」

「那個袋子是什麼？」我指著河崎手裡的塑膠袋。

「拿來裝《廣辭苑》的。」他只這麼回答。

雖然不想承認，這個時候，我已決定一起去搶書店了。

我不記得曾被強硬地說服，拒絕的手段應該還有無數種，然而我在心情上卻已接受。

好，老實招了吧，我應該是躍躍欲試。整件事毫無意義、愚蠢，而且違反法律，我卻有一種嘗試無人敢嘗試之事的興奮感。其實，跟小孩子順手牽羊或高中生抽菸沒兩樣，或許也近似出門旅遊時的違法買春行爲。

這點小事應該不會有什麼問題吧——我天眞地這麼想，甚至愚蠢地期待可以拿來向別人炫耀。

遠方傳來狗叫聲，但也很快地融入夜裡。垂吊在電線桿下方的麻將館看板，被風吹得喀噠作響。遙遠的地方傳來車子駛過的引擎聲。除此之外，夜晚是寂靜的。

「你要做的事很簡單。」河崎一字不差地重複在車裡說過的話。

夜晚的黑暗會使得人們失常。阿姨曾這麼說：「夜晚會使人殘酷，也會使人坦率，還會讓人裝腔作勢。夜會讓人變得輕率呢。」

也會驅使浮躁不安的大學生犯下罪行吧。我踩著步伐追上河崎。然後，此刻我站在書店的後門外，抬起了我的腳。

搬家前剛買的運動鞋的鞋底踢上木質紋路的門板，心臟彷彿跟著一震，頭上低垂的樹枝似乎也晃動了一下。再踢一次。咚，聲音驟響，我的心臟又跟著一震。

可能是原本停在門上的小飛蟲翩然飛起，掠過我的鼻尖。

河崎從書店正門口衝進店裡，他大叫「不許動！」的聲音，我這邊也聽見了。仰望天空，一片漆黑。我遲遲找不到月亮的所在，不安了起來，握住模型槍的手心直冒汗。店裡傳來東西倒下的聲響，店員倒在平臺陳列的書上的情景瞬間浮上腦海。

小聲唱著巴布·狄倫的歌，已進入第五遍。我知道玻璃小窗另一頭有人在動，是河崎嗎？還是店員？

我目不轉睛地注視著模糊的霧面玻璃，一切彷彿都是幻覺，我甚至當場暈眩了起來。

爲了確定自己還站在地面上，我用鞋底磨蹭著泥土地。泥土很乾，我踏到一顆小石子。像是要享受那尖銳的觸感，我一次又一次用鞋底撫著那顆石子，然後，我便一直在後門附近徘徊。

店裡安靜下來了。只聽得見如同咒文般哼唱的歌聲、頭頂上被風吹拂的葉子沙沙聲，以及我的鼻息。

注意到的時候，我已離開門旁，走到書店外牆的最邊緣。一探出頭，看到的是停車場，那裡只孤伶伶地留下一輛疑似店員開來的白色轎車。

咦！——我差點叫出聲來。

副駕駛座上有人。一開始我以爲是路燈太亮而眼花，但不管我眨幾次眼，人影都沒消失。沒有消失，表示眞的有人在那裡。我好不容易才搞清楚狀況。

凝目細看，副駕駛座上的男子似乎戴著眼鏡。可能是墨鏡，但怎麼會有人在夜裡戴墨鏡？

一瞬間，男子的臉動了。或許只是錯覺吧，但我嚇了一大跳，連忙把頭縮回牆後。

那個人是誰？店員嗎？不，既然坐在副駕駛座，或許是在等人。我心頭掠過一陣不安，暗想應該趕快通知河崎。

我小跑步回到後門。霧面玻璃的另一頭一片模糊，無法看清楚裡面的狀況。

我抓住門把，金屬比想像中冰冷，我吃了一驚，彷佛一碰上就黏住似地急忙抽手。然後再一次，我握上門把。我打算打開後門，對店裡的河崎大叫「快逃」。

你要做的事很簡單——雖然被這麼吩咐，但沒人禁止我做困難的事。就在我正要把門往外拉開的時候，傳來車子發動的聲音。

是剛才的車。我想回頭去停車場確認狀況，剛轉身踏出一步，又想起自己「非踢門不可」的任務而煞住了腳。

〈隨風而逝〉的第六遍唱完了。

我回到門前，舉起右腳踹下去。聲音不大，卻足以讓我渾身哆嗦。

我間不容髮地再補一腳，力道可能比剛才大太多，響起木材裂開的聲音。整座闃靜的小鎮豎直了耳朵傾聽著。

我立刻轉身，急忙移動腳步想去查看停車場的狀況。空調室外機很礙事，飛近臉頰的蛾也很礙事，我伸出手揮開。

我從牆邊探出頭，望向停車場，不出所料，轎車消失了。直到剛才還停在那裡的車子，連一絲煙霧也不留，消失不見。剛才聽到的引擎發動聲，果然是那輛車子。

我居然忘了要唱歌。我急忙趕回後門，卻絆到沿著外牆設置的排水管，差點沒跌倒。跑來跑去的，我到底在幹什麼啊？一種窩囊的感覺籠罩了我。

搞不清楚究竟幾秒過去了。我是唱了六遍沒錯，但不知道正確的時間。於是，爲了彌補，我稍微加快拍子，又唱了起來。總之，先把剩下的四遍唱完吧。大概是心裡焦急，結尾的部分我唱得很敷衍。〈隨風而逝〉已失去代替時鐘的功用，單純只是一首歌罷了。

我自暴自棄地踢完門，隨即轉身離開，恐怖與不安自然地加快了我的腳步。不幹了，不幹了——我一次又一次在心裡默念。

回到停車的空地，卻沒看到河崎。是我先到了嗎？正當我這麼想的時候，河崎出現了。

他從意想不到的方向走了過來。背負著黑夜站立的河崎，一身初遇時的漆黑服裝，簡直像是要拿來當成夜裡的保護色。

連他也不禁亢奮了起來嗎？只見他氣喘吁吁，說著：「你動作眞快。」汗水從他的額頭流下。不知爲何，我聞到一股揮發劑的味道。我左右張望，這附近有人在牆上噴漆塗鴉嗎？

「可能是我唱太快了。」我辯解著。

「走吧。」河崎說。

「《廣辭苑》呢？」

「到手了。」他亮出手裡厚重的辭典。

我在黑暗中睜大眼睛，看到封面之後，忍不住叫出聲：「那是《廣辭林》耶，不是《廣辭苑》！」

河崎似乎很訝異。他拿好辭典，仔細地看書背，接著疲倦地說：「這樣啊……」

眞是個令人全身無力的結局。好不容易弄到手，居然是差了一個字的不同東西。眞是個平凡又低能的結尾。

「沒什麼大不了的。」河崎倒車開上馬路後，一邊換檔一邊說道。

「我做的事根本不算搶劫，我只是站著而已。總之，平安結束眞是太好了。」

「重要的是接下來。」

「啊，對喔，得把《廣辭苑》送給那個人才行。」

夜晚似乎益發深沉，又彷彿整座鎭就將這麼沒入深海，沉到漆黑幽深、無聲無息的地點。

車速加快了，我滿腦子擔心著會有警車追上來。我可能比自己想像中興奮，竟忘了把有轎車駛離停車場的事告訴河崎。而河崎或許也一樣冷靜不下來，他車子開得比來時更粗魯，也像是故意粗暴地開著車。

在公寓前讓我下車後，河崎說了聲「我去還車」，又駛上夜路。不知是否我太多心，他的聲音聽起來有些僵硬。

那道背影，看起來就像趕在黎明前尋找藏身之處的惡魔。

◇ 二年前 5 ◇

「昨天來的那個叫河崎的男生，滿有意思的。」麗子姊一邊爲客人寄放的三花貓剪指甲，一邊對正在掃地的我說。

上午剛開店的時間帶，大馬路上沒什麼行人，我們也能悠閒地處理店裡的工作。該不會是受了陽光吸引吧？平常不會出現的鴿子也聚集了三隻在陽光下流連。

「難不成他又來了？」

「剛才。」麗子姊還是一樣面無表情，「大概一小時前，他一開店就進來，留下這個回去了。」

門旁陳列玩具和項圈的商品架上，擺著一盆可愛的白花。

「呃……」我有點介意，「他該不會說了什麼無聊話吧？」

「他說『如果花能夠豐富世界，那麼麗子小姐就是花』，好好笑。」麗子姊笑也不笑地回答。

「他這個人莫名其妙的，眞對不起。」我覺得自己簡直成了河崎的監護人。

「被人毫不害臊地這麼說，也頗愉快的。」麗子姊雪白的臉上沒有一絲愉快的神情。

「麗子姊，妳該不會覺得河崎是個令人欣賞的好青年吧？」
「他這個青年是做什麼的？」
「頭銜是學生，好像是研究所二年級，不過幾乎等於假學生啦。而且跟理科的研究所不一樣，一點也不忙。」
「將來會當教授？」
「天曉得。」雖然今後可能還要再說上好幾次，不過我在瞭解河崎的生涯規畫之前，就結束了與他的交往。
「我第一次看到長得那麼美的男人。」
「不可以被他的外表騙了呀，他這個人差勁透頂。」
「琴美是被他欺騙的過來人？」麗子姊的嘴唇張動著，鮮紅色的嘴唇在白皙的肌膚上極爲醒目，緩慢地、妖豔地張動。
「不是過來人，請說是被害人。」
麗子姊將三花貓放回小籠子裡。這隻貓毫無戒心，肥胖的身軀抱在懷裡軟綿綿的。
麗子姊坐到後方的圓椅子上。
「那個男的啊，可不只腳踏兩條船還是三條船這種程度，他是見一個泡一個。」
「他想以數量取勝？」
「也不是數量耶，他好像有什麼使命感。」

「使命感。」麗子姊低聲說。我不明白她是感到愉快，還是覺得無聊，「他的外表那麼得天獨厚，或許也是有這種生活方式。」

「可是、可是……」我拚命想補充說明。我完全能夠理解檢察官一旦遇上對被告有利的證詞，拚命反駁不想讓對方通過的心情。「麗子姊是個美人，卻不會過著他那種生活方式啊。」

「因爲我是女人。」麗子姊以毫無起伏的聲音說：「對太多男人出手，會有懷孕的危險。光是這一點，女人就很不利了。」我不知道她這番話究竟有幾分認眞，「況且我對別人沒興趣。」她有些寂寞地撩起頭髮。

我曖昧地點了點頭。麗子姊常說，自己以外的人不管是有困擾或遭受痛苦，都與她無關。別人就算遭遇困難，比如碰到色狼，她都視而不見。別人是別人，自己是自己，就是這麼回事。可能她覺得想去幫助他人的這種想法，本身就是一種傲慢。從這個意義來說，她跟河崎很像。好比麗子姊不知道我的住址和電話號碼，毋寧說，我覺得她並不想知道。

「對了，約好的客人遲遲沒現身。」我看了一眼時鐘，改變話題。

「那才不是客人。」麗子姊的聲音裡沒有溫度也沒有濕度。

那個女人三十分鐘前打電話來，連一句像樣的招呼也沒有，劈頭就蠻橫地說：「半個月前買的臘腸狗不合我的意，我要退貨，你們負責回收。」

我受不了她那瞧不起人的口氣，差點回嘴：「妳才應該請清潔隊去把妳回收！」

「我馬上過去你們店裡。」女人自顧自地說完便掛了電話。看狀況，麗子姊的店有時會買回出售的動物，但心裡畢竟還是不好受。

「反正被養在那種人家裡也不會幸福，狗還是由我們收回吧。」麗子姊若無其事地說。

多麼成熟的應對啊──我佩服地心想，不經意一看，麗子姊站起身，面無表情地擺出標準打鬥姿勢，迅速地揮出左右拳頭。我伸長了脖子看她在幹什麼，發現她前面的架上攤著一本拳擊教學書，她正一邊看著右直拳的打法一邊練習。「妳根本就滿腦子想揍她嘛。」

「妳怎麼知道？」

「妳、妳會挨告喔。」

「我會用她不能告我的方式打，不要緊。」

「才沒有那種打法。不過，」我點點頭，「對於沒常識的人，還是應該表現出相應的態度。要是莫名其妙地卑躬屈膝，反而會讓對方得意忘形。」

「妳是在說河崎嗎？」麗子姊相當敏銳。

「嗯。」我承認了，「我想他八成在還是幼兒的時候，生平頭一次在鏡子裡看到自己的臉，那一瞬間就得意忘形起來了，心想：『我怎麼會生得這麼完美呢？』」

「而且『全世界的女人都屬於我』？」

「完全正確。」

「可是，他看起來是個很不錯的青年，也很有禮貌。」

「那是戰略啦，戰略。更何況，詐欺師不都十分殷勤有禮嗎？欺騙老年人的傢伙都是這樣的，這就叫笑裡藏刀吧？」

「笑裡藏刀才不是那種意思，而且我也不是老年人。」麗子姊板著臉，我擔心她是不是生氣了，她卻補上一句：「哦，我沒有生氣啦。」

「河崎的作法根本就是詐欺師的手法，妳不要被他騙了。」

「琴美，看妳那副表情，妳眞的很氣他呢。」

「憤怒轉爲憎恨，民眾爲了報復挺身而出。」我把右手舉到臉旁，用力握緊拳頭。「嘰嘰嘰。」

「那是磨牙的聲音。」麗子姊說。

「轟轟轟。」

「那是憤怒的火焰。」麗子姊靜靜地說，然後好一陣子，她只是反覆地練習揮出右直拳。

麗子姊坐回椅子上。她戴上黑框眼鏡，面對電腦螢幕，開始整理需要聯絡業者的事項，以及確認客戶的電子郵件。

我也再度拿起打掃用具，掃除地上的狗毛，但一瞥見空掉的狗籠，心情一下子又沉重起來。那是黑柴的籠子。找不到黑柴，最心痛的當然是麗子姊。雖然表情沒變化，但我看得出她的臉上依稀浮現疲倦之色。

麗子姊是不是在打烊之後，自己四處去找黑柴呢？雖然我沒跟蹤麗子姊，但我曾在與她回家方向完全相反的地方看到她。還有，我不在的時候，她好像曾打電話向公立收容中心詢問。

「和久井小姐那裡……『奧黛麗』的貓眞的被偷了嗎？」半晌之後，我問道。

「嗯。」麗子姊抬起頭，摘下黑框眼鏡。「應該是。她是這麼說的。」

「那隻貓被寵物殺手殺害了嗎？」腦中浮現那三名年輕人的身影，我連忙甩開。

「她是這麼說的。」

「和久井小姐是不是有撒謊癖啊，老愛誇大其辭，還是該說喜歡小題大作？」

「最近流行成語嗎？」麗子姊用分不出是玩笑還是認眞的聲音說：「原來如此，琴美妳討厭和久井小姐啊。」

「也不到討厭的地步啦，只是如果要講那個人的壞話，要我講一個小時都沒問題。」

麗子姊似乎無言以對，沉默了幾秒，目不轉睛地盯著我。該不會要取笑我吧？我不禁警戒起來，但她只是說：「那不就是討厭嗎？」

「呃，是不到討厭的地步啦……」我裝傻。我實在沒辦法喜歡那種在招牌上寫著「爲了愛動物的人所開的店」，卻滿不在乎地說牛頭㹴很醜所以不進貨的人。

「好像是眞的遭小偷了。店後門的窗戶被敲破、打開門鎖，聽說她也報了警，換句話說，有人潛進去抱走貓。」

「那樣的話，」雖然有點單細胞思路，但我的聲音明朗了起來：「和我們的狀況不一樣。黑柴不見的時候，我們店裡並沒有被弄亂。」

我暗自想導出黑柴和寵物殺手無關的結論。

「但我們店的後門從不上鎖。」麗子姊說。

「我去向和久井小姐打聽好了。我可以蹺班一下嗎？」

「沒用的啦。」

「沒用？」

「其實，昨天晚上我去向她打聽過了。」

「妳去找過和久井小姐？」原來麗子姊也忍不住了啊。

「嗯，但她不肯吐露隻字片語。」

「可是，一開始是她自己跑來宣傳的吧？」

「沒錯，不過我主動去找她，她似乎覺得自己被瞧不起了。」

我猜測，和久井小姐可能開始覺得寵物被偷是自己的過失，同時也是糗事一樁。起初她還想引人同情，但沒多久就覺得自己被嘲笑了。這是有可能的。

而且我很確定的是，她本來就把麗子姊當成競爭對手。兩人年齡相近，又都未婚，若是置身相似的狀況下，不是萌生出同伴意識，就是產生排斥心，和久井小姐顯然是後者。麗子姊具備如美術品般的美麗外貌，對男人卻似乎不感興趣，看上去總是冷若冰霜，然而客人對她都讚譽有加。說起麗子姊令和久井小姐看不順眼的地方，要多少有多少。

「但我還是想去問問。」我暗自期待和久井小姐或許會對非競爭對手的我透露一些情報，「可以嗎？」

「好吧。」

「我去問問就回來。」我用力舉起右臂，拍了拍擠出的肌肉。麗子姊看著我的舉動，冷靜地說：「和久井小姐很難對付，不要勉強。」

和久井小姐比想像中棘手。如果我心底備有白旗，和她交談一分鐘之後，我恐怕已把旗子揮到快斷了吧。一敗塗地，全軍覆沒，撤退撤退。和久井小姐坐在大樓一樓的店內接待用沙發上，以連客人都不會擺出的姿勢傲慢地坐著。她頂著一張臭臉，按著計算機。

一看到我，她便明顯地露出厭惡的表情。「哎呀，還特地過來啊？」

「呃……嗯，聽說妳們店裡遭小偷了。」

「就是啊，眞是的。那麼，我們店遭遇不幸，跟妳又有什麼關係？」

她和麗子姊相反，話語裡清楚地表現出喜怒哀樂，應對起來眞是輕鬆多了。

「是這樣的，我們店裡的柴犬也不見了，所以我想會不會與和久井小姐妳們店裡這次的事件有關……」我決定老實說出目的。面對乖僻的敵人時，總覺得表裡如一的戰鬥方式比較有效。

和久井小姐的臉頰陣陣抽搐。「那個啊，」她說：「昨天麗子小姐也這麼跟我說，可是我們店不大一樣喔，跟妳們那種柴犬是不一樣的。」

什麼叫「那種」？「那種」是什麼意思？「是啊，聽說妳們不見的是一隻貓。」

「不是指那個。」她可能已對我很客氣，但憤怒仍透過聲音傳了過來。「我們店裡的貓是眞的被偷走耶。那隻貓很貴，想要的客人也很多呢。」

原來如此。相較之下，黑柴是「那種」沒有半個客人想要，所以連價格都訂不了，最後從商品淪爲店裡寵物的狗。

「可是，小偷的目的是殺害動物啊。」

聽到我的話，和久井小姐右手掩住嘴，瞪大了眼睛，一副「妳說那什麼恐怖的話」的驚訝表情。未免太誇張了吧。

「所以，我認爲這和商品價値無關。」我不理會她，繼續道。

不必說出口，她的眼神已洩漏：「這女人眞囉嗦。」

「和久井小姐也很不安吧。」我試著討好地說，結果被她罵：「爲了這點小事就不安，女人就是這樣才會被瞧不起。」

「小偷有沒有留下什麼線索？」

「妳是警察嗎？」

「我是寵物店的店員。」

「又不是警察，追根究柢問些有的沒的，像什麼話？」

什麼叫「像什麼話」？我還在這麼想的時候，已被冷冰冰地趕了出來。

我撤退回到店裡。麗子姊似乎一開始就不抱任何期待，我還沒報告，她就慰勞我：

「辛苦了。」

那個說要「退貨」的客人好像還沒來。

我變得有些意氣用事。雖然本來就不期待和久井小姐會有多珍貴的線索，但就這麼敗下陣來，實在讓人心有不甘。

「麗子姊，我打個電話。」我揮揮手機。

「可以啊，要打給誰？」

「以毒制毒。」

河崎的活躍程度完全超乎我的想像。

「有必要特地由我去問嗎？像那樣平易近人、願意掏心挖肺的女性實在難得一見。」

從「奧黛麗」回來的河崎，因爲不知道背後的原委，似乎打從心底感到不可思議。

「喂，不要把這裡當成自己家好嗎？」我對正要坐下來的河崎說。

「我可是答應妳的請求，特地去向那位和久井小姐探聽耶，這點程度的厚臉皮應該無所謂吧。」

「快點報告成果啦。和久井小姐把情報告訴你了嗎？」

「根本用不著我開口，她就主動講了一堆事。」

我和麗子姊面面相覷，聳了聳肩。明明對我們敵意全開，換成面對河崎，和久井小姐的態度卻大不相同。雖說是我期待的結果，還是很難釋懷。

然而，令人遺憾的是，河崎得到的情報一點都不新奇。

和久井小姐一早去到大樓時，後門窗戶已被敲破。店裡籠子的位置被移動過，兩隻美國短毛貓不見了。那是客人訂購之後才特地進貨、血統純正的高級品種。於是和久井小姐聯絡警察，虛耗了一堆時間。

「還有呢？」

「她高中時是田徑隊的，曾十二秒多跑完百米。」

「咦，那個流言是眞的啊？」我愕然不已，「還有呢？」

「她有很多男朋友，卻遲遲沒有令她怦然心動的男性出現。」

「什麼跟什麼啊？」

河崎苦笑著舉起手，「那應該是在暗示我吧。她還嬌滴滴地說，寵物被偷了，她怕得要命，眞希望有個人可以讓她依靠。聊完pet之後，就是bed了。」

我眞想對和久井小姐說「女人就是這樣才會被瞧不起」。「你去給她依靠不就好了？」

「是啊，」河崎毫不在乎地說：「我明天就要跟她約會了。」

「哎呀呀。」沒什麼好大驚小怪的，「然後呢？就這樣？」

河崎露出搜索記憶的表情，「我還留了一個最棒的情報。」

「快點把那個最棒的說出來。」

「再拜託得誠懇一點呀。」

「笨蛋王子殿下，求求你快點告訴我。」我半認眞地這麼罵道，河崎卻似乎當成笑話，高興得眉開眼笑。

「我找到一個目擊者。」

「目擊者？」麗子姊不禁複述。

「是啊。」河崎對麗子姊態度很親切，「那棟大樓後面有家麵包店，會在深夜販賣現烤麵包。」

我知道那家店。只在深夜營業的麵包店很稀奇，那家店老是在半夜飄散出剛出爐的麵包香，電視節目介紹過，生意總是相當好。

「所以我猜想，那裡的店員或許目擊到了小偷。」

「顧櫃檯的是小姐吧。」

「沒錯。」他滿不在乎地說，「完全被我猜中了。」

「你是指店員很可愛？還是，她眞的目擊到小偷？」

「兩邊都猜中了。店員很可愛，而且她也目擊到小偷。好像是凌晨兩點，店員看到幾名男子從寵物店走出來。」

「騙人的吧？」我脫口而出。

「眞的嗎？」麗子姊同時出聲。

「不管我說什麼，都沒人肯相信嗎？」河崎悲嘆，從牛仔褲後口袋裡取出一張紙。

「那是什麼？」

「那個店員女孩雖然只有模糊的印象，還是畫給我了。」他指著紙上的畫，「她說是美大畢業。有美術系的大學眞好啊，美麗的技術——美術，眞不錯。」

我不經意在紙上角落發現一行十一位數的數字，本來想問河崎那是什麼，隨即領悟，便住了口。想必是電話號碼吧。

說老實話，紙上畫的是粗略的全身像，實在很難說掌握到小偷的特徵，既曖昧又模糊，跟畫了一團煙霧沒兩樣。只不過，「聽說小偷是兩男一女。男的很像牛郎，女的穿著暴露。」聽到河崎的說明，我差點沒當場癱坐下去，虛幻的冰塊溜過背脊，我讓身體靠著商品架。果然是那些人！那個時候的三個人果然是寵物殺手！我在內心不斷低喃。儘管第一次遇到他們的時候，我就如此確信，但心中仍期望不要是他們。我想起三天前的夜晚，他們在公園裡這麼說過：「去偷店裡的貓和狗。」

他們的意思是，光捉野貓還不滿足，要從寵物店裡大量偷來嗎？

「喂，琴美，妳的表情怎麼這麼恐怖？」河崎擔心地問，但我連閃避的力氣都沒有。「眞搞不懂，年輕人聚在一起殺害動物，到底有什麼好玩的？」

「過不久……」我回想著那三個人的對話說：「過不久，他們打算把目標換成人類。一定是這樣。虐待小動物，只是一種練習罷了。」

「練習？」河崎很不愉快地說出這兩個字，「眞的假的？」

我想回答，卻發不出聲音。爲了不讓他們看見我的腳在發抖，我稍微退開一些。

店門打開，鈴聲響起。我勉強擠出微弱的聲音：「歡迎光臨。」

進來的是一個戴著太陽眼鏡的女人，一身深灰色外套，豐滿的胸部相當引人注目。女人的下巴寬闊，是一張固執己見的臉孔。她咚咚咚地踩著高跟鞋，筆直朝麗子姊走來。「我在電話裡說過了，我要退回這隻狗。」女人遞出右手提著的狗籠，裡面裝了一隻黑色小狗。「這隻狗跟我想像中完全不一樣，我不喜歡。」

麗子姊依然面無表情，陶器般的臉點了點頭，慎重地接下籠子，直接交給一旁的河崎。「可以幫我拿著嗎？」

「有沒有其他不錯的狗？」是我討厭的說話腔調。

下一瞬間，麗子姊轉了個身，腰部極流暢地扭轉，接著手揮了出去，臂膀伸得筆直，右直拳正中女人的臉。我看見女人的下巴伴隨「喀」地一聲，歪向一邊。

「出乎意料地順手。」麗子姊笑也不笑，撫著自己的拳頭。

或許這本來是應該大呼過癮的場面，但我無法忘懷寵物殺手的事，完全顧不了眼前的發展。

一股惡寒竄遍全身，惡魔彷彿正貼近我的身後，湊過臉來。

◇ 現在 6 ◇

我一爬出被窩，鬧鐘便像計算好似地響了起來。

人醒了之後才作響的鬧鐘，究竟有多少價值？我連想都懶得想。

光是透過窗簾的縫隙也看得出外頭天氣晴朗。時鐘顯示早上八點十五分，是照著我設定的時間響起的，不能怨它。

老實說，我一點都沒有昨晚當了強盜的感覺，一方面可能因爲我不是主犯而是共犯，再者我也沒有參與眞正的犯罪現場。其實，總歸一句話，我根本不願回想起整件事。

我搶劫了書店。

我幫忙別人搶劫了書店。就算腦袋裡清楚知道這件事，也沒有半點眞實感。

聽著麻雀的叫聲，我拉開窗簾，陽光傾瀉到屋裡。我把窗戶也打了開來，可能因爲沒有風，室外的氣溫與室內差不多。窗邊長著雜草，平日我對草應該一點興趣也沒有，現在看到草莖上長了胎毛般的東西，卻有一股無論如何都想摸摸看的衝動。我戰戰兢兢地伸出手。一種搔癢又粗糙的觸感，讓我縮回了手。

我做了一次深呼吸。「我是個犯罪者嗎？」我試著說出聲，「不，我不是。」我回答自己。「我做了不可挽回的事嗎？」「不，不要緊。」我重複著可笑的獨角戲，想讓自己安心下來。

我一直坐立難安，於是把手伸向電話，從儲存的號碼中，首先打給山田，但電話轉到答錄機。我接著打給佐藤，只有鈴聲響，沒人應答。不要丟下我一個人啊！——我在內心吶喊。

我打開廚房的水龍頭洗臉，接著把身上的運動服和內衣褲扔進洗衣機，按下運轉鈕。

我打開電視機，電視正在播放陌生的地方性節目，沒訂報紙的我連這是哪一家電視臺都不曉得。

我開始爲上學做準備。我翻閱著入學典禮時拿到的簡介，上面有新生應該辦理的手續說明，還有社團介紹。

電話響起，我輕聲叫了出來。會不會是警察還是新聞記者打來的？我膽戰心驚地拿起話筒，但接起來一聽，虛驚一場，是山田，好像是我打過去的電話留下了來電紀錄。

「我剛剛在上廁所。」山田若無其事地說，他把我從「書店強盜」拉回「大學新生」的身分。我們喋喋不休地聊著沒營養的話題，多虧如此，我逐漸恢復平靜。

約好在大學的商店前和佐藤三人碰面後，我掛上電話。

我想趁自己尚未改變心意之前走出家門。於是，我抱起新買的大提包。

就在這時，傳來貓叫聲。窗戶忘了關，啊，糟糕！當我驚覺的時候，尾端圓滾滾已機靈地跑進來。

尾端圓滾滾厚著臉皮在我屋裡四處繞，我伸出手想把牠趕走，沒用。牠逃到角落，或跑或停，繞了幾圈。

不消多久，我便發現牠尾巴上綁了一張紙，看來是綁在尾巴彎曲的部分。正是尾端圓滾滾那尾端圓滾滾的地方。

趁著牠通過我的面前，我成功地拿下了紙。紙綁得並不緊，抓個兩次就能輕易取下。

尾端圓滾滾可能因爲尾巴突然被碰到，還是不高興了。只見牠發出尖厲的叫聲，穿過窗戶走了出去。我連忙關上窗。

我再次看著手裡的紙張。那是一張巴掌大的紙。攤開摺疊的紙張，我發現是一張數字彩券。

上面印著四個號碼。

我從沒買過彩券，但常在街上看到有人賣。顧客選定三或四個數字，若和中獎號碼相同就能拿到獎金。

比起一般的彩券，這種獎金應該相對地少，記得頂多只有十萬或百萬圓。

我想起河崎的話。

他曾說，尾端圓滾滾或許可以成爲我和公寓那名外國人的仲介。

這難道就是仲介的一種？可是，如果是寫有訊息的信還能理解，但我不認爲把彩券綁在尾巴上有什麼意義。

我揮著那張數字彩券，搧了搧臉，納悶了半晌，百思不得其解。不明白的時候，去問知道的人最快。這也是阿姨的教誨。這樣的話……我決定去請教有可能會知道的人。

按下門鈴，一時之間沒有回應，我像要仔細確定觸感似地，再次按下拇指大的黑色按鈕。河崎出現了。

「早。」河崎可能還在睡覺，以一身非常像是睡衣的輕便服裝出現，很刺眼似地瞇起眼睛，眼頭還沾著眼屎。

就算看到半天前才一起犯案的同夥，我的內心也沒有任何起伏，既沒有因湧上心頭的犯罪意識而淚流滿面，也沒有因籠罩全身的罪惡感而跪下來。

我進到他的住處。單調的屋裡依然播放著巴布．狄倫的歌。

我發現一件事。巴布．狄倫的歌聲平常聽起來雖然悠哉，但聽在做了壞事的人耳裡，只覺得像是在責問自己的罪業，歌聲彷彿諄諄教誨著：「我已看透了一切。」我不禁縮起肩膀。

「《廣辭苑》送出去了嗎？」我坐下之後問。正確地說，是《廣辭林》。

「《廣辭苑》？」河崎納悶地歪著頭。

喂喂喂！——我差點全身無力，「你不是要送給住在隔壁的隔壁的外國人《廣辭苑》嗎？我們不是爲了這個目的才去書店的嗎？」

「隔壁的隔壁的外國人？」

河崎的表情不像是在裝傻，我有些慌了手腳。「你該不會要說，你全忘了吧？」那樣的話，全都記得的我豈不是一個人吃了大虧？

「哦，」河崎總算發出開朗的聲音：「送出去了。早就送出去了。送了。」

「他說了什麼嗎？」

「說了什麼……沒有啊，就『謝謝』。Thank you。」

「只有這樣？」

「或許還有very much。」

雖然不是特別期待，但我還是有些失望。抱著可能爲自己的人生留下汙點的覺悟去搶書店，只換來一句簡單的道謝，太慘了。「至少再多點什麼嘛。」

「多點什麼？」

此時，我靈光一閃。我把右手抓著的紙片遞到河崎面前，「這個可能就是謝禮！」

「謝禮？」

「我剛才待在屋裡，結果貓跑進來了。」

「是尾端圓滾滾吧。」

「是尾端圓滾滾啊，然後這東西綁在牠的尾巴上。」

「這是什麼？」

「彩券啊，彩券。上面有數字，對吧？如果這些數字跟中獎號碼一樣，就可以拿到錢了。」

「貓也喜歡彩券嗎？」河崎看起來有些心不在焉。

「會不會是那個外國人綁的？當作《廣辭苑》的謝禮。他其實想給錢，但錢不夠，所以拿這張彩券代替。」我一邊說著，漸漸發現根本沒那種可能。

「原來如此。」河崎揚起嘴角，眼睛熠熠生輝。「那麼，要去哪裡對中獎號碼？」

「今天的早報會有。」我剛讀過紙張背面的注意事項，確認過了。「你有報紙嗎？」我還沒訂報。

「有啊。」河崎拿起收音機旁的報紙，往我丟過來。「隨你愛怎麼看吧。」

他才剛起床，怎麼有報紙擺在那種地方？我有點在意，總之先翻開報紙。翻到電視節目表背面，我找到了，上面寫著「中獎號碼」。「有了。」

「結果如何？」河崎的聲音聽起來沒什麼興趣。

我交互看著手上的紙和報上的數字，很快就知道結果。看到的瞬間就知道落空了。兩者差距之大，甚至讓人懷疑還有比這更乾脆明瞭的啞彈嗎？

「結果如何？」河崎露出壞心的表情，又看過來。

「貓是不可能送來中獎的彩券的。」我聳起肩，點了點頭。

「落空啦。」河崎笑道。

「可是，爲什麼貓尾巴上會綁著這種東西？」

「或許就像你說的，這是謝禮，只是不巧落空了。」

「話雖如此，不過我覺得沒有那麼美妙的事。」

「昨天的事被登在報紙上了嗎？」河崎突然變得一本正經，指著我手上的報紙。

「還沒吧？」我不覺得昨晚發生的事，會那麼快登上今天的早報。

「幫我看一下。」

「你自己看就好了啊。」我嫌麻煩，河崎便生氣地說：「順便看一下有什麼關係？」

我再次翻開報紙。這次手在發抖，一股和尋找彩券中獎號碼時完全不同的緊張感籠罩了我。書店、強盜、犯罪、《廣辭苑》等關鍵字浮現腦海，我的眼睛掃視紙面，尋找有沒有這些字眼。我還尋找自己的名字，連電視節目表都看完之後，我吁了一口氣，「沒有。」

「這樣啊。」

「沒有登在報紙上，最好也被當作從未發生過。」我喃喃低語，「而且以結果來看，我們其實只偷了《廣辭苑》，或許和順手牽羊沒兩樣吧，所以沒成爲新聞，店裡的人可能也不是那麼在意。」

「和順手牽羊沒兩樣。」河崎像是在以舌頭確定這段話似地說，接著爆笑出來。「你眞是有趣。這樣啊，和順手牽羊是一樣的。」

「我是說只看結果的話。」如果對揮舞模型槍一事睜一隻眼閉一隻眼，或許這件事和有些大搖大擺、理直氣壯的順手牽羊是一樣的。「話說回來，這張彩券該怎麼辦？」

「收下就好了。」

「該不該直接去一〇一號室問一下呢？」

「對方可能會覺得奇怪，而且那個老外常常不在。」

「常常不在？」

「要是按門鈴也沒人出來，就是不在。」

我點點頭，看了一眼時鐘，和山田約好的時間快到了。「我差不多該去學校了。」

我在玄關看到河崎的鞋子。隨意放置的紅色籃球鞋上滿是泥土，草屑和沙土就這麼黏在上面。我很訝異，搶個書店竟然能把鞋子搞得這麼髒，一起去的我鞋子沒髒成這樣，或許這就代表活躍度與熱心程度的不同吧。

我在大學商店前和山田還有佐藤會合，一旦開始閒話家常，我的身體便充滿和平的心緒，就像豔陽下的棉被被烘乾一般，我的內疚逐漸蒸發。

可能因爲是新學年剛開始，校園內滿是學生。牆上貼著社團招生的海報，到處都有新生被人拉住。疑似偷來的酒行看板上蓋了張紙，上面大大地寫著社團名稱。

校內餐廳裡，我們三人坐在貼著木皮的廉價長桌前，吃著咖哩飯。

「要修哪些課？」佐藤攤開課程一覽表說。他的白襯衫很時髦，但一看就知道是新買的。

「就是說啊……」山田湊過來。我學他望向一覽表，視線卻滑過文字。我們只設定了「如何以修最少的課來獲得學分」這種平凡無奇的方針，所以只能遵循佐藤得意洋洋地說是「從朋友那裡聽來」的意見，選擇有利的課程。

「可是，這種別人給的事前情報，實在不能當眞。」山田低聲說，於是佐藤鬧起彆扭。

吃完飯，山田提議去書店買教材。雖然昨天買了幾本教科書，但還是不夠。教科書怎麼買都買不齊全，難不成這是大學教授的陰謀？

「書店」這兩個字讓我起了反應，我一瞬間聯想到昨晚搶劫書店的事。那家店現在怎麼了？新聞怎麼了？報紙、流言、騷動、警察，究竟都怎麼了？

坐在正對面的山田訝異地問：「你還好吧？在想什麼？」

我搖搖頭，「沒事，只是在想買教材的錢。」

山田不斷批評商店店員，佐藤則滔滔不絕地宣揚他在本地酒吧出糗的事蹟，聽兩人講了一堆之後，我們離開餐廳。

正要橫越雨廊時，佐藤用手肘撞了撞我的胳臂說：「喂，那個女的不是學生吧？」

「哇！」山田驚呼一聲，「超漂亮的！」

「那就是所謂的成熟女人嗎？」佐藤說。但我覺得在快要二十歲的我們眼中看來，所有的女人都被分類爲「幼稚」和「成熟」兩類。「不是學生啦，會不會是職員？」

「可是，她的皮膚實在白過頭了。」山田的臉皺成一團，「簡直像能劇面具還是烏龍麵嘛。」

「烏龍麵哪有那麼白？」佐藤爲無聊的小事認眞起來。

我已沒在聽他們說話。不是聽他們說話的時候。

他們指的方向在約十公尺遠的教室前，長椅上坐著我前天在公車裡目擊到的女子。果敢地挺身對抗色狼，甚至表現出不惜下車打架的氣勢的女子。那名肌膚雪白的女子，坐在圓木橫放製成的長椅上。

山田和佐藤朝書店走去，我開口出聲：「我有事先走。」

「你要去哪裡？」

「我找那名女子有點事。」我據實以告，結果兩人一臉不滿，吃驚地說：「看不出來你是行動派啊。」

「不好意思……」我一出聲，對方慢慢地抬頭望向我。「呃，那個，上次我在公車裡看到妳。」

「公車？」她面不改色，看不出她是否感到不愉快。

「當時公車裡有色狼。」順著語氣好像應該接著說「當時的色狼就是我」，我慌了起來。「那個時候我在車上，也是乘客。」

哦，那個啊——她興致索然地說：「色狼啊。這麼說，的確有過那種事。」

我對她的回答相當失望。雖然比不上搶劫書店，但公車裡的那件事對我來說也是一樁大事。

「對不起，突然出聲叫妳。」

「無所謂。」她板著一張臉說：「要坐嗎？」我完全沒想到她會指著旁邊這麼說。

「可以嗎？」我有些雀躍地坐了下來，卻不明白自己究竟想和這名女子說些什麼。

「我的口氣聽起來或許像在生氣，不過請不要介意。因爲我並沒有生氣。」

「這、這樣嗎？」

「我生氣的時候，會說我在生氣。」

「哦……」我只能這麼應話。「那個……我姓椎名。」接著，我把自己的名字也告訴她。

「我叫……」她也自我介紹。姓氏姑且不論，她叫「麗子」卻讓我大吃一驚，因爲這是河崎提過的名字。「妳是麗子小姐嗎？」

「不是幽靈的靈子（註）喔。」可能是從前被調侃過，她先下手爲強似地說。

我想起河崎說過的話：「有個叫麗子的女人。要是你有機會遇見她，千萬別相信她。」

我慢慢把視線轉向她，她的膚色映入眼簾。我感到害怕，又別開視線。那與其說是晶瑩剔透，更像是突兀的雪白。

河崎的忠告究竟是什麼意思？

除了面無表情、異樣冷靜之外，麗子小姐看起來並不像是壞人或怪人。反倒是河崎自己才異於常人。

此時，我突然想起山田在餐廳裡說過的話，就是「別人給的事前情報都不能當眞」那段話，所以我決定開口。「請問……」我應該靠自己查個水落石出才對，「恕我冒昧，不過我只是問問，妳是不是在開寵物店呢？」我已有所覺悟，對方可能會感到詭異。

麗子小姐猛地轉過頭來，我和她四目交接。她的嘴唇很紅，十分夢幻。

「不，其實是……」我慌忙補充說明，「我住的公寓隔壁住了一個叫河崎的人，之前他提到一家寵物店的店長麗子小姐，所以我心想會不會就是……」我的辯解可疑得需要辯解。可疑到了極點。

「河崎！」她啞著嗓子反問，我嚇了一跳。有趣的是，她也露出一副生平第一次發出這種聲音的驚訝表情，睜圓了眼睛。

「妳認識河崎嗎？」果然如此，我興奮了起來。人與人總是在奇妙的地方有所交集。「河崎這個人很妙，他從以前就是這樣嗎？」

麗子小姐目不轉睛地盯著我，彷彿想要看穿謊言，用視線清洗似地望著我。我覺得好像眞的要被洗淨，渾身顫抖起來。

「那麼，河崎說了什麼？」

「他叫我小心寵物店的店長。」

可能以爲我在講電影片名吧，麗子小姐只是鮮紅的嘴唇微張，沒有反應。

「他是這麼說的。他叫我不要相信妳，要提防妳。」

「河崎這麼說？」

「很奇怪吧？」

「唔……」麗子小姐斟酌著措詞，「你沒聽說他生病的事嗎？」

註：「麗」與「靈」在日文中的發音同爲rei。

我馬上就想起來了，「初次見面的時候他提過。他說曾病到快死掉，但復活了。」

「原來如此。」她又沉默半晌，很快接著說：「他有什麼奇怪的地方嗎？」

我差點當場回答：「全部。」全部都很怪。初次見面時說的話很怪，提議搶書店的行徑也莫名其妙。只不過，我連河崎和麗子小姐的關係都不清楚，不應該輕率發言，所以我選擇了「有點」這樣的形容詞。「他有點奇怪。」

哦？——她面不改色地說。不可思議的是，我沒意識到自己不知不覺間正在與女性交談。麗子小姐雖然美，卻讓人感覺不到「性」，有種面對植物的感覺。

「那麼，你聽說不丹人的事了嗎？」麗子小姐接著這麼問。

「布單人？」我不知道這是什麼意思，蹙起眉頭。「那是指我們公寓裡的住戶嗎？聽說他來自亞洲國家。」

「你見到他了嗎？」麗子小姐一副絕不能見到他的口吻。

「我從河崎那裡聽說了一些事。雖然還沒去打招呼，不過我見過他，長得和日本人一模一樣。」

原來如此——麗子小姐又說了一次。她頂著一張宛如純白能劇面具般的臉，看起來既像無能，也像聰慧。

「不丹是位於喜馬拉雅山脈一帶的小國家。」

「地圖上有嗎？」

「你這個發言，非常失禮耶。」麗子小姐說。我分不出她是在開玩笑還是認眞的。

「我來這裡，就是要找那個不丹人。」麗子小姐指向教室大樓旁邊的管理室，「我不知道他的住址和電話號碼，以爲只要來學校就能找到他，但看樣子他這陣子有時來有時沒來。」

「來我住的公寓，就能找到他了。」話一說完，我隨即想起他經常關在屋裡不出門，或許麗子小姐也見不到他。「啊……」

「怎麼了？」

「難道那個不丹人之前交往的女性是……」講到最後我只是模糊帶過，手指向麗子小姐。

「不是。」她以一種用話鋒割開空氣般的口吻說：「不是我，是別人。」

「哦……」我好像太得意忘形了，「這樣啊。」

麗子小姐垂下頭。她終於生氣了嗎？不安與後悔掠過我的心頭。「妳還好嗎？」過了好一陣子，她才抬起頭。表情雖然不變，眼睛卻像充了血。

妳哭了嗎？——我還沒有厚臉皮到問得出這種問題。

我閉起眼，再次睜開，環視四下。天空是乳白色的，一整片薄薄的雲無邊無際地延展，一時之間找不到太陽的位置，但陽光很溫暖，照亮了彷彿灰色箱子堆疊而成的簡陋餐廳。校園內的樹木也沐浴在陽光下。

「河崎和麗子小姐感情不好嗎？」

「我覺得我們以前感情並不壞。」

「妳用的是過去式呢。現在的交情怎麼樣？」

當時河崎的口氣，真要說的話，聽起來非常嫌惡麗子小姐。

「這問題很難回答。」

「那麼，麗子小姐和那個不丹人的關係怎麼樣？」

「我覺得並不壞。」

這次不是過去式了。

「要說明河崎和不丹人的關係，倒是很簡單。」她說。

「咦？」我在腦中整理人物關係圖，描繪出連結河崎與麗子小姐還有不丹人的三角形。

「河崎以前是不丹人的日語老師。」

我啞然失聲。河崎不是說和那個不丹人沒什麼交流嗎？

「他們感情很好，河崎是個優秀的老師。」

「這、這樣嗎？」

「可是，他到底在想些什麼？」麗子小姐這句話不像是在對我說，像是在自問。

之後，她的話驟然減少，變成一種彷彿在默默心算的氣氛。

我抓準時機，從長椅上站起身。「希望有機會再和妳聊聊。」

「務必。」她回答。

這是社交辭令嗎？正當我這麼想，她從口袋裡掏出名片遞給我。雖然是寵物店，名片上卻沒有狗和貓的圖案，樣式非常簡素，但我也覺得這與有如白皙人偶的麗子小姐非常相襯。

我離開了那裡。

「欸欸，你對長曲棍球有沒有興趣？」一名雄壯魁梧的男子朝我說道。「呃，我對長的跟短的都有點……」我結結巴巴地推辭，結果這次換成落語（註）研究會的人湊了上來：「你滿有天分的耶。」我好不容易逃開他們，走出校園。

直到這時，我才想起剛剛麗子小姐用過去式述說的部分。

河崎以前是不丹人的日語老師。

換句話說，現在不是了。現在河崎不是日語老師。

他們之間究竟發生過什麼事？

活到現在，我一直覺得自己就是主角，但仔細想想，在別人的人生裡，我只不過是個配角罷了。我到現在才發現這件事。

註：日本的一種傳統演藝，類似中國的單口相聲。

或許我半途參與了河崎他們的故事。

我比自己察覺到的要遲鈍多了。

◇ 二年前 6 ◇

我關掉電視正要就寢，多吉像是算準這個時機回來了。

「（把妳吵醒了嗎？）」多吉看到被窩裡的我，歉疚地說。

「（我正夢到我在吃冰。）」我起身走進廚房，從冷凍庫裡拿出兩杯冰淇淋，一杯遞給多吉。

「（琴美讓夢想成眞了，好厲害。）」多吉微笑，把冰淇淋先放到桌上，過去衣櫃前脫衣服，換了一身休閒服回來。

「（今天在店裡啊……）」我一邊打開冰淇淋蓋子，一邊把麗子姊毆打客人的事說給多吉聽。

像是在描述電影的某一幕，我比手畫腳地說明。

被麗子姊打倒的那個女人一開始先是傻住，旋即氣得滿臉通紅，帶著充滿魄力的眼神站起身，彷彿只要情況允許，她當場就要省略律師及法院等程序，直接請求損害賠償。

但她並沒有這麼做，因爲河崎迅速地靠過去問「不要緊吧？」，一邊撫著她的下巴。那一瞬間，她的怒氣消失了，消失得一乾二淨，無影無蹤。接著，河崎再補上一句：「不要緊，妳的臉依然美麗動人。」戴著太陽眼鏡的她立即笑逐顏開，撒嬌地說：「可是人家好痛。」於是河崎更進一步吐出一個莫名其妙的提議：「眞令人擔心，我送妳回家好了。」女人便扭著身子說：「就是啊，拜託你了。」

「（不愧是河崎先生。）」多吉開心地說：「（眞可靠。）」

「（我想那並不叫可靠。）」

除此之外的事，我沒告訴多吉。換句話說，我沒有告訴他從寵物店裡偷走兩隻貓的犯人，是兩男一女的組合，很像是前幾天在公園遇到的那群人。

吃完冰之後，多吉要去洗澡，開始脫衣服。

「（對你來說，洗澡變成生活習慣了呢。）」我像在誇耀自己的功績般說。

「（我很容易受人影響。）」多吉說著，突然想起似地從包包裡取出一本厚重的書，「請妳，看這個。」他把書封轉向我，我湊過去一看，是一本國語辭典。

「怎麼會有這個？」

「大學的朋友，給我。雖然，不是ㄍㄨㄚˇ ㄘˊ ㄩㄢˋ。」

「寡詞院？」我問出口，才想到他說的是《廣辭苑》。

「有，這個，會安心嗎？」

「多吉你不是不會讀日文嗎？」我挖苦似地說：「沒意義吧。」

他瞇起眼睛，突然笑了出來。「歧視喔。」他假裝生氣，「（我是看不懂日文，可是只要一想到這本書裡寫著重要的事，就能放心了呀。）」

「是嗎？」我偏了偏頭，把空掉的冰淇淋杯擺到一旁。巧克力的甜膩氣味離我而去，眞捨不得。「（那麼，你有想知道的日文就告訴我，我幫你查。）」我拿起辭典。

「這樣，嗎？」多吉的表情變得開朗，「那個，『屌』是什麼？」

「屌？」

「朋友說，屌到不行。『屌』，不懂。」

「（別問這個。沒有其他的嗎？）」我才不想查什麼屌字。

「那麼，『切八段』是什麼？」

「切八段？」我有不好的預感。

「有人說過，切八段。」

「（這也不行。那種話你用不到。）」

「（琴美好嚴格。）」多吉也沒生氣，反倒像是在享受。「那麼，家鴨與野鴨，哪裡不一樣？」

手上的辭典我連一頁都沒翻開，直接回答：「（家鴨是外國來的鴨子，野鴨是日本土生土長的鴨子。）」記得聽過這種說法。

「眞的，嗎？」

「（或許不是。）」一被追問就沒了自信，是我的個性。是個性中好的部分。我翻開辭典，查了「家鴨」，接著查「野鴨」。

辭典上並沒有我期待的答案，我大失所望，上面只寫了鳥的特徵而已。

只不過，上面寫家鴨是中國人改良品種產出的鴨子。我把辭典上寫的告訴多吉，「（反正把家鴨當成外國的鳥，野鴨想成日本的鳥就沒錯了。）」

「（好可疑。）」多吉懷疑我的回答，「（那樣的話，我和琴美就是家鴨與野鴨了。）」

家鴨與野鴨嗎？我心想，這個形容不壞。雖然是非常相似的動物，實際上卻完全不同。

我忽然覺得屋內很悶，於是打開窗戶。一隻黑貓似乎埋伏已久，跳了進來。呀！我尖叫出聲。還以為是那幾個寵物殺手的年輕人，為了對我施暴，大費周章地從後院入侵，趁我開窗的時候跳進來。

黑貓完全不理會害怕的我，在屋裡東奔西跑，彎曲的尾巴豎得像根天線，左右搖晃。牠一會躲到窗簾下，一會探出頭，跑一跑又緊急煞車，繞了幾圈。

「（真悠閒哪。）」我不是受不了牠，而是羨慕。

「牠的，尾巴，奇怪。」多吉指著黑貓說。

「是啊，尾端彎彎的。」

「神籤，呢。」多吉說。

我一時不知道他在說什麼，不過很快便意會到他是指綁在神社樹上的神籤。「的確，好像可以綁在這個彎彎的地方。」

「彩券，如何？」多吉似乎打算聽從河崎的建議，盡量使用日語。

「彩券？」

「平常買的，彩券。把那個，綁上面。有人，發現。」

他是在說我們固定會買的數字彩券吧，多吉提議綁到貓尾巴上。「發現的人一定會覺得很不可思議吧。」我想像著如果是自己發現會如何，「（一定會急忙挖出報紙來，拚命查看有沒有中獎吧。）」

「英語，不可以。用，日語。」

「好啦、好啦。」我嫌麻煩地甩甩手。

「要，給誰？」

「要把彩券給誰嗎？交給貓決定就行了吧。」

「給，河崎先生嗎？」

「就算是落空的彩券，我也不想給那個人。」

「那隻貓，做什麼，總是來？」

多吉指著在電視機前抬起腳開始舔膝蓋的貓。

「來消磨時間吧。」

「磨？磨什麼？」

「消磨時間。」

「用石頭，磨嗎？」多吉的表情不像在開玩笑，他可能眞的不懂吧。

這時電話響起，黑貓率先有反應。牠的頭陡地一震，瞪向電話機，舌頭就這樣露出嘴巴，看上去很可愛。

我同樣一動也不動地望著電話。我沒有立刻接起，因爲有股不祥的預感。

「不接嗎？」多吉訝異地看著我。

住處的電話都是由我來接，否則如果是老家的雙親打來就麻煩了。我還在猶豫不決，電話已切換成答錄機，傳出我的錄音訊息。

有種從外頭窺看別人住處的感覺，我並不覺得自己參與其中。我很希望自己只是觀賞驚悚電影的觀眾，與劇中被捲入悲劇發展的主角毫無瓜葛，所以一直想著這與自己無關。

開始錄留言的訊號聲響起。

起初電話彼端是無聲的，沒人說話，只依稀聽得見雜音。對方好像是在室外打的電話，背景混雜著機車呼嘯而過的聲音、車子的引擎聲，以及交通號誌燈明滅的聲音。

我和多吉面面相覷，「喂——」突然有男子的聲音從電話裡傳出。

我縮起身體，無意識地把手放到胃部一帶。

「小琴琴，等我們喔——」與前幾天在黑暗的兒童公園中聽見的聲音一樣，對方故意把嘴湊近話筒，吐出粗重的氣息。

「等我們喔——」是女子的聲音，緊接著傳來高亢的笑聲。女子不像是對著話筒，而是和一旁的同伴聊天似地說：「欸，我想到一件事，人跟狗不一樣。人會說話，不是比較好玩嗎？」

「噢噢，有道理。狗不會說『請饒了我』嘛。」

「眞想聽聽求饒的聲音哪。」女子笑道。

他們的聲音與其說是興奮，更像是在卡拉ＯＫ裡愉快地喧鬧，令人毛骨悚然。

「那麼，最後一句話。」男子說著，窸窸窣窣的聲音響起。喂，你拿話筒，我抱起來，這邊啦——隱約傳來這樣的對話。「因爲小琴琴跑掉了，這是抓來代替妳的小貓咪。」

他們抱著貓嗎？話筒另一頭響起微弱的、幽幽的叫聲。

我想說點什麼，卻發現口中異樣地乾燥，舌頭彷彿黏在口腔內側，無法動彈。

緊接著，「嗄——」的貓叫聲從電話裡傳來。屋裡正在理毛的黑貓彈了起來，這不是比喻，牠嚇得四肢都騰在半空中了。

黑貓瞬間衝出窗外，消失蹤影。

我和多吉對望，說不出話。注意到時，電話已掛斷，通知錄音結束的電子音響起。

然而，我心裡很明白，那是眞正的貓，因無法承受的痛苦而發出的慘叫。我不想承認，但一定是這樣。

我甚至覺得剛才那個叫聲，聽起來很像嬰兒的哭聲。不，或許是有誰模仿貓叫。

「（到底是什麼電話？）」多吉恢復用英語說道。比起我，他顯得平靜多了。

「（是在威脅我。）」我硬是把嘴裡的舌頭剝離口腔，總算能出聲。

「（有貓的聲音。）」

「（是眞的貓嗎？）」我反問，但並不是想知道答案。

一時之間，我和多吉都保持沉默。

「（琴美根本沒做什麼啊。）」

「（跟颱風或地震是一樣的。）」

「（什麼意思？）」

「（就算沒做壞事，也會侵襲過來。這就是毫無道理的惡意。）」我好不容易才吐出這句話。

電話機顯示有留言的燈光閃爍著。我伸出手按下按鈕，刪除錄音。

身體在發抖，有一種周圍被水淹沒的不安。我屏住呼吸，忍耐著不發作。另一方面，我也清楚自己的腦中湧出泡泡。憤怒化爲氣泡，宛如沸騰的水，氣泡一顆接一顆破裂。

「（應該報警嗎？）」多吉開口。

「（是啊。）」我這麼回答，才想到不該把電話留言刪除，報警的時候應該可以當作證據。我在幹什麼啊？

我吸了口氣，從噘起的嘴巴慢慢地吐氣，重複了兩、三次。要是把現在的我橫放，切成一片片，憤怒與恐懼一定會以各占一半的比例流出來。

我比自己察覺到的要害怕多了。

◇ 現在 7 ◇

直接回家，還是去找山田他們呢？猶豫的結果，我決定去買必備的教科書。

我前往大學校園內的書店，邊走邊查看錢包，確定書錢夠不夠。「聽好，寄給你的生活費，是我靠這家小鞋店拚命賺來的錢。但你不必在意，盡情地用吧。」我想起老是把這話掛在嘴上的父親。什麼叫「不必在意，盡情地用」？那種說法反而更讓人耿耿於懷。

穿過銀杏樹夾道的道路來到書店，店裡沒什麼人，我走到教科書區的陳列平臺，把書翻過來一看，封底上印著根本是在開玩笑的價格，我很訝異，第一次發現竟然有書比CD還貴。我忍不住懷疑，這是在叫慘澹經營的鞋店兒子不要念書了嗎？

櫃檯站著一名看起來十分和善的中年婦女，深藍色襯衫上套了件白色圍裙，鬆弛的下巴肉也顯得很親切。

我把裝了教科書的提籃放到櫃檯上，她拿起書正打算讀取條碼。

「啊……」

「怎麼了嗎？」婦人停手，偏著頭問。

「可以等一下嗎？」我指著放在最上面薄薄的一冊，「那本我昨天好像買過了。」

「哦，那就不要了對吧，用不著買兩本嘛。」她俐落地想抽起那本書，但狀況並非這麼單純。

「不，我記得不是很清楚。」我努力回想昨天買的教科書書名，「我買了好幾本，或許這本家裡有了，只是……」

「也可能沒有。」婦人聰穎地接話。幸好我後面沒有客人在排隊。

「要是買回去才發現有兩本，就太悲哀了啊。」

「不過，總比又買第三本要好些。」

「那本我還是先不要好了。」

「或者你打個電話回家，請家人幫忙確定一下？」婦人建議。她粗胖的手指在我面前揮呀揮的，宛如一名掌握狀況、指示風險最小的作法的司令官。

「很遺憾，我一個人住。」

「沒有女朋友或是房東之類的，可以進屋幫你看看的人嗎？」

我覺得回答「沒有女朋友」是一件屈辱的事，只皺起臉表示否定。

「你跟鄰居的交情不好嗎？」

這麼一說，我第一個想到的是尾端圓滾滾，接著是河崎。鄰居。的確，對我來說，那是身旁唯一的鄰居。

「我下次再來買。」

我付了其餘的書錢，離開書店。

「是啊，下次再來。」婦人說。我覺得自己彷彿被調侃：「洗好臉再來吧。」

我直接往回家的方向移動，途中拿出手機，打到前幾天才剛儲存的河崎住處電話。遲遲沒人接，正想放棄的時候，傳來「喂」的聲音。

「我說你啊，每天都在做些什麼？」我還沒報上姓名便說道。

「你遲早也會變得跟我一樣。」河崎似乎馬上認出是我。

「不好意思，突然打電話給你。」

「嚇了我一跳。」他的語氣卻聽不出驚訝，「就住隔壁，不需要打電話吧？」

「我在學校，有事想拜託你。」

「拜託我？」

雖然這麼說很怪，但我自認不是個厚臉皮的人，很少直截了當地拜託別人幫忙。然而，我又覺得河崎欠我一個「搶書店共犯」的大人情，多少應該聽從我的任性才對。畢竟不可能一口氣還我這麼大的人情，所以我想讓他一點一點地分期付款。

「我想拜託你，去我住處找個東西。」

「進去你的住處？」

「鑰匙在門外。門旁掛著一個滅火器，我把備份鑰匙貼在底下。」

「滅火器……是用來撲滅火的那個東西？」

「不然是撲滅什麼用的？」

「等我一下。」河崎說完，傳來「喀沙喀沙」放下話筒的聲音，及細微的腳步聲。接著，響起門開關的聲響，我感覺話筒再度被拿了起來。「有了。」是河崎的聲音。

「你拿來了？」他手腳太快，我有點嚇到。「等一下進去我的住處，就會看到右手邊有一排書。」

「書？」河崎語帶警戒。難道因爲搶了書店，他害怕被書詛咒？

「我剛才在書店想要買一本書，又擔心或許家裡早就有了。」我說明自己現在的狀況。

「我不知道書放在哪裡。」

「不要緊，你一進去就知道了。我所有的書都放在那邊。」

「絕對在那邊嗎？」

河崎這麼不願意幫忙嗎？他近乎諷刺地再次確認。

「絕對在那裡啦。」

「是嘛。」他一副心不甘情不願的語氣。

兩人之間出現一小段沉默。

「並不困難吧？雖然拜託你這種事，我覺得很不好意思啦。」可是也用不著這麼不甘願吧？比起搶書店，這請求根本和平太多了。

「嗯，不難。」

「那你進去之後，可以打電話到現在這支手機嗎？直接用我屋裡的電話打就好。」這時，我才想起河崎沒有手機。如果我們都有手機，搶劫書店的時候或許還有其他方法。

「我知道了。」河崎不甚情願地同意。

我掛斷電話，望向玻璃窗另一頭。腳踏車停放處的旁邊，兩隻烏鴉正在搶奪地上的果實。一向支持弱者的我，爲體格小一號的那隻加油，結果還是大隻的贏了。大烏鴉有節奏地刺出鳥喙擊退對手，逮住機會俐落地飛走了。

過了一會，電話響起。「是我。」河崎的聲音傳來。

「那麼，你可以一本一本念書名給我聽嗎？」我打算用這種方式確認是不是買過那本書。

但河崎說出口的，卻是完全出乎我意料之外的回答：「沒有喔。」我相當驚訝。

「沒有？」

「沒有書。」

「怎麼可能？」我心想自己可能被捉弄了，禮貌性地笑道：「就在屋裡的右邊啊，不是有音響嗎？」
「有。」
「旁邊有垃圾桶，對吧？」我在腦中描繪室內的平面圖。
「有。」
「那麼，前面應該排著幾本書才對。」
「沒有。」河崎的口氣一本正經。
我覺得自己的脖子彷彿被人倒著往上摸，一股寒氣竄過。「什麼都沒有嗎？」
「沒有書。真的放在這裡嗎？」
「真的放在那裡啊。這是怎麼回事？」
「不要問我。」
「有小偷！」我的嘴裡終於迸出這樣的推理。
「或許吧。」
「門是鎖著的嗎？」隔著電話，我急得要命，真想直接鑽進話筒，穿過電線或線路，爬出另一側，馬上親眼確認狀況。「庭院那邊的窗鎖呢？」
「窗戶鎖著。玄關也一樣，我是用剛才的鑰匙進來的。」
「好奇怪。」在我的心中，不安強過困惑。「沒有任何人進去，書不可能不見。」
「很奇怪呢。」我似乎看見河崎面無表情地這麼說，或許他正用那看透世間一切的表情掃視著屋內。他甚至問：「是尾端圓滾滾嗎？」

「你是說那隻貓拿了我的書，然後上鎖離開？」

「不可能吧。」明明是自己說出口的，河崎卻乾脆地否定了。

「難道是因爲之前我搶走彩券，所以被人拿走教科書？」

「有可能喔。」

「不可能啦。」明明是自己說出口的，我卻也不負責任地駁回。「而且那張彩券沒中啊。」

總之，我馬上回去——我掛斷電話，往窗外一看，剛才的兩隻烏鴉飛到腳踏車停放處的屋頂，在白鐵皮上踩出輕快的聲響移動著。收起黑色羽翼的鳥，或許暗喻著不祥的未來。

我快步走向公車站。怎麼回事？我問自己。

書不見了，但沒有任何人進去過我的住處。

是歹徒犯案嗎？還是有人惡作劇？若不是惡作劇，就是報復了。那麼，又是誰在報復？

我想起昨天搶書店時看到的車上的男人，那個戴墨鏡的詭異男人。那會不會是書店的警衛？因爲我們搶劫書店，或許他生氣了。

所以搶走我的書。

書被搶走的話，就搶書回來。我甚至覺得這是正當的報復。只是，既然如此，不應該找上我，該去找河崎才對。

「沒有耶。」

河崎的話不是騙人的。「我就說吧。」他一臉遺憾地垂下眉毛。

應該排放著好幾本法律相關教科書的地方，近乎不自然地空空蕩蕩。

「我說過沒有吧？」

「是沒有呢。」我語氣平靜地說：「眞的沒有，而且門窗都鎖著吧？」

河崎一副傷腦筋的樣子，點了點頭。

「沒有人進來，書卻不見了。」就算法律從世上消失，關於法律的書應該也不會不見啊。

「是魔法。」河崎的語氣像是勉強擠出鮮少使用的詞彙。

「如果是魔法，未免太樸素了吧。」

「也是。」

父親的臉龐浮現腦海，但比起金錢上的損失，精神上的打擊更大。「書名我記不大清楚了，可是這裡本來眞的有書。」

明明不需要向任何人辯解，我卻指著那個地方，手像在撫摸透明盒子似地比畫著說：「就在這裡。」

河崎把備份鑰匙遞還給我。「你進來的時候，門不是開著的吧？」我問。

「鎖著的。」河崎不悅地回答。

我仰望天花板，好巧不巧看見結在牆壁角落的蜘蛛網。我覺得這也是不祥的徵兆之一，「難不成……」

「怎麼？」

「搞不好，這件事還是和尾端圓滾滾的彩券有關。或許小偷是來找那個。」我壓低聲音。

「來找彩券？」

「把那張彩券綁在貓身上的人，本來有某種目的，我卻把彩券拿走，破壞了那個人的計畫。對方一氣之下，便闖進我的住處來找彩券。」

「那書呢？」

「可能是他懷疑彩券夾在書裡。因爲時間不夠，索性把書全部拿走。」

我有一種這段話才剛說完，眞實感便跟著脫落的感覺。

「你是認眞的嗎？」

我支吾了起來，最後回他一句：「我是自暴自棄，隨便說說的。」

◇二年前 7◇

該報警嗎?還是不要報警比較好?我和多吉商量的結果，決定還是應該報警。

透過電話報案之後，警察來到公寓聽取我們的說明，他是一名粗眉大耳的警察。

「最近治安很不好。」他感慨著，一邊寫筆記，還提了好幾次：「電話錄音刪掉了眞是可惜。」

我覺得那些人就是寵物殺手——我一說，警察似乎很感興趣，身體稍微往前傾，張大鼻孔說：「可以形容一下那三人的長相嗎？」然而我和多吉當初是在黑暗中看見他們的，無法清楚想起他們的模樣，警察的興奮也隨之冷卻。

「請，加強巡邏。」多吉神情嚴肅地說。

警察好像這時才注意到多吉不是日本人，訝異地望著多吉，結果他只留下一句「要是又發生什麼事，請立刻通知警方」，便離開了。

「（這樣就能放心了嗎？）」警察走了之後，多吉不安地說，聽起來也像是很驚訝地問：「報了警就只是這樣而已嗎？」

「（又不是什麼了不起的事件，而且警方可能一直收到許多關於寵物殺手的情報，都是些眞假難辨的消息，或許警察也厭倦了吧。）」

「（等到眞的發生什麼不可挽回的事情，不就太遲了嗎？）」

我只能點頭，輕嘆了口氣：「（我想你那句臺詞早就有無數的人說過了。）」

「（那些人都怎麼了呢？）」

「（大部分是平安無事吧，我想。可是，一定也發生過挽回不了的事。）」

「（又不是賭博。）」

「（話是這麼說沒錯啦。）」

我的微笑痙攣著。事實上，我正拚命壓抑內心湧現的恐懼與憤怒。不安的泡泡接二連三冒出，我急忙弄破那些泡泡。

我和不安與恐懼的泡泡格鬥著，就這麼過了兩天。多吉突然提議：「我們去動物園吧。」當時已接近下午兩點。

「啊？」

「（我們去動物園吧。）」

「（你今天不是要在學校忙到很晚嗎？）」

「這叫，臨機，應變。」多吉笑了開來。

「你要爲我蹺課？」

「蹺蹺板的，蹺？」多吉明明知道，卻故意裝傻。

雖然只是慢慢地，但多吉的俏皮話和樂天的態度，把一步步陷入泥沼的我拉了出來。

要去動物園，搭公車不用三十分鐘。剛走出公寓的時候，我還怕得遲遲踏不出腳步，但隨著遠離公寓，我的心情也漸漸平靜下來了。坐著公車一路搖晃，恐懼感逐漸變得遲鈍，我甚至懷疑那通電話其實是我在睡夢中的創作。

「為什麼是動物園？」等我開口問的時候，多吉已按下公車的下車鈴了。

「（之前妳不是說過嗎？只要遇到討厭的事，妳就會去動物園。）」

「（那是小學的時候耶。）」我之所以語氣強硬，並不是不高興，而是難為情。

「（妳不是說，只要待在動物園就會覺得鬆了一口氣？）」

「（是啊，在我從破掉的圍欄溜進去，被臭罵一頓之前。）」

「（今天我們可是付錢進去的。）」

「（你居然知道動物園在哪裡。）」

多吉一路領著我，俐落地處理好車站前複雜的換車路線，連車資都掌握得一清二楚。

「（我問過人。）」多吉露齒微笑。

我沒問是誰告訴他的，有預感會聽到不愉快的答案。

下了公車走個數十公尺，就抵達動物園。大門和二十年前一模一樣，掛著褪色的招牌，十分樸素。坐在票口的婦人一臉疲憊，都快睡著了。

我們買了門票走進園裡。可能因爲是平日，沒什麼遊客，反倒令人不安起來，很難享受這股清閒。「動物比人還多呢。」我說，多吉好像沒聽懂，只回了句：「是罷。」

進入園裡，依然不見任何華美的裝飾，參觀路線也不清不楚。整個水泥色的園地裡零星散布著幾座籠子。沒有動物表演，也沒有熱情接待。

勉強要說有什麼裝飾，只有園內四處豎著畫有動物圖案的立牌，但那似乎是舊東西，不是顏色剝落，就是裂了開來。換句話說，黑猩猩變成白色的，駱駝的駝峰折斷了。

途中也有商店，但鐵門是拉下的，可能只在旺季營業吧，特大號霜淇淋的塑膠模型寂寞地站在那裡。

動物的氣味隨風撲上鼻腔。這種氣味完全稱不上優雅，我卻覺得比無臭無味的殺伐氣息來得溫暖，我個人相當喜歡。

幸好聽不太到什麼動物的叫聲。要是響起貓科動物的尖叫，我一定會反射性地想起前天晚上電話裡，那令人毛骨悚然的貓的慘叫。

我們沿著右手邊的遊園路走著，多吉突然開心地出聲：「（好巧。）」

「啊？」

多吉小跑步了起來，我隨後跟上。獸籠裡的長臂猿和大狒狒發出怪叫，很樂地擺出各種動作，我想慢慢觀賞，但沒辦法。多吉停下腳步，眼前的人竟是河崎，他坐在一張簡陋的木椅上。

「眞巧。」河崎站起身，笑逐顏開。

「眞的，好巧。」

「滿口胡言。」我說：「你知道我們會來這裡，所以才來的吧？」

「咦？」多吉看了看我，然後望向河崎。「是這樣嗎？」

「沒有啦，」河崎輕笑，「昨天多吉打電話來，說想去動物園，要我告訴他在哪裡。」

「是的。」多吉側耳聽著河崎的日語，點了點頭。

「這麼一提，我也好想去動物園。」河崎撫了撫頭髮，聳起肩。「就這麼巧嘍。」

「就這麼巧呢。」我不屑地說。

「很巧。」多吉天眞地感到開心，那種溫吞正是我欣賞的優點之一，所以我不會生他的氣。

「你在做什麼？」

河崎目不轉睛盯著多吉，「你眞的很厲害，現在說得很溜了，非常有天分。」

「什麼天分？」

「我又不是在跟妳說話。」河崎即使是苦笑，也能吸引女人的目光。「多吉有假裝成日本人的天分。學語言靠的是音感與韻律，舉手投足也很重要。我想多吉的音感應該很不錯，韻律感也不差。況且，不丹人使用的宗喀語，還有可能是日語的源頭呢。」

「騙人。」我相當懷疑。

「數數的方法也非常像啊。」河崎豎起食指，「日語是ichi、ni、san，而宗喀語是chi、ni、sumu，臉也幾乎一模一樣。我想對他們來說，日語應該是很容易熟悉的一種語言。」

「聽不懂你在說什麼，反正你不要隨便煽動多吉。」

「只不過，那種恭敬有禮的口吻實在不好。」河崎遺憾地說。

「不好嗎？」

「這是外國人最容易掉入的陷阱。現實中應用到的日語，講起來其實更隨便、更粗魯、更單刀直入。」

「ㄉㄢ　ㄉㄠ　ㄓˊ　ㄓㄨ？」

「教科書上的對話，現實中是不存在的，照著講反而會被人看扁。我說的沒錯吧？」

河崎講得很快，多吉只是一臉納悶：「會被看扁嗎？」

「先別說這些。河崎，你是一個人來的嗎？」河崎站在離我一公尺遠的地方，我指著他的胸口說：「你會一個人來？不可能吧？」

這段對話跟先前在棒球打擊場遇到的時候一樣。

河崎似乎這時才想起自己帶了人來，挑起眉毛說：「奇怪，剛才還在一起的，不見了。」

「我想不是不見了，是跑掉了。」

「從我身邊跑掉的女人不是女人。」

這句欺人太甚的話，甚至令我感動不已。「我說啊，對你而言，女人到底算什麼？」

「戀愛的對象啊。」河崎大言不慚的表情，就算看在厭惡他的我眼中依然美麗。這個對手太強了。

「那戀愛又是什麼？」

「近似性愛。」河崎毫不遲疑地回答。

「我告訴你，世界上優先順位排名第一的可不是性愛。」

「不，是第一喔。」河崎不假思索地斷定：「不管是名譽還是金錢，全都與性慾相關，就算沒意識到也一樣，基因總是時時惦記著留下子孫這件事。」

接著，他還這麼說：

「妳看過不丹寺院裡的神明或佛陀的畫像嗎？每個都在做愛呢，換句話說，生存下去所需的力量，全都凝聚在那樣的地方。比起一臉莊嚴、貌似達觀的日本神佛，我更喜歡不丹那種色彩斑斕、豁達大度的佛陀。禁慾的那副面容總覺得十分虛僞哪。」

我倒是偏好沉靜的日本神佛，看起來謙虛，口風似乎也相當牢靠。

「什麼被基因操縱，你不覺得很蠢嗎？」

「沒辦法，不管怎麼想，我們都被基因操縱著。既然如此，乾脆老實地服從才是上策。要是眞有哪個男人能夠正面抗拒戀愛的話……」

「的話？」

「要我稍微尊敬他也行，不過我還是覺得他是個笨蛋。」河崎的眼神很認眞。

「我倒覺得那種男人比較帥氣。」

「一點都不帥好嗎？」河崎很不滿，「那只是在逞強罷了。」

「我覺得能夠憑意志逞強的人要偉大多了。」

「多吉呢？你怎麼想？」

「我們喜歡，和女生，好。」多吉似乎也聽懂了一些。

「多吉他們跟你啊，種類大不相同。」我仍極力主張：「像你這種隨隨便便就和女人上床的傢伙，早早得性病死掉算了。」我話說得很毒。

河崎的臉皺成一團，「說到我的痛處了，眞不愧是琴美。」

「什麼眞不愧是琴美。你啊，除了戀愛或女人，就沒有其他更喜歡的東西了嗎？」

我語帶諷刺。

「有啊。」河崎理所當然地立刻回答，我有些吃驚。

「是什麼？」

「多吉和琴美。」他不假思索地說。

雖然只有一瞬間，我覺得胸口開了一個洞。

「你在這裡，想什麼？」多吉指著圓木椅子。

「哦。」河崎笑了開來，一副「你這問題問得太好了」的神情，「其實我在想像，如果把這裡的動物全部放出去會怎樣。」

「什麼跟什麼啊？」我皺起眉頭。

「這是我的夢想。放走動物園裡的動物，趁著半夜，帶著大家一起逃走。」

「什麼跟什麼嘛？」我的眉頭一定又擠出更多皺紋，「這年頭連小學生都不會說這種話了。」

「那當然啦，小學生才無法理解這壯大的夢想。」

「什麼？我沒聽清楚？」我把耳朵湊過去，故意反問：「你是說，壯大的笨蛋？」

「獵豹啦、獅子啦，通通帶走。我要飼養牠們。」

「養在哪裡？」我第一次聽說河崎有這樣的夢想，有點不知所措。幾乎可說是現實主義者的他，實在很難想像他會去珍惜「夢想」這種曖昧不明的事物。

河崎彈了一下手指，「其實有個好地方。」

「哪裡？」多吉也感興趣了。

「從車站往東邊一直過去，就在海岸旁。那裡有一片松樹林，只不過搞不清楚是落葉松還是紅松。」

接下來，明明沒人拜託，河崎卻詳細地說明地點。那個地方距離市區開車約四十分鐘左右。簡直就像在述說夢想，河崎一臉幸福地說明著。

「不過，那裡允許養動物嗎？就算人煙稀少，也是有人管理的地方吧？」

「那裡腹地很大，沒辦法全部管到，就是那樣的地方。會出沒的只有烏鴉而已。」

「烏鴉。」多吉似乎在記憶新單字。

「所以，託人煙稀少的福，那裡到處都是非法傾倒的垃圾。」

「那樣的話，你養動物不就會被非法傾倒垃圾的人發現？」

「妳覺得偷偷摸摸地去非法傾倒垃圾的人，看到在那裡遊蕩的老虎或駱駝會報警嗎？」河崎的口氣像在對我曉以大義。

「會吧。」

「不會吧。」

「一定會啦。你是笨蛋啊？」

一旁的多吉輕快地大笑。那是一種宛如煙霧裊裊上升，飄到晴空彼方般的笑聲。

「怎麼了？」我一問，多吉只是「呃……」地出聲，一副很煩惱該怎麼組合日語的表情，然後滿懷歉意地看了河崎一眼，還是用英語說：

「（琴美說的沒錯，日本的動物園好有趣。）」

「就跟你說不可以用英語！」河崎噘起嘴。

我們三人看也不看遊園方向的指示牌，漫無目的地逛著，來到柵欄環繞的小型戶外展示區。

原本和河崎同行的女子遲遲沒現身，我也開始擔心了。然而，河崎這個當事人卻毫不在意：「她等一下就會自己出現了。」

柵欄內是一片漂亮的草皮，長著一株株的矮樹叢。兩隻褐白相間、長相可愛的微胖動物正四處活動。

「是小熊貓！」我不禁叫了出聲。

河崎跑過來，一把抓住欄杆探出身體。「哎呀，還是一樣可愛。」他陶醉地說。

慵懶緩慢行走的小熊貓，看上去像個神氣的小嬰兒。

「眞，可愛。」多吉也露出笑容。

「不丹不是有野生的嗎？」河崎問多吉。

「嗯。可是，很少。」

「眞好——」那是打從心底嫉妒的聲音。

聊著聊著，我身旁突然冒出一道聲音：「懂了嗎？照我說的做就是了。」

在我們右邊有兩個小孩，是一名少女和一名坐輪椅的少年。

身穿白色T恤的少女身高只到我的肚子左右，大概還是念小學低年級的年紀吧，而少年的年紀更小，坐在輪椅上的他探出身子來。

「這是祕密喔。」綁著辮子的少女似乎在說什麼重大的祕密，但她的聲音高亢又清晰，連在一旁的我們都聽得一清二楚。我很想告訴她：非常遺憾，已不是祕密了。

「嗯！」輪椅少年點頭。從他順從的模樣看來，兩人可能是一對姊弟。

沒看到他們的父母，我有些在意。就算是位於本地市中心的小型動物園，讓小孩在這種地方亂晃不會太危險了嗎？而且今天是平常日，小孩不用上學嗎？

「偷得成嗎？」輪椅少年扭著身子，大聲問：「偷得成熊貓嗎？」

「噓！」少女制止他。「沒問題。我會偷偷溜進去，把牠們裝進袋子裡。」

「嗯！嗯！」輪椅少年一臉認眞地猛點頭。

「小修，你也要幫忙。」

「嗯！可以嗎？」

「我會把袋子交給你，你就靠這輛輪椅趕快逃走。」

「嗯，嗯！」我也辦得到嗎？眞的可以嗎？——少年不斷地問，然後感動到極點似地大喊：「我也偷得到熊貓嗎！」我咬住嘴唇拚命忍笑。太大聲了啦。

連只是在一旁默默聽著的我，都知道這對姊弟似乎打算偷走小熊貓。太可笑了。然而，我卻無法這麼說出口。該說他們是幼稚還是老成呢？眞是個奇妙的計畫。

輪椅少年努力探出身體，拚命伸長脖子，注視著拖拖拉拉、懶懶散散地行走的小熊貓。

是憧憬嗎？還是羨慕？少年的雙眸雖然濕潤，卻閃閃發光。

我無法理解少年究竟對小熊貓抱有什麼期待，但看到那專注的側臉，我內心湧起一股幸福感，甚至讓我覺得寵物殺手帶來的不安根本不足爲懼。

我伸展雙手，像要呼喊萬歲般伸了個懶腰。「加油！」我默默地對少女說。

來到動物園出口附近，河崎終於開始擔心不見蹤影的同行人。到底跑去哪裡了？

——只見他坐立不安，猶豫著要不要用廣播找人。

「不趕快找到人家，那個女的一定會生氣。」我壞心眼地說。

「生氣就生氣吧，我無所謂。」

「看你好整以暇的。」

「好正一下？」多吉歪起頭。

「才沒有呢，剛好相反，因爲我沒有那種餘裕。」河崎的聲音意外地有如銳利的刀鋒，「我沒時間去討女人歡心了。」

我察覺河崎的聲音充滿前所未有的焦躁與嚴肅，但我決定不去在意。因爲我覺得有點尷尬。我彷彿不小心偷窺到在舞臺上精彩演出的演員，在後臺汗流浹背的模樣，還是裝作沒看見比較有禮貌。

「話說回來，琴美。」

「不要直呼我的名字好嗎？」

「是不是有奇怪的人打電話給妳？」

「你爲什麼會知道？」我噘起嘴，但我知道原因。

「對不起，我找河崎先生，商量。」多吉苦笑。

「跟這種人商量也毫無意義啊。」

「河崎先生，很，可靠。」

「不丹人眞有識人之明。」河崎高興地點頭，「相較之下，琴美妳的眼睛眞是昏花得太嚴重了。混濁。模糊。淤積。」

「請你不要拐騙多吉好嗎？」

「那些傢伙是什麼人？」

如果我說出他們是寵物殺手，河崎會有什麼反應？我還是沒坦白告訴他，因爲我根本不想提起這個話題。「難得來動物園，不能聊點愉快的事嗎？」

「報警了嗎？」

「報警了，所以沒事的。」我強裝鎮靜。

「不可以掉以輕心！警察就算沒有惡意，也總是晚來一步。」

「就說我知道了嘛。」用不著你特地提醒。

「你們應該搬家。」

「要是狀況再糟的話，我會考慮。」

「拖延不會有好結果。」

你說的一點也沒錯——儘管心裡這麼想，我卻無法坦率地點頭。

「琴美，妳是太害怕，所以不願意正視現況啦。」

「才沒那回事。」正是如此，太敏銳了。

「不過，也有暫時避難的方法喔。」

「暫時避難？」

「可以暫時住到朋友家或親戚家，不然讓多吉去我公寓住也行，非常歡迎。」

「你會，教我，日語嗎？」

「如果是你，很快就能講得順溜。」

「河崎先生，眞的嗎？」

「叫我河崎就好，不用加『先生』，這樣感覺比較親近，對吧？用敬語說話，只會被別人看扁。」

「河崎。」多吉的口氣聽起來很像老實人在強裝凶悍。

「你講得夠好了，只要不斷練習，就萬無一失。日語教育課程中，要花三百個小時學習初級日常會話，但你大部分的日常會話都會了。就像我剛才說的，日語和宗喀語有相似的部分，最重要的是，不丹人是語言學習的專家。」

「是嗎？」我狐疑地反問。

「是啊。」河崎用一副「妳連這種事都不知道嗎？」的表情看我，「不丹人會說好幾國語言，除了宗喀語，有些地區也說尼泊爾話，此外還有各地的方言，英語也是從幼稚園就開始學了。不丹人的生活當中普遍存在著多種語言，和我們完全不同。對於學習語言，他們可是專家。」

「幾白個小時，我都學。」多吉一臉正經地說。

「不是我（boku），說我（ore）比較好。不是幾白，是幾百。」

我抱持著一種「隨你們便啦」的自暴自棄心情旁觀。

「重音很重要。重音不對，日語就變得不自然。外國人講的日語，決定性的差異就在這個地方。好比，番茄（tomato）。」

「tomato。」多吉顯然是用英語發音。

「你那是英語。」河崎立刻糾正，「英語的重音是用強弱來表現，tomato的『ma』比較強，但日語是用高低來標重音，『to』是高，『mato』是低。」

「看你一副眞的會教日語的樣子。」我促狹地說，卻多少安心了點。比起寵物殺手，番茄要好上太多了。

「請教我，日語。」多吉說。

「要每天拚命練習，直到習慣日語爲止。聽，然後說。不斷重複。」

「我願意。」多吉完全是一副乖巧的學生模樣，「不管要花幾年，我都願意。」

「呃，時間沒那麼多。」

我不知道他爲什麼那麼在意時間。

我聽過一種說法「美女的敵人是時間」，因爲不得不面對自己的美貌隨著歲月凋萎的過程。

以外表來看，河崎可說極度接近美人了，難道他感覺到的是類似這種不安嗎？未免太滑稽了。

「我們，玩那個。」多吉突然開朗地說。

順著他指的方向看去，有一塊上頭畫著動物圖案、只有臉部挖空的板子。人可以站到板子後面，把臉對到空洞位置上拍照。

我和河崎絲毫提不起興致，卻抵擋不過多吉的熱情邀請。

注意到的時候，我們已並排站在板子後方，多吉機靈地把即可拍相機交給園內商店的阿姨，拜託她：「請幫我們拍照。」

「要拍嘍——」阿姨拖得長長的話音剛落，響起按下快門的聲音。

之後我們回到板子前方，確認自己的臉對到的動物是什麼。「搞什麼，是熊啊，一點都不可愛。」「我，是老虎。」「喂喂，鱷魚的臉挖空很怪耶，這樣就變成有兩個嘴巴了。」不知道是興奮還是在抱怨，三人湊在一塊鬧了一陣子。

「要加洗一張給我喔。」河崎似乎是認真的，我吃了一驚。「你不是很討厭照片嗎？」

「這是紀念。」

「什麼紀念？」

「曾經活著的紀念。」河崎有點嫌麻煩似地說完，自己先笑了。

「你是在裝短命引人同情嗎？」

「如果我說我可能會死，妳會對我好一點嗎？」

「等你死期近了再告訴我吧。」

河崎說如果我們願意一起等他同伴出現，就開車送我們回去，我拒絕了。他這份美意其實是一種困擾。

我和多吉打算前往公車站，河崎突然想起似地「喂」了一聲，叫住我們。回頭望向動物園，河崎問道：「剛才那兩個小朋友，不知道成功了沒？」

我支吾起來，最後回他一句：「要是成功就不得了了。」

◇ 現在 8 ◇

犯罪者會重回現場。果不其然，正是如此。前人的說法一定有所根據，統計學或科學上的根據。

尾端圓滾滾帶來的彩券，以及從屋裡消失的教科書，都不是什麼大事件，卻足以讓我陷入混亂。

當我回過神的時候，河崎已出門。我獨自待在屋裡。這裡明明是我的住處，我卻感到不自在與不安，如坐針氈。

如果這一瞬間，有個手持詭異水晶球的女人出現在玄關，告訴我：「這屋子被詛咒了，才會老是發生一些奇怪的事。」我或許會二話不說，全盤相信。不管是神壺還是符咒，只要價錢付得起，搞不好我都會買下來。

繼續待在屋裡發呆也不可能得到解答，而且現在是下午三點，要睡覺又太早。

我不禁在意起書店的事。想到昨天自己的行動，我害怕得要命。外頭還很明亮，但不算晴朗，頭頂上方是一片乳白色的天空。

那家書店現在怎麼了？我們的事被查出多少？喂喂，你該不會想重回現場吧？——心中的另一個我，訝異地忠告自己。再次回到昨天犯案的地方？你該不會瘋了吧？而且，書店可能擠滿制服警察和刑警，根本進不去。

可是……我駁回自己的說法。昨天我只是待在書店外面而已啊。只要裝成一般客人走進去，不會有問題吧？要是警察封鎖現場，我就站在遠處看看情況，順便問一下：「發生什麼事？」

而且，我們昨晚做的事，充其量只是比較誇張的偷竊罷了。就算遇上最糟糕的狀況，遭警察盤問，只要說明我是被河崎拖下水的，實際上什麼都沒做，就沒事了吧。

我想得很天真。或許大部分的犯罪者都有這種天真的心態，才會再次造訪現場。

我怕再拖下去決心會動搖，沒換衣服就跑出門，直奔公車站。

平緩延續的上坡道，長得足夠讓我的意志力頓挫。公車恰好在這個時機到站，我奮力抵抗似地衝上前，跳進公車。

可能是碰上高中生放學的時間，車內很擠，我被聊著流行樂團新歌的制服男學生們包圍，在車上搖晃了將近二十分鐘。

我在可能是最接近書店的公車站下車後，徘徊五分鐘左右，找到了書店。公車站旁邊就有地圖，我是靠著它找到書店的。

和我的預測相反，書店正開門營業中。既沒有警察巡邏，也沒有拉起禁止進入的封鎖線。

我穿過自動門，一股難以言喻的緊張感竄過全身，然而門的內側並沒有警察埋伏。

店內很安靜，廣播漫不經心地播放著。

我有種被耍了的感覺。沒有書架倒下，也沒有燈管破掉，我忍不住懷疑我和河崎眞的搶了這家店嗎？

正面是收銀櫃檯。

店裡的四個角落設有幾個防盜用的圓鏡，卻沒裝監視錄影機。昨晚河崎的身影就映在這些鏡子上嗎？我想像著。

店裡賣的大部分是漫畫或雜誌，也有文庫本區，但顯然稱不上書目齊全。我在店裡遛達十分鐘左右，接著竟膽子大到想和店員攀談，約莫是店裡太過和平的狀況讓我放心下來。收銀櫃檯的店員是一名頭髮染成褐色的女孩，大約高中生年紀。或許她看上去滿好說話也有關係吧。

我拿著根本不想買的縣內兜風地圖走到收銀櫃檯，明明連車子和駕照都沒有，什麼不好選，偏偏選了這種東西。我就是錯亂到這種地步。

「歡迎光臨。」店員抬起頭，闔上原本一臉嚴肅地閱讀的書，翻過背面遮住封面。她熟練地結帳，把地圖裝進袋子裡。

「請問……」

「嗯？」她的臉上浮現警戒的神色，「請問有什麼事嗎？」表情像是在說付了錢東西拿好快快回去才是做客人應有的禮節。

「昨天晚上這家店有營業嗎？」我說出口的完全是意義不明的問題。

「昨天晚上？」她瞇起眼睛，彷彿在眺望遠方物體似地看著近處的我。

要是這段沉默再多個幾秒，我可能就要忍不住當場坦白「是我幹的」了。「昨天深夜我經過這附近，看到你們店的燈還亮著。」這算什麼？這難以置信的謊言算什麼！我都快哭出來了，卻無法中止這生平首場的表演。

「哦，」她不甚愉快似地在鼻子周圍擠出皺紋，「江尻果然又在夜裡鬧事了。」

「江尻？」

「我們的店員啦。今早來上班一看，店裡有點亂。」

啊，那可能是河崎幹的——我很想這麼說。「有點亂？」

「有些書從書架上掉下來了。」

「是不是發生什麼案件？」我戰戰兢兢地探問：「是不是有誰犯了案？」

那個人就是你吧！——要是像老套的怪談一樣被這麼一指，我一定會當場昏過去吧。

「案件？啊，喔。」她露出嘲笑某人似的表情，「是江尻幹的吧，八成是啦，那個人一點常識也沒有。」

「沒常識？」

「就像學校裡不會有賭場一樣，江尻這個人是不會有常識的。」

「什麼意思？」

「不可以說出去喔。」她滿不在乎地說：「江尻很糟糕，有在嗑藥什麼的。」

「嗑藥……」恐怕是我過往的人生中從未登場的藥物，「哦，藥。是藥局沒在賣的那種吧。」

「打烊後，他有時候會嗑藥，然後一個人在店裡抓狂。」

「眞的假的？」

「聽說的。」

「怎麼會雇用這種人呢？」

她壓低聲音說：「就是寵壞孩子的父母啊。那個人是店長的兒子啦，才會任由他爲所欲爲，超糟糕的。我常被他毛手毛腳，幸好沒讓他得逞。」

「可是妳卻繼續打工？」

「因爲沒有其他地方肯雇我啊。」我不覺得她看起來有什麼特別糟糕的缺點。

「那個……」我忍不住介意，「妳跟我說了這麼多，不要緊嗎？」

「我已自暴自棄，無所謂。」

「自暴自棄？」

這時她唐突地站起來，走到牆邊的書架前。是發現有人在偷書嗎？我心神不寧地呆立原地，結果她抱著一本厚重的辭典回來。

難道她是在責備我們偷走《廣辭苑》——不，正確地說，是錯把《廣辭林》當成

《廣辭苑》偷走的事嗎？我心生害怕，她卻一臉若無其事地說「我看看……」，查起辭典來，接著她緩緩抬起頭。「『自暴自棄』換成別的說法，」她翻頁，「也叫豁出一切、自甘墮落。」

「這樣啊。」

闔上辭典的聲音響起。

「所以呢，其實我無所謂了。這種工作，江尻那種人，都無所謂了。」她的聲音不帶一絲感情，聽起來更像發自內心的話。

她一邊自暴自棄，一邊順手指著收銀機旁邊說：「這個就是江尻。看了就讓人很火大，對吧？」只見收銀機旁用膠帶貼著一則剪報，好像是地方報紙，照片裡有兩個男子，一個是中年鬍鬚男，另一個是年輕男子。

「胖的這個是店長，另一個是江尻。」

「這是什麼報導？」

「聽說明年這條國道旁邊要開一家大型購物中心。」

「那很糟糕呢。」我想起父親的鞋店。因爲附近開了一家大型量販店，導致鞋店的生意一落千丈。

「這是特輯，報導一些發起反對運動的店家。江尻只是上了這種新聞，就自以爲是名人，眞是沒救了。再說，這都是半年前的報紙了。」

我目不轉睛看那張剪報，照片上陌生的青年回看著我。店員一說，我也覺得這名年輕人的眼中似乎有著毒癮犯的異常光輝。

此時，她把剛才在看的書翻回正面。下意識地，我的視線也跟著移到書封上，書名是《初次懷孕與生產》。

她察覺我的視線，噘起嘴說：「昨天我去醫院，說是三個月了。」

「是啊。」我牛頭不對馬嘴地應和。

「就算找書來看，上面也沒寫不想生的時候該怎麼辦。」她很冷靜。是驚慌過了，或者是接下來才要開始慌亂？

「江尻幾歲了？」我回到原來的話題。

「二十六還是二十七歲吧，我想。」

「眞是個傷腦筋的繼承人。」

「呃，世界末日了啦。」她似乎在想別的事，「眞的全是些莫名其妙的事。」

「那個，對方是那個……同學之類的嗎？」我決定單刀直入地觸及她的煩惱。

「對方？哦，你說我男朋友嗎？居然問這種事，你眞是有夠厚臉皮的。」

我面紅耳赤，但她看起來並沒有嘴上說的那麼不高興。可能是沒有其他客人，正閒著無聊。人只要一閒下來，就會想些多餘的事。

「喂，」她抬眼看著我，「肚子裡有孩子的話，也叫『母子自殺』嗎？」

「呃……」我一時意會不過來，皺起眉頭，然後開始覺得很不舒服。「是這麼說的沒錯。」

「我才十六歲而已，眞要說的話，應該叫『子子自殺』吧？」

「那很遜耶。」總之先下手爲強。年輕人最害怕的是什麼，這種程度的事情我還知道，所以我繼續說：「那樣眞的遜斃了。」比起貧窮、性病或成績退步，他們最痛恨的就是被嘲笑「遜」。對他們來說，那比死更恐怖。

「很遜嗎？」

「有了孩子，煩惱不堪，跑去自殺。實在遜斃了。妳想想，小孩十六歲的時候，妳才三十二歲不是嗎？不覺得這樣很酷嗎？」我眞心地說。

「是嗎？」不知是否被說服了，只見她曖昧地點點頭。於是，我離開了書店。

我並沒有從容到能爲初識的女孩分擔煩惱，光是自己的事就焦頭爛額了。

◇ 二年前　8 ◇

一波未平，一波又起。果不其然，正是如此。前人的說法一定有所根據，不是因爲統計學也不是因爲科學，肯定有某種超越這些的力量在支配著。

去動物園之後，過了整整一天。個性實際的我，心情比較平靜了。車票夾還沒找到，新聞也沒有寵物殺手被捕的消息，但總覺得安心了點，而且我也報警了，該做的事都做了。我甚至悠哉地開始相信自己從此能夠過著平安的生活，或許正確地說，是「想要相信」吧。

但該來的躲不掉，這世上似乎注定要讓新的不幸發生在我的周圍。眞的是一波未平，一波又起。

來寵物店探班的多吉露出潔白的牙齒笑著說：「我買了，好東西。」他純樸的舉止讓我感到如釋重負。

「學校呢？」麗子姊排著一包包的狗飼料問道。

「五點，開始。」

我望向時鐘，現在是傍晚四點，考慮到從這邊到學校的距離，多吉應該沒剩多少時間能悠哉了，他臉上卻絲毫不見焦急的神色。

「大學是從那種時間開始上課的嗎？」麗子姊看了看我，又看了看多吉。

「形形色色的時間帶都有。有早上開始的課，也有像多吉他們那種待研究室的，一旦著手做實驗，晚上也得去。」

「形形色色。」多吉彷彿在吟味日語。

「聽說你們昨天去動物園？」麗子姊的詢問比銀行提款機的語音指示更冰冷。

「去了。」多吉點頭。麗子姊羨慕地說：「眞好。」但如果只看她的表情，一點都不像有多羨慕。

「動物園，好地方。」多吉又露出潔白的牙齒，「那裡最好了。」

多吉整個人散發出一股安穩的氛圍，宛如湖面般平靜。如果我們是忙碌地滾滾沖刷而下的河川，多吉就是風平浪靜的湖泊。平坦，寂靜。

我想起河崎以前常掛在嘴上的話。

「他們並不認爲現在的人生就是一切。」

不丹人相信轉世，生命將延綿不斷地輪迴下去，所以不會在意一些煩雜的瑣碎小事。眞的就是這樣的感覺。多虧多吉散發出來的這種氛圍，我才能夠忘卻不安。

「什麼好東西？」我望向多吉。

多吉手伸進皮包裡，取出一個長條狀的機械。「這個。」乍看我以爲是手機，但形狀不大一樣。總不會把這東西誤認成狗食吧？籠子裡的拳師狗吠了起來，金吉拉跟著發出尖銳的叫聲，彷彿在喊著：禁止高科技！

「那是什麼？」

「是ㄌㄨˋ ㄧㄣ。」

我從多吉手中接過那個機械端詳。比手機纖巧，大小可以輕易裝進襯衫口袋裡，上頭有個小按鈕，整體的設計很簡素，頂端有好幾個像用牙籤戳出來的小洞。

「錄音機？」我從多吉的話推測。雖然這是我第一次看到實物，不過之前在電視和雜誌上看過。這是一種小型錄音機，可以用內藏的ＩＣ晶片來錄音。

「怎麼會有這個？你什麼時候買的？」我吃驚地問，他露出一副超越對手的狡猾表情說：「上午，的，時候。」

「你怎麼沒跟我說？」

「妳又沒有，叫我說。」多吉竟懂得用這些話反駁我，我大吃一驚。

麗子姊湊過來：「你學會了一種很狡猾的回答。」

「河崎先生，教我的。」

「你又去找河崎了？」

「剛剛，」多吉點點頭，「一直，在一起。」

「難不成，你們一起去買這個？」我低頭看著手上的錄音機。

「河崎先生，一起去。」

看來多吉在我出門打工之後，便聯絡了河崎。我不知道詳細原因，但多吉說他們閒聊講了些日語之後，便決定一起去買小型錄音機。

什麼時候變成這樣了？我咋了咋舌。那男人到底打算幹什麼？一直不肯從我的周圍消失，還三不五時冒出來搗亂，難道這是一種高招的騷擾？

「上次多虧河崎幫了大忙。」麗子姊說。

「哦，妳說那個客人。」我並沒有明白指出是「那個被麗子姊毆打的客人」。

「還好有河崎出面安撫並把她帶走，她才沒發怒。」

看樣子，麗子姊雖然想好怎麼打人，卻沒想到要怎麼善後。

「只不過，琴美，妳聽說了嗎？那個客人不喜歡臘腸狗的理由。」

「爲什麼？」

「那個客人家裡養的都是狼狗和杜賓犬。」

「軍用犬嗎？」

「被那種人說臘腸狗跟她想像的不一樣，我們又能說什麼呢？」麗子姊聳聳肩，「她不中意獵腸狗垂下來的耳朵。」

「那種事在買之前就知道了吧？」

「就是啊。」麗子姊搖頭，「我期待她哪天帶著杜賓犬過來復仇（註）。」

我們聊天的這段時間，多吉一直認眞地操作著錄音機。他比我靈巧，學得又快。

「學習，可以，用這個。」

「學習？哦哦，原來如此。」我馬上明白他的意思。錄下自己的發音或對方說的話，反覆說和聽，說不定會是很有效的練日語方法。「應該很有用。」

「應該會很有用，的。」多吉的笑容很柔和。他的世界和置身客滿電車中以稜角彼此互撞著活下去的我們完全不同。在沒有商人、大部分仰賴自給自足的不丹，原本就是過著這種閑靜的生活吧。

「不過，這個要怎麼用？」我接過錄音機，摸了摸，拿到眼前翻來轉去，觸摸按鈕。「這可以錄音幾個小時？」

「五個小時。ㄧˋ ㄖㄨˊ ㄈㄢˇ ㄓㄤˇ。」

「易如反掌啊。」麗子姊面無表情地說。

「反正一定是河崎教你的吧。」

「對了，我和河崎先生，去醫院，去醫院。」

「咦！」我大叫出聲，「去醫院？你哪裡不舒服嗎？」

「不是。是河崎先生。」

註：杜賓犬原本是垂耳的犬種，純種的比賽犬爲使外型更佳，通常會在二個月大時實施立耳手術，即俗稱的「剪耳」。歐洲大部分國家已禁止剪耳，世界動物保育協會也認定不應該幫狗剪耳。

「哦，」我的口氣會瞬間沉下來也是沒辦法的事，「這麼說來，他好像說過要去健康檢查？爲什麼多吉也一起去？」

「呃……」多吉在想日語該怎麼說而絞盡腦汁，最後放棄似地露出苦澀的表情，「（因爲我很好奇。）」他恢復用英語說：「（而且我沒去過醫院，河崎先生也問我要不要一起去，所以我就坐在候診室等。不過，沒想到人那麼多。）」

「（就算是健康的人，去到那種擠得水洩不通的地方，也會生病的。）」我半帶玩笑地說，多吉深有所感地點頭：「眞的。」停頓一會，他又開口：「其實，我惡作劇了。」

「惡作劇？」

「我把這個，放在，河崎先生的皮包。」他指著我手上的錄音機，「按下，按鈕。」

「這個東西？」

「ㄊㄡ ㄊㄧㄥ。」

我再次目不轉睛地看著這臺機械。總之，就是多吉把這個放進河崎的皮包裡，偷偷地錄音了。我問多吉爲什麼做這種事，多吉滿不在乎地說：「（因爲我很好奇。）」

我再次體認到，這名來自不丹的青年體內充滿快要溢出來的好奇心。

「如果是對那個人的惡作劇，請多多益善。」我喃喃抱怨著，找到錄音機的播放鍵，按了下去。

像這樣聽取盜錄的內容竟沒有罪惡感，連我自己都感到意外。這應該是因爲我也有十足的好奇心吧。

我把錄音機放到我、麗子姊和多吉三人的正中央。

三人都把臉轉向右邊，側耳傾聽。

應該是偶然吧，店內原本在吠叫、撒嬌的貓和狗全停止吵鬧，唯有鸚哥在籠子裡走動，發出「喀鏘喀鏘」的聲響，簡直像是包括動物在內，整間店的成員都對河崎的診斷結果感興趣，滑稽極了。

錄音效果並沒有預期的好，卻也不是完全聽不清楚，可能是裝在皮包裡，錄音機傳出的聲音朦朦朧朧的，還不時出現沙沙作響的雜音。

河崎那充滿透明感的聲音，和一個與他對話的男聲——應該是醫生吧——斷斷續續傳了出來。

醫生說：「ＣＤ４的……」後面聽不清楚。我繃起了臉，心想：請不要講暗號好嗎？

「病毒」這個詞也冒了出來，接著醫生告訴河崎數值。難道是流行性感冒？我亂猜的，八成猜錯了。然後是河崎的聲音，他是在確認病情嗎？

「和稍早之前不同，現在狀況完全不一樣。」醫生提高聲調，是鼓勵般的口吻。感覺滿糟的。有人鼓勵，就代表有人被鼓勵，在這個情況下，被鼓勵的一定是河崎。但在我的記憶裡，河崎不是一個會被別人鼓勵的人，他可以遭人責難，但絕不能被人鼓勵。加油啊河崎！——我沒發出聲，兀自朝著錄音機裡的河崎送上加油。不要輸！不可以被鼓勵！——我這麼鼓勵他。

「我不要緊。」

河崎的聲音只有這個時候聽得格外清楚，接著傳來東西碰撞的雜音，聲音沒了。可能是動到皮包，錄音機換了個位置吧。

好半晌，我們三人仍維持原本的姿勢傾聽，直到法國鬥牛犬叫了起來，才決定放棄。我按下停止鍵。

多吉吁了口氣，轉動一下肩膀，可能是不知不覺間綳緊了肌肉吧。我發現聽錄音的這段時間自己也一直拱著雙肩。

「聽不清楚，」多吉垂下眉毛，「呢。」

「（那是藏起來偷錄的，沒辦法。）」我把錄音機還給多吉，「（不過，虧你還能從皮包裡拿回來。）」

「（我趁河崎先生去廁所的時候拿的。）」

「可是，沒什麼大不了的情報啊。」我伸了個懶腰，誇張地表示遺憾。「要是知道他得了重病，就可以拿來當攻擊他的把柄。」

「攻擊？」多吉露出不安的表情，可能是聯想到轟炸或毆打之類的物理性攻擊吧。

我雙手還沒放下，視線便和麗子姊對上。她和平常一樣面無表情，右手卻頂在下巴，略偏著頭。「麗子姊，怎麼了？」

「沒什麼。」她看起來像在迴避我的問題。

這時多吉拍拍我的肩膀，「時間，到了。我走了。」

我看看時鐘，對他點了點頭。

「（掰掰。）」多吉晃了晃手中的錄音機，轉身走出去。關上的店門震動著牆壁，那股震動彷彿吸收了其他雜音，靜寂頓時充塞店裡。

麗子姊好像在思考什麼事。當然，從表情看不出來，是我這麼覺得。

「怎麼了嗎？」

「可能不是什麼重大的事。」麗子姊先這麼聲明，接著說：「河崎或許感染了ＨＩＶ。」

她的聲音沒有半點猶豫、顧慮、同情或嘲笑，絲毫沒有溫度，我一時反應不過來，氣氛就像輕鬆地報告占星的結果。

「什麼？」

「ＨＩＶ。」

「那不是很重大的事嗎？」

「是嗎？」麗子姊仍面無表情。

「那就是愛滋吧？」

「這是常有的誤解。」麗子姊一邊說，一邊撿起掉在地上的貓毛。「只是感染了HIV病毒，並不等於得到愛滋。這不是病。發病之後，免疫力下降，出現各種併發症的狀態，才叫愛滋。」

「麗子姊，妳很清楚嘛。」我的腦袋中心就像被爆竹炸過，一片混亂。腦子彷彿籠罩在煙硝中，什麼都無法思考。

「不是有貓愛滋嗎？就是那種貓會得的病。因爲這樣我才對這個病感興趣，有段時間曾查閱資料。不過，這應該是一般常識，大家都知道。」

只是「大家」裡面不包括我，是這個意思嗎？「妳怎麼知道河崎得的是那種病？」

「那是輕率的臆測。」麗子姊那張純白的臉看起來好殘酷。

「是從剛才的錄音裡聽出來的嗎？」

「醫生提到CD4。那就像人類的免疫細胞，而HIV會破壞它，所以對HIV感染者來說，這個數值非常重要。每一次的檢查應該都會確認，還會檢查另一個叫病毒值的東西。」

我試著回想剛才的錄音，卻失敗了。腦袋像是在空轉。

「雖然最近這個話題比較不熱門了，但HIV感染者仍不斷增加，也有醫療疏失感染等不幸的案例，透過一般性行爲被傳染的人也相當多。」

「我一直以爲河崎在這方面很小心。」我坦白說。

總是野心勃勃、立志追求全世界女性的河崎，性行爲的次數必定很多，因此我總認爲他對於預防性病或懷孕應該比一般人更加小心謹愼。不，其實印象中他自己也這麼說過。

「有些人自私地說，愛滋是爲了矯正性風俗的敗壞才會出現，可是，事實上，只要戴上保險套，就不會感染ＨＩＶ。換句話說，我認爲那是在警告粗心大意的人，因爲只要靠保險套就能避免感染。儘管如此，感染者卻不斷增加，尤其是在這個國家，最近增加得特別厲害，妳知道爲什麼嗎？因爲危機意識薄弱。只要電視和週刊雜誌沒報導，人們就以爲愛滋消失了，以爲自己不會有事。這個國家裡滿是認定只有自己絕不會有事的笨蛋。太天眞了。天眞的國家。我想河崎一定也是太天眞的關係。」

「可是……」我不是不願意相信，只是無法明白現在是什麼狀況。「他眞的得了那種病嗎？」

「我也不清楚，只是擅自這麼想而已。」麗子姊一臉嚴肅地聳聳肩，「那是輕率的臆測。」

我想起河崎最近說話很怪，老是冒出一些彷彿自己罹患絕症的發言。

「可是，剛才的醫生也說了，現在和以前不一樣，感染ＨＩＶ不再那麼絕望。」麗子姊彷彿看透了我。

「意思是，不會死嗎？」

「有藥物可以控制，只要留心健康管理，有很高的機率不會惡化成愛滋，能夠平常地過生活。說得極端一點，或許可以想成慢性病或體質不好，就像過敏、鼻炎或高血壓一樣。」

「是這樣嗎？」與其說是鬆了一口氣，我更感到意外。

「只是，」麗子姊說：「我有點擔心河崎。」

我不明白她的意思，默默等待接下來的話。

「河崎的外表完美無缺，或許自尊心相對地高。普通人就算感染ＨＩＶ也不需要絕望，但他的話，有可能感到絕望。何況，他不是有使命感嗎？要和所有女性交往的偉大野心。」

「是、是沒錯。」

「就算意外失去一條腿，人生也不會就此結束，但對於足球選手來說，那或許等同死亡。」麗子姊這個說明眞是貼切。

「失去生存意義的男人，會變得很軟弱吧。」我試著用過來人的口吻說。

我也說不上來自己究竟有多擔心河崎。我感到同情，也感到震驚，卻不到哭天喊地的地步。可能是沒有現實感，總覺得自己只是個觀眾。

「啊啊……」我想到一些事。

「怎麼了？」

「其實，最近我常遇到河崎，本來以爲是碰巧，但搞不好是他不曉得該去見誰比較好，才選了我。」

「意思是，他死前想見到的人是琴美？」

「不是。」我不曉得該不該說，還是決定告訴麗子姊：「我還沒跟河崎上床就分手了。」

「哦，這樣啊。」這麼說的麗子姊，看起來既像感興趣也像沒興趣。

「不是我害怕性方面的事，也不是說我比較重視精神上的關係。」

「哦，這樣啊。」

「只是時機不巧罷了。也有這種情況，對吧？」

「原來如此。」

「或許是這樣，河崎才能輕鬆自在地和我碰面吧。我有這種感覺。」

話剛說完，我赫然驚覺一件事——最令河崎畏懼的，會不會並非自己的病情或壽命，而是「或許傳染給其他女人了」呢？

麗子姊可能也在想同樣的事情，只說了句「原來如此」，與剛才的語調不大一樣。

「我還是很擔心河崎。在專精領域的挫折，給人的打擊尤其大。」

「他不要緊的。」我毫無根據地回了她，因爲我覺得河崎才不會輸。以爲就快淡忘寵物殺手的事，沒想到又碰上河崎染病。一波未平，一波又起。前門拒虎，後門進狼。煩惱沒完沒了。

我並沒有從容到能夠爲分手的男人的煩惱，寄予深深的同情，只是，總覺得心上多了塊疙瘩。

◇ 現在 9 ◇

假使我有寫日記的習慣，然後又發生了多到版面寫不完的大量事件的時候，該怎麼辦？好比，像今天這樣。

貓帶了彩券過來。應該上了鎖的住處，屋裡的教科書卻全部不翼而飛。

去到書店，又遇見爲了懷孕生產問題憂鬱的少女。

光是這樣就夠多采多姿了，沒想到還有夜間的下半場。事情就發生在我入睡之後。

電話突然響起，把我吵了起來。我望向枕邊的鬧鐘，晚上十點。這個時間要斥責對方「幹麼在這種時候打來」還太早，反倒是對方若責怪「幹麼在這種時間睡覺」我也無可反駁。

我拿起話筒。可能是睡昏頭了，某種愚蠢的期待掠過心頭：會不會是哪個年輕女孩打錯電話，藉由這個契機，我們的愛苗於焉滋長？腦袋反映出我渴望戲劇性發展的願望，遺憾的是，話筒另一頭呼喚我名字的，是熟悉的我媽的聲音。

「過得好嗎？」

「好到嚇死人。」我冷淡地回答。如果妳不打電話來就更好了，腦中浮現這句挖苦的話，但我沒說出口。

「大學怎麼樣？」

「怎麼樣是指怎麼樣？」優雅的獨居生活應該不勞母親操心吧，希望我媽不要干涉我，但既然父母出錢資助，我擺不出高高在上的態度。

「哦，這樣啊，那太好了。對了，我說你啊……」聽到媽媽鄭重其事的語氣，我頓時清醒過來。

我媽用這種口氣說話的時候，大多是有重要的事情，而且是不怎麼愉快的事。我連忙預測她接下來可能會說出口的最糟糕的事。

你啊，聽說去搶書店了？雖然很令人震撼，但可能性極小。

你啊，生活費可以少一點嗎？非常有可能，我也做好心理準備了。

你啊，大學別念了，回家來吧。這很難接受，不過可能性不小。

正當我這麼想的時候，媽媽開口：「我說你啊，大學別念了吧？」

「猜中了？」因爲太過吃驚，我不禁脫口而出。「可是，」我說：「我才剛進大學而已耶。」連一堂像樣的課都還沒上過。

「其實啊……」還有，我媽這麼說的時候，大多是講些不好的事。「你爸要住院了。」

「咦，住院？」我反問，媽媽卻非常冷靜：「你爸之前狀況就不大好。」檢查結果也不大妙，「就像爬進屋頂要捉老鼠，卻發現有老虎一樣。」

簡而言之，就是去檢查胃炎，結果卻連棘手的病也一併發現了。好像是這麼回事。

「然後呢？」我戰戰兢兢地、偷窺洞窟內似地問。

「你安頓好以後，先回家一趟吧，順便給你爸探個病。」

這是一定要的，「可是，妳剛說大學不要念了，這個就……」

「媽是想說，由你來繼承你爸的店。」偷窺的洞窟裡出現老虎。

我的腦中瞬間浮現鞋店的店面。卡其色的外觀，紅色的招牌，上頭寫著「椎名鞋店」的設計字體。二十坪的店內，設置了促銷用布偶的櫥窗。標榜撥水力不同凡響的合成革皮鞋。要求換尺寸的客人。身著圍裙，穿綁著鞋帶的我。這些畫面彷彿以投影機一口氣播放出來，一張接一張浮現腦海。

「我？繼承家裡的店？」

「你以前不是說過想開鞋店嗎？」

「那是小學寫的作文啊。」那個時候寫的作文，每次都被拿來說嘴。「我會回去探病，可是就算我要繼承家裡的店——我是說假設，只是假設喔——等我畢業以後也可以吧？」

「情況很複雜。」

媽媽滔滔不絕地述說老家附近那間量販店的事、「椎名鞋店」在商店街裡的地位、與老顧客的關係等等，總之全是我非得立刻成爲繼承人不可的理由。

「再說，開鞋店的話，念法律也沒有用啊。又沒有〈鞋子法〉。」

「妳這樣說，」我板起臉來，「我還能說什麼？」

「住院的細節確定之後，我再打給你。」媽媽單方面地說：「反正你先做好心理準備。」

等一下、等一下！——我試著抵抗。以剛醒來而言，算是相當驍勇善戰了。「妳說什麼心理準備？」

「你不用擔心住院要幫忙什麼的，回來探病就好。」

壓根沒想到要幫忙的我，感到有些惶恐。「不用幫忙沒關係嗎？」

「橫濱那邊說，祥子會過來幫忙照顧。」

「祥子阿姨嗎？」她是親戚當中最——或者說是唯一——讓我感到親近的人。阿姨長得非常美，一點都不像是媽媽的妹妹，優雅極了。媽媽和祥子阿姨身上的基因，一定是分配時出錯了。

「對，所以你不用擔心這個，只要考慮探病和鞋店的事就行了。」

什麼「只要」——我不禁苦笑，試著想像成爲鞋店老闆的自己，卻想像不出來。

如果橫豎要當老闆，當咖啡廳老闆時髦多了，可能是祥子阿姨在經營咖啡廳的緣故吧。她和姓響野的怪人老公，夫妻倆一起開店。

「那先這樣了。晚上要乖乖睡覺啊。」媽媽交代完，丟下一句五十歲的女人說出來可能會遭天譴的幼稚招呼「掰掰哩——」，掛斷了電話。

呃，我渴望的並不是這種戲劇性的發展啊。我頹喪地垂下頭。

一旦醒來，就很難再次入睡。而且是在接到那種電話之後，更不可能睡得著。我想等等看媽媽會不會帶著豪邁的笑聲，再打通電話過來，電話卻沒有響起的跡象。

不知不覺間，我跪坐在電話機前。隨著時間經過，我就像個融化的雪人一樣姿勢歪了一邊，托起腮幫子。好安靜。雖然還不到深夜，卻沒有半點聲響或人聲。除了廚房傳來冰箱的嗡嗡低鳴，以及電視櫃偶爾發出咯吱咯吱的聲響以外，萬籟俱寂。大家都不見了嗎？所謂的「大家」並不是特別指誰，只是有那種感覺。窗簾全拉上了，看不見外面。

玄關門開關的聲音響起，聽得一清二楚。不是我屋裡的，而是隔壁河崎的住處。原來河崎都在這種時間活動啊。一開始我只是漫不經心地這麼想，沒多久疑問卻湧上心頭。這麼晚了，河崎上哪去？

我到現在還是搞不懂他究竟是何方神聖。他是做什麼工作的？或者他是學生？日語教師是他的本業嗎？他和不丹人的關係又是怎樣？

我起身走到玄關，從門上的魚眼窺孔向外窺看。沒有人。我隨便套上鞋子，悄悄開門走了出去。

走在門外的通道上，每踏出一步，運動鞋的鞋底便摩擦發出小貓威嚇叫聲般的

「啾、啾」聲響。

我來到外頭的人行道。

河崎已不見蹤影。

我右、左、右地掃視。在路燈的微光中凝目細看，發現有人坐在電線桿旁，心頭一驚。仔細一看，原來是一包垃圾被扔在那裡。我先往右邊找找。

我小心避開路邊側溝，小跑步前進。搞錯方向的蛾朝我的臉撲來，我用手擋開。

幸好這是一條沒有轉角的單行道。路旁民宅的窗戶透出橘色燈光，是浴室嗎？聽得見水潑上地板嘩啦嘩啦的聲音，沐浴乳的香味隨著水蒸氣飄來，一聞到那個味道，我的身體登時放鬆下來，差點當場睡著。我甩開它，跑步前進。

沒想到這麼快就發現河崎。他正走向路旁的停車場，那塊地是包月收費的。我躲到工程告示牌後面，彎下腰。

河崎筆直地走向迎面最左邊的一輛車子，那是一輛黑色轎車。今晚月亮雖然現了身，卻只有一片指甲大小，四下其實很暗，我還得依靠一旁民宅庭院的燈籠光線，所以不確定車子究竟是不是黑色，不過我很確定那是昨晚我坐在上頭的那輛轎車。那輛車的車體很低，最重要的是，沒有車會破爛成那樣。

河崎繞到駕駛座，迅速地上車，發動引擎後立刻駛離。

我從告示牌後方直起身，目送車子離去。「他不是說，那輛車是跟朋友借的嗎？」

我在內心低喃著。

約莫三小時後，河崎回來了，從人行道走上公寓的硬實腳步聲通知了我。

我踮著腳尖走到玄關，緩緩屏住呼吸，小心不弄出聲響。

腳步聲接近。我應該可以猛然打開門，向他打招呼，然後質問：「你去哪裡了？」但天生謹慎的我決定先隔著魚眼窺孔觀察一下。

窺孔的另一頭出現河崎的身影，他正從樓梯那邊走來。

河崎看上去疲憊不堪，是透過魚眼窺孔所致？是公寓的昏暗所致？或者是占領我半個腦袋的睡意所致？

河崎拎著便利商店的袋子，突然轉向這裡。我們之間明明隔了一道門，一瞬間我竟忘了，慌忙別開臉。他銳利的視線彷彿從窺孔另一頭朝我瞪來。

我屏住呼吸，透過窺孔靜靜看著河崎走進住處。

好一會，我仍待在原地一動也不動。我靜靜地吁了口氣，回到鋪了床的房間。莫非……我試著想像，莫非河崎每天晚上都前往各地的書店搶書？他不見得每次都會約我，也有可能自己單獨行動。

我煩惱著，應該跟蹤他的車子嗎？不過，今晚還是先睡吧。

我沒有寫日記的習慣眞是太好了——我深深地這麼覺得。

◇ 二年前 9 ◇

假使，我仍是河崎的女朋友，初次目睹他內心大受打擊，我會有什麼感覺？好比說，我會不會因此幻滅而要求分手？

我和河崎碰了面。並沒有特別聯絡約碰面，我只是在寵物店的工作結束後，去了棒球打擊場，河崎剛好從打擊席走出來。

時間已過傍晚五點，但四下並不怎麼暗。

是不是有預感，只要去那裡就能見到河崎？我自己也不是很清楚。只是當我發現的時候，人已坐在公車裡，就快到棒球打擊場了。

柳枝隨風搖擺，慵懶但別有深意地擺動著。那種氛圍與其說是優雅，更像是一種嘲笑，一種諷刺他人一舉一動的搖法。

剛從打擊席走出來的河崎，一看到我便開朗地舉起手來說「嗨」，卻突然發現自己提著金屬球棒走出來，不禁一陣狼狽。他有些慌亂地走回打擊席，把球棒放回去。

河崎來到我面前，有點難爲情地笑道：「不小心把球棒帶出來了。」些微汗濕的細柔劉海貼在額頭上，雙眼皮的大眼雖然憂鬱，卻不陰暗。儘管只是一身深藍的素色運動服加牛仔褲的輕便打扮，看上去卻很高雅。他以嘲諷的口吻提過，他的老家是北陸地方的富豪人家，從孩提時代他就被逼著學劍道還是弓道。他的站姿之美應該是受了那些訓練的影響吧。

「你心不在焉個什麼勁啊？」我的話聲不由自主地使上了力。

一名小學生經過我們旁邊走進打擊區，還帶了自己的球棒來。河崎的視線直追著那個孩子，突然把視線移回我身上，劈頭就說：「惡作劇電話的事怎麼了？不要緊嗎？」

我更加煩躁起來，「現在不是擔心我的時候吧？」

河崎的臉色暗了下來。彷彿看見透明的玻璃工藝品上出現裂痕，我心裡難受極了。

「什麼意思？」

「你跟多吉去了醫院，對吧？」

「他好像對這個國家的醫院很感興趣。」

「我說你啊，感染了麻煩的病毒吧？」

血色一瞬間從他女性般的肌膚褪去，看在眼裡，我的心好痛。

剛才的小學生走進去的打擊區傳來擊中球的清脆聲響。聽得出那是相當精準的一擊，非常爽快的聲響。

「爲什麼……」河崎開了口。他的聲音是那麼毫無防備，語尾甚至微微顫抖，我不禁悲從中來。

姑且不論男性魅力或品行，或許，我希望河崎無論何時都是恬淡自如的。就跟你說不可以輸呀！只不過是感染ＨＩＶ，不要表現出一副馬上就要死了的懦弱模樣。

「果然被我料中。」

「什麼東西？」

「我是憑直覺猜的。」我不打算說明小型錄音機的事，決定用這招蒙混過去。「誰教你隨便和女人上床，才會變成這樣。」我留意不讓自己的語調變得感傷，「眞笨。」

河崎動也不動，一逕注視著我，像是在猶豫究竟該裝傻，還是就這麼承認。平常他下判斷時從不猶疑，也極少採取拖拖拉拉的態度，看樣子或許他是眞的進退維谷了。

但過了一會，「敗給妳了。」河崎露出笑容，攤開雙手。「眞是敗給妳了。」平常那個爽朗的河崎又回來了。

「是ＨＩＶ嗎？」

「我現在最痛恨的就是那三個英文字母。」

「你打算怎麼辦？」

擊中球的聲音又響起，正中球心。可能是緊接著練習揮棒，傳來棒子空揮、銳利地劃開空氣的爽快聲音。當中蘊含的魄力，完全不像小學生揮的棒。

不知是不是也有些在意，河崎轉頭瞥了一眼打擊區。

「你打算怎麼辦？」

河崎回過頭來，「結束了啊。」

「什麼叫結束了？只是感染ＨＩＶ，不一定會死吧？或許生活上會有很多禁忌，還是可以很平常地活下去不是嗎？」

「琴美知道得真清楚。」

「這是常識啊，常識。」我沒說出這是從麗子姊那邊現學現賣的。

「對啊，並不是馬上會死。」但從他的話語裡聽不出任何共鳴。

「對方是誰，你心裡有數？」

「妳說哪邊？被誰傳染的？還是傳染給誰？」

話題似乎轉往露骨的方向。我板起臉，周圍飄盪著話一出口便沾滿唾液般的不適感。「兩邊都是。」

「我知道是誰傳染給我的。」

「你沒戴保險套嗎？」

「我被騙了。」河崎開玩笑地說。我不知道是怎麼個被騙法，總之就是失手了吧。

「我運氣太差了。而且好死不死，那個女孩聯絡上我，說她是陽性，叫我也去檢查，結果就是這樣。對方還一副若無其事的樣子。」

「因爲沒有眞實感吧。」我想起麗子姊生氣地說「太天眞了！」的聲音。

「大概吧。」河崎點頭。他的身後又出現一支長打。鏘——！眞的是非常舒爽的聲音。河崎回頭，望向少年。

「打得眞好。」我說。

「眞的，跟我完全不一樣。」

鏘——！又是一聲。

「好想抓住那顆球，一起被打飛哪。」我坦白說出現在的心情。

「彼此彼此。」河崎深深地點頭同意，「我和琴美遇上的淨是些麻煩事。」好一段時間，我們只是沉默著。半晌之後，「至於被我傳染的，老實說我眞的舉手投降了，我連該通知誰都不曉得。」河崎攤開手說：「雖然主動聯絡的話，應該多少找得到幾個人，但我連這都沒做。」

他的臉上明顯浮現出恐懼的神色，彷彿不小心撞死了人。「與其說是被害人，我更像是加害人。」

「那你打算怎麼辦？」我問了第三次。

「先不管這個，倒是妳不要緊嗎？那通惡作劇電話的事。」

「你是在擔心我嗎？」

「就像妳擔心我的身體，是一樣的程度。」

「那你根本沒在擔心嘛。」我笑也不笑，動起下唇。

「自己的事只能靠自己擔心了呢。」河崎說。

「我還有多吉。」

「對耶。」河崎微笑，「眞好——」他的語氣像是羨慕不已的孩童。

聽出他話語中的軟弱，我忍不住抱怨起來：「那麼虛弱，一點都不像男人。」

「妳那是一種歧視吧？什麼男子氣概、女人味，很多人討厭這種說法，畢竟男人和女人都是人啊。」

「那我換個說法。」我點頭，「你不是不像男人，是不像人。」

「把人家講得跟怪物一樣。」雖然只有一點點，河崎的表情多少恢復了明朗。

「往積極面想比較好啦。」我神氣兮兮地建議。

「琴美妳呀，就算在死亡的瞬間也會想著積極正面的事吧。」

我豎起食指，「想要活得快樂，只要遵守兩件事。一，不要按喇叭；二，不要計較小事。只有這樣。」

這是多吉也老掛在嘴邊的話。

在不丹，好像動不動就會按車子的喇叭，聽多吉說他們開車也很粗魯、很亂來。我深信喇叭的聲音是人類所發明的東西當中最多餘的，那根本是用來發洩憤怒和鬱悶的聲音吧。

走向打擊區之前，我又提了老問題：「今後你打算怎麼辦？」

「我今天的打算是，等一下要去約會。」

「眞的假的？」

「沒辦法啊。」他都這麼回答了，看樣子不是開玩笑的。被女人傳染ＨＩＶ而煩惱不已的男人，卻勤奮地忙於約會。我實在無法理解。

「這麼說來，我一直想問妳一件事。」河崎說。「妳當初為什麼會想和我分手？」

「因為我有識人之明啊。」

「也是吧。」

「我的個性是，與其花時間煩惱，不如早早了斷。」

他似乎認同了，接著突然指向最角落的打擊區。「話說回來，那個少年真的打得很棒。」

「過個十年，搞不好會成為職業選手。」

「真令人期待。」這麼回答的河崎是否真的想像得出十年後的自己，我讀不出他的表情。

我懷著複雜的心情抓起球棒，將硬幣投入機器裡。河崎遠遠地出聲問要不要載我一程，我沒理會。不要輸！——我沒出聲，只在心中說道。這話也是說給我自己聽的。

如果我仍是他的女朋友，一定麻煩死了——我深深地這麼覺得。

◇ 現在 10 ◇

姑且不論山田，當我得知每次一聊起車子便滔滔不絕的佐藤居然沒車，有種遭到背叛的感覺，明明一副每天開車出去享受兜風似地異常饒舌呀。

我們在大學校內的咖啡廳吃午餐，三個人湊在一塊無聊地聊著有趣的話題，或是有趣地聊著無聊的話題。

「借車？做什麼用的？」沒車的佐藤卻這麼追問。

「呃，我想去個地方，所以想找人載我。」我沒說是爲了跟蹤鄰居。

「哦哦，上次的美女嗎？」山田湊過來，一邊拿起長桌上的醬油，淋到自己的盤子裡。

可樂餅淋的應該是醬汁吧？——我心裡嘀咕，嘴上卻曖昧地回答：「不是那樣的。」結果這曖昧的回答似乎更刺激了他們。「眞好，學生生活還是該有女朋友哪。」佐藤點點頭說。

「不是啦。」

「怎麼？學生就不需要女朋友嗎？」

「我不是那個意思啦。」

可能是聽到「學生」一詞，我想起媽媽前晚打來的電話。「我說你啊，大學別念了吧？」那句話輕率得令人吃驚，輕率到似乎我只要稍一鬆懈，就會應一句「我很樂意」輕易答應。

坦白說，我並不討厭鞋店。這不是什麼華麗的職業，而且是一門利潤微薄的生意，若不論能不能以此維生，其實頗適合我的個性。

鞋子是生活必需品，而且和香菸或刀刃相比，鞋子不具任何危險性。如果鞋子尺寸吻合客人的腳，我應該會感到高興。再者，我可以自得其樂地想像「有人穿著我賣的鞋子過了一天」而感到幸福。

所以，我對於繼承家裡的鞋店並沒有強烈的抵抗。只不過，再怎麼說都太突然了。就算遲早要繼承鞋店，給我一些享受學生生活的緩衝時間也不爲過吧？人是需要心理準備的。

「可是，就算要開車約會，你也沒有駕照吧？」佐藤又提起這個話題。

「是啊。坐計程車啦，坐計程車約會去。」山田揶揄道。

背後傳來女生們尖細的說話聲，像被吸引似地，我們三人的視線集中過去。只見四個打扮俗氣的女生正舔著冰淇淋，我們又把臉轉了回來。

「欸，我想起有事要辦，先走一步。」我打算離開了。

「下節課怎麼辦？」

我離開了咖啡廳。之後，他們大概會繼續講一些「他一定是去跟女人約會」之類的，語帶嫉妒地扯上好一陣子吧。

這是我生平第一次不靠地圖，只憑地址尋找目的地。

幸好仙台的市街裡有許多電線桿上標明了住址，讓我能夠推測「這裡是一丁目，所以二丁目在更西邊吧」，或「剛才的轉角是三番地，旁邊是十番地，那麼五番地就在這裡面吧」，逐步接近。

我在南北縱貫的商店街往北走，途中彎進右手邊的一條小巷。時間接近下午三點，可能因爲不是放學時間，幾乎不見穿制服的學生身影，大多是行色匆匆的業務員或聒噪的主婦。

在巷子裡前進十公尺左右，有一道樓梯，爬上樓梯便是鋪紅磚的小型廣場，中央有一座噴水池。圍繞著這個廣場，並排著幾家以年輕人爲對象的店鋪，其中一家便是麗子小姐給我的名片上寫的寵物店。

看來客人不多，於是我推開門，進到店裡。

「歡迎光臨。」招呼聲隨即響起。

是一名沒見過的年輕女店員，黑色長髮直垂到肩胛骨底下，兩道粗眉很引人注目，感覺有一種不放過別人一點小過錯的強悍。一對像是兩枚大金幣似的大耳朵貼在臉頰旁，頰骨一帶的妝特別濃，看得出是爲了讓臉型看起來瘦削一些的化妝技巧。

「那個……」我焦急地想要盡快表明我不是客人，「麗子小姐……」

一瞬間，店員的笑容垮了一大半，她轉向後方叫道：「麗子姊～」

麗子小姐無聲無息地出現，彷彿從白色牆壁裡浮出來，還是一樣嚇著我了。

「哦，」麗子小姐出聲，「上次的。」她走過來，懷裡抱著一隻小波斯貓，直挺挺的鬍鬚十分神氣，眼神似乎很瞧不起我，還誇張地打起呵欠。

「好可愛。」我把「好臭屁」這句話換了個說法。

「你是特地來說這個的？」她看起來像是有點不開心，我決定當作沒發現。

「我來跟妳請教河崎的事。」

「呀！」尖叫聲響起。

一開始我以爲是哪個籠子的狗還是貓在叫，結果竟是長髮女店員發出的尖叫。

「啊？」我忍不住盯著一臉蒼白的女店員。我一陣不安，擔心自己是不是說了什麼不該說的話。她的眼裡帶著責怪，彷彿我念出什麼不可說的詛咒。

麗子小姐拍拍我的肩，「不用在意。她以前和河崎交往過，所以嚇了一跳。」

「哦……」只是聽到交往過的男人姓氏就嚇成那樣，我也無能爲力。

「也不到交往的地步啦。」女店員臉紅了。

「到外頭說吧。」麗子小姐回頭交代：「麻煩妳顧一下店，我馬上回來。」接著，她把波斯貓從身上剝下似地抱開來，放回籠子裡。

麗子小姐推著我走出店門，門上的鈴鐺配合著門的開關叮咚作響。

走出店鋪來到外頭，我們在噴水池前的石階坐下，春季的陽光輕撫著背。

坐在雪白美人的身旁，非常令人緊張。

「對剛才的店員小姐眞是過意不去。」我沒想到只是說出河崎的名字，就能把她嚇成那樣。

「她本來是客人。」

是熟客嗎？我問。

「是討厭的客人。」麗子小姐淡淡地說。

「這樣啊。」

「她買了臘腸狗，結果生氣地跑回來說耳朵垂垂的不合她的意。」

「那種客人眞的很討厭。」

「然後我一怒之下，打了她。」

我大吃一驚。打人？實在太恐怖了，而且是店老闆打客人，我無法想像那種場景。雖然我不清楚寵物店的經營狀況，但不能毆打客人應該是服務業基本再基本的常識。

「因爲我很生氣。」

「妳……眞的打了她？」

「那個時候，上前安撫她的就是河崎。」

我沒想到河崎的名字會在這種時候登場，吃驚得挺直了背。「所以她才變成店員嗎？」我完全無法想像後來發生什麼事，被打的客人才會變成店員。

「嗯，發生很多事。」麗子小姐似乎不打算說明其中的原委，「之前的店員走了。」她彷彿突然語塞，接著說：「發生多到嚇死人的事，才變成現在這樣。」

「多到嚇死人的事嗎？」

一名孩童搖搖晃晃地從眼前經過，似乎正在學走步。快跌倒了，啊，要跌倒了。——雖然一旁的人看得膽戰心驚，孩童卻很巧妙地維持平衡沒跌倒。他抓著圍住灌木的欄杆，停下腳步，好奇地觀望周遭，然後伸手扯下葉子，想要塞進嘴裡。在後方的母親連忙跑上來拉住他的手。

「你想知道河崎的什麼事？」麗子小姐問。

「我想知道河崎究竟是怎樣的人，還有不丹人和河崎的關係、妳和河崎的關係，這一類的事。」

麗子小姐目不轉睛地注視著我，看起來也像是在確認：「真的只要知道這些，你就滿足了嗎？」

「仁和寺的法師。」她突然開口。

「仁和寺的法師？」

「仁和寺的法師心想，一生只要一次就好，他想參拜岩清水八幡宮，便出發了。但由於他隻身前往，不清楚確實的地點，結果參拜了山腳下的別間神社，還心想：也不過爾爾嘛。他參拜完就回去了。」

「是《徒然草》（註）裡的故事嗎？」

「這篇故事的教訓是：凡事都須有人指點。不過我一直相信，其實是在教導人們：不要不懂裝懂，凡事盡量依靠別人。」

「這和現在的我有關係嗎？」

「沒有。」

「哦……」我把這番話解釋爲，她或許是在建議我提出更切中核心的問題。既然要去，就去到岩清水；既然要問，就問個水落石出。於是，我像在宣布似地開口：「我還是換個問題好了。我來找妳，不是想請妳告訴我河崎的事，是想請妳聽聽我的故事，可以嗎？」

「我也覺得這樣比較好。」

「最近，我的身邊發生幾件突如其來的事，讓我非常困惑。」

「和河崎有關？」

註：鎌倉時代的隨筆文學作品，約成書於一三一〇～一三三一年左右，爲吉田兼好法師所著。

「或許有關，也或許無關，只是我身上也發生多到嚇死人的事。」我垂下眉毛，「我覺得我好像遇難了。」

「遇難？在山裡？」

「嗯。感覺就像在山裡走投無路。」

麗子小姐看起來一點都不像那種會對別人的閒話、糗事或煩惱感興趣的類型，反而有一種會輕蔑這類八卦的氛圍，但她並沒有趕我走。

她雖然沒有說「請」，卻也沒有拒絕。於是，我開始述說。

我說出搬來之後發生的種種。

我提到邂逅河崎的經過，還把當下想得到的、發生過的事情全部說了出來。

唯獨該不該說出搶書店的事，我很猶豫。這與殺人或綁架相比，格局或許小了許多，但毫無疑問是「犯人的自白」或「共犯的自供」，我無法判斷是否能這麼隨便地說出口。

然而，最後我連那件事也說了。

因爲若是沒說出搶書店的事，無法完整傳達出我的困惑，再加上坐在一旁的麗子小姐的美和面無表情、人偶般的肌膚和動作太遠離現實，總覺得她並不會在聽完之後，做出把我扭送警局那種現實的行徑。

她一直沒插嘴，只有一次問「那家書店在哪裡？」，還有詢問失蹤的教科書的書名而已。書店的位置我勉強還能說明，但教科書的書名就沒辦法了。

我也說出媽媽那通令人心煩的電話。

「好厲害。」這是麗子小姐聽完之後的第一句話。

「很厲害嗎？」我不知道她用「厲害」是在形容什麼。

「那你大學不念了嗎？不是才剛進去嗎？」

「哦，妳說的是那件事啊。這還不知道。」我露出苦笑，「我打算先給家父探病之後再來想。」

「依你的性格，若是令尊親口拜託你繼承鞋店，你是拒絕不了的。」

「妳眞是明察秋毫。」我自嘲道：「不過不要緊，這是我的問題，重要的是另一件事。河崎和不丹人的事。」

唔——她斂起下巴，與其說是在思考答案，更像是在煩惱該從哪裡開始說明。

「你……」約莫一分鐘之後，她才開口：「你從途中參加了他們的故事。」

啊啊！——我差點呻吟出聲。前天我才有這樣的感覺。只不過，麗子小姐說的「他們的故事」是指什麼，我不明白。

「河崎和不丹人多吉，還有另一個女孩琴美，他們三人有他們三人的故事，而你被捲入故事的尾聲。」

「三人的故事……嗎？」我很震驚，沒想到河崎與不丹人的關係竟如此密切，從他在我面前的舉止態度完全看不出來。我沒意識到「故事的尾聲」中的「尾聲」一詞。

「妳能不能再講得詳細一點？」

「詳細？」

「例如，教科書怎麼會從我的房間消失。」

「哦，」麗子小姐漠不關心地隨口應道：「這很簡單。」

「咦，很簡單嗎？」

「能進入上鎖的房間的人，只有握有鑰匙的人。」

「妳是說河崎？」這不意外的回答反而令我感到意外。

「除了他以外，沒有別人。」

「等一下，請等一下。妳是說河崎嗎？他自己偷了書，然後騙我『書不見了』？」

「答對了。」

「他沒理由這麼做啊。」雖然我也懷疑過他，卻找不到動機，所以放棄了這個推測。

「他有理由。」麗子小姐刺上來似地說：「有理由，所以他這麼做。」

我吞下口水，等待她接下來的話，此時背後傳來大聲的呼喚：「麗子姊！」我轉過頭，只見寵物店那邊，剛才的店員舉起手來，另一手拿著電話說：「妳的電話！」

「那麼，下次再談。」麗子小姐站了起。她拍拍褲子臀部，沙子落在腳邊。「下一集，我拭目以待。」她不負責任地說。

「那個……」我覺得自己又要被狠狠拋進不上不下的狀態裡，不禁慌了起來。「我好像從遇難的山裡被救難直昇機吊了起來，可是又被丟到更深的地方。」

麗子小姐沒微笑，卻聳了聳肩。「既然如此，你先回公寓去確認一下就知道了。」

「確認？確認什麼？」

接著，麗子小姐告訴我的，是我連想都沒想過的事。

「那個……」最後，我好不容易想起要問一個重要的問題：「麗子小姐有車嗎？」

「有是有。」

「其實，河崎連續兩天晚上都開車出去。我很介意他上哪去，但我沒有車……」

「他開車出去？」麗子小姐望著噴水池，思忖起來。「怎麼回事？」

「不曉得。」

我知道了，下次我會聯絡你——麗子小姐說完，詢問我的電話號碼，也沒寫下來，就這麼快步回店裡。

孤單地被拋下的我，朝著公車站牌走去。

注意到的時候，剛才還巍巍顫顫地走著的孩童正在哭泣，大概是找不到母親吧。

這樣啊，你也遇難了。

◇ 二年前 10 ◇

姑且不論河崎的病，我本來以爲不可能發生更嚴重的問題了，完全沒想到寵物殺手竟會再次出現在我面前，我甚至有種遭人背叛的感覺。

從棒球打擊場回公寓的公車裡，手機突然響了起來。我接起電話。眼前就貼著「車內請勿使用手機」的標語，我其實於心不安，只得小聲而急促地講電話。

是多吉打來的。「（今天研究室的實驗要延長，我會比較晚回去。）」他說：

「（妳要乖乖待在家裡喔。）」

雖然沒什麼特別的根據，但多吉似乎感到十分不安，「（我突然覺得很擔心。）」

「（沒什麼好擔心的啦。）」

「（可是，我有不好的預感。）」

「（眞的擔心的話，就早點回來啊。）」

「（可以的話，我也想這麼做。）」

「（那你派個保鏢給我吧。）」我說完無聊的話，結束通話。周圍的乘客似乎遠遠觀察著用英語講電話的我。他們在猜測這是一個能說英語的惹人厭的日本人，還是亞洲系的外國人嗎？不過感覺不管是哪一種，都不會是他們喜歡的。

一過傍晚六點，公車裡便擠滿放學和下班的人。旁邊高中生的隨身聽吵得要死，前面的上班族背上的頭皮屑令人介意。我抓住吊環任憑身子晃動，望向窗外。一名站著騎腳踏車的上班族爬上坡道，公車趕過了他。自動販賣機的燈光朦朧地照亮暗下來的四周。我望向公寓的燈光與路燈，腦袋放空地遠眺隨著公車大轉彎而傾斜的景色。

抵站後，我下了車，茫然地走上平日的道路。

我想都沒想到，多吉的預感竟會成眞。

嘴巴被摀住的瞬間，我搞不清楚發生了什麼事，以爲是至今未曾碰過的疾病發作，或是呼吸器官異常造成呼吸困難。

身體以仰面朝上的姿勢往後倒，想到自己整個人就要翻過去，我驚恐不已。這時我才發現自己被人從後面架住了。

這裡距離公寓不過三十公尺。我把手伸進提包尋找玄關門的鑰匙，才剛摸到鑰匙圈，就被人從身後襲擊了。

我當下並未立刻想到是那些傢伙幹的。有一雙手穿過我的兩邊腋下抱上來，摀住了我的嘴。

我慌張地左右張望，只見兩邊聳立的細長路燈。那駝背的路燈是想嘲笑我嗎？燈泡居然沒亮，完全派不上用場。

我想出聲，卻發不出來。發不出聲音的事實讓我更驚慌。既驚慌又焦急，焦急使得心跳加速。原來如此，發不出聲音是因爲嘴巴被摀住啊——我試著掌握狀況，卻行不通。

我被一點一點地往後拖行。太陽完全西沉的天空沒有一絲暖意，彷彿貼了一張藍色的畫圖紙，一片平坦。明明是黃昏，卻伸手不見五指。我的視野裡只有黑暗的天空、冰冷的柏油路，以及民宅的磚牆。

我的手試著使勁，卻一動也不能動。我也嘗試立起後腳跟煞車，卻只是讓鞋子在柏油路面上摩擦。

「快點。」

後方傳來女子的聲音。我愕然驚覺，是那三人組當中的一人。

「把車開過來。」拖著我的男子，對另一名男子說。

我的腦袋、整個人都亂成一團。一瞬間，從實際看見的東西到純粹的幻想，各種事物浮現腦海。

寵物殺手男女的臉、車子輾過貓發出的聲響、被輾過的我、店裡不見的黑柴、遭受暴力對待的我、麗子姊的右直拳、兒童公園的黑暗、腳被切斷的貓、腳被切斷的我。影像如洪水氾濫，充塞我的腦袋，完全沒有餘裕去想別的事。

多吉，我想起他。多吉上哪去了？他在大學。在研究室。在做實驗。對了。他是爲了念書才從不丹來日本。耳畔響起他說「乖乖待在家裡」的聲音。我想抓住對方的手，卻無法使力。我用力掙扎，卻動彈不得。頭昏眼花，眼前的景象不停旋轉。

「妳前些日子掉了車票夾，對吧？上面寫有地址，所以我們之前來過了喔，就是打電話給妳的時候。」

話筒傳來的貓的慘叫聲在我體內迴響。

「妳報警了吧？我們都看到了。我最痛恨這種人，自己的事不會自己解決啊？別想靠別人保護妳！」

就是啊、就是啊——另一名男子在一旁煽風點火。

「所以，我們來接妳了。」我身後的男子自豪地說。感覺他的聲音從頭頂穿了進來。「其實誰都可以，不過正好找到妳嘍。」

車子猛地倒車過來，我瞥見煞車燈亮起又熄滅，映入眼簾的車牌可能加了遮牌，無法清楚看見數字，眞是奸詐的僞裝。車門開閉，另一名男子跳下駕駛座，朝這邊走來。

「上次那傢伙不在嗎？」

是在說多吉嗎？我想反問，卻發不出聲音。

「那傢伙居然利用雨傘和石頭，實在有夠可惡。」站在我旁邊的男子說。

「欸，腳也抬起來的話，一下就能搬進去了吧。」女子指示。

噢噢，是啊——站在我旁邊的男子移動到我的腳邊，想抬起我的鞋跟。我掙動手腳、扭動肩膀，雙腳拚命踢，但感覺只是徒耗體力。

「掙扎也沒用。」身後男子的聲音詭異極了，「可能再也回不來了喔，小琴琴，有沒有忘了什麼東西？」

「我們以前偷過大白熊犬。」站在我腳邊的男子說。我無法判斷他說的是真的還是假的。

好巧不巧，這裡是一條狹窄的單行道，一側是投幣式的計時制停車場，另一側只有一棟樓，鮮豔的紫色外觀，是一家裝潢店，但裡面似乎沒人，或許他們公司不時興加班吧。

掙扎也沒多大用處，我拚命踢動被抓住的腳，不過很快就累了。可能是身後男子頭上髮膠的味道，一股藥品般的刺鼻香味襲上來，我不禁一陣噁心。

「搬進後座嘍。」

「偷人和偷動物都一樣呢。」

「你幹什麼？」就在這個時候，抓著我的腳的男子大喊。可能有人路過！——我的心中燃起一線希望。

腳變重了。才剛這麼想，腳跟便著了地。耳環男放開手。

「我在想，不知道這些人在幹什麼？」路過的男子說。他站在後側，我看不見他的身影。

「這是我要說的話吧。」路人說：「要是不趕快放下那個女的滾到別的地方去，你們就走著瞧。」

「哪來的狗？」原本想走過去的男子退了一步，「趕快帶著你的狗滾開！」

此時，狗叫聲響起。是凶暴的低吼，聽起來也像是喇叭聲。

「滾一邊去啦！」架著我的男子說。

「喂！你這傢伙！」女子的聲音響起。

我沒看見狗蹬地躍起的瞬間，只是，當我心想「啊！」的時候，狗已撲上我身旁的耳環男。那是一條體格健碩的狼狗，即使在黑暗中，我也能清楚看見那身漆黑的毛皮，威嚴十足。被攻擊的男子發出不成聲的慘叫，倒在地上。

「幹得好，咬死他！」路過的男人大笑。

是河崎。我總算認出那個路人是誰。

狼狗咬住倒地男子的衣服，用力拉扯。

「開什麼玩笑！」女子慌忙跑過來。因爲很暗，我看不清楚，但從她的姿勢和朦朧浮現的影子，我知道她握著刀子。

狗會被刺！我不禁閉上眼睛。恐懼彷彿將心臟的表面翻開來，片片豎起。

然而，我預期會聽到的狼狗慘叫聲卻沒有響起。我慢慢睜開眼，只見狼狗從倒地的男子身上抬起頭，轉向女子，接著像要牽制似地發出低吼，死命瞪著她。女子似乎被牠的威猛懾住了。她雖然拿著刀子，卻無法接近。

此時，我奮力左右扭動身子。

原本架住我的男子大概也被狼狗引開注意力，我逮到一個空隙。

我整個人直直掉落地面。解脫了。我四肢著地，拚命爬開。跌倒、站起身，氣喘不休，好難受，胸口好痛。

我睜大眼想弄清楚現在的狀況。耳環男倒在地上，一旁站著狼狗。沒戴耳環的男子和女子估量著距離，遠遠站著。河崎就佇立在我身邊。

狼狗又吠了三聲作爲威嚇。

我側眼望向河崎。

遠方站著的男子毫不掩飾滿腔的憤怒，想往我們這邊靠近。

這時，河崎拿出藏在身後的鐵棒擺好架勢，揮起棒子，響起空氣被劃開的聲音。雖然只是胡亂用力揮舞，但那笨拙的揮棒似乎讓長髮男感受到威脅，他退了一步。

「警察馬上就來了。其實，我剛才已打電話。」河崎說著，像打小蟲似地揮著鐵棒。

狼狗回到河崎的腳邊。

三名年輕人看上去相當猶豫。從氣得全身發顫的模樣，看得出他們受人嘲弄，不甘心夾著尾巴逃走，最後大概是三人之間無聲地達成協議，一夥人跳上車子離去。沒開車燈直接駛過夜路的車子背影，並沒有卑躬屈膝的氣味，反倒像是恨我們入骨，發出黝黑的光遠去。

留在馬路上的，只剩我和河崎，還有垂著舌頭的狼狗而已。即使在黑暗中，那濡濕的粉紅色舌頭依然醒目，像是人類沒有的特殊器官，宛如一個詭異又可愛的粉紅色生物。

侵襲我的混亂漸漸平息，連遠處行駛的公車引擎聲都能夠聽見了。我慢慢調勻呼吸，那個時候的我，喘得比一旁悠然端坐的狼狗還要厲害。

「現在是怎樣？偶然？」我望向河崎，「你偶然經過這裡？」

「這是命運喔。」

我連回嘴的力氣也沒有，嘆了口氣。

「我們不是才剛在打擊場見過？」我隱藏自己的困惑，「而且你不是去約會了嗎？」

「我救了妳耶，怎麼那種態度？」

「那隻狗是你的嗎？」我指著和河崎以牽繩連繫在一起的狼狗。耳朵直豎、鼻子高挺，威風凜凜，如果黑色惡魔化爲狗，想必就是這種模樣吧。

「不是啦，是那個叫什麼的誰養的狗。這隻是狼狗喔。」

「那個『叫什麼的誰』是誰啊？」

「呃，就那個啊，頭髮很長、胸部很大的。」

「不是問你這個，那個人是誰？」

「就是麗子小姐打的那個人嘛。」

噢噢，我只是張了張嘴，點點頭。就是養軍用犬的那個女人啊。

「在棒球打擊場和妳分開後，我去了她家。」

「她家在附近？」

「走路十分鐘左右，沒多遠。然後，我接到多吉的電話，便過來看看妳的狀況。」

「多吉？」

「他打電話到我手機，說他很擔心琴美有沒有乖乖待在家裡。他有不好的預感，叫我過來看看。」

「沒想到預感成真？」

「我也嚇了一跳。她正好在淋浴。」剛說出口，河崎立刻解釋：「我們沒有上床。總之，她遲遲不從浴室裡出來，我等得也有些煩了，剛好這條狗在院子裡一副很寂寞的樣子，所以我就過來看看。沒想到正巧碰上琴美的大危機。」

「我正巧想碰碰看大危機。」我試著以事不關己地態度說。

「不過沒想到這小子會這麼活躍。」河崎摸摸狼狗的頭，「剛才那些傢伙是什麼人？」

「可以確定不是我的朋友。」

「是打惡作劇電話的人嗎？」

我定定地凝視他，猶豫著究竟該向這個自以爲是唐璜的男人吐露多少實情。無論如何，他的確救了我，於是我坦白：「上次不是提到寵物殺手嗎？還打聽了目擊者的情報。」

「嗯，問出情報的人是我。」

「如果我說，剛才那三個人就是寵物殺手呢？而且，他們也是打惡作劇電話來的人。」

照理講應該聽不懂我說的話，狼狗卻高聲吠叫起來，宛如代替遭到虐殺的同伴們發洩恨意。

「啊？」河崎五官端正的臉一陣扭曲，「寵物殺手？剛才那些人？」

「我反過來被那些傢伙憎恨了。」

「騙人的吧？」河崎一臉難以置信，「可是說起來，寵物殺手會找的不是只有寵物嗎？」

「寵物殺膩了，接下來不就是殺人嗎？」我渾身發顫，想起後身後堵住我嘴巴的男子那粗重的呼吸。

「他們把妳帶走要做什麼？再說，爲什麼妳會被他們怨恨？」

「他們打算對我做出他們對動物做的事吧。」

我努力擠出話語，極力佯裝出一種聽天由命的平靜。我想起他們說「差不多該試試人類了吧」的聲音。那絕非玩笑或打趣的隨口說說，而是更陰險且堅持的聲音。

「騙人的吧？」河崎露出一種舔到沙子般的表情。

「總之，謝謝你救了我。」爲了結束話題，我匆匆地說。

我害怕再繼續說下去，自己會在河崎面前說出喪氣話，也有可能蹲下大聲號泣。極有可能。事實上，我快吐出來了，只是拚命地忍耐著。「謝謝。」我冷淡地追加一句。

「救妳的是多吉。是多吉的擔心叫來了我。」

就算是那樣，也不能忘了我的活躍啊！——狼狗彷彿這麼說，吠了起來。我摸摸牠的脖頸。

河崎說已打電話報警似乎不是唬人的，不一會，警車來了，於是我們前往附近的派出所說明狀況。上次我找來警察的時候，被寵物殺手們撞見，更加深了他們對我的恨意。話雖如此，也不能不通報警察。我壓抑著雙腿的顫抖說明，河崎則是省略狼狗的活躍，只說他剛好路過現場，大叫「我報警了！」，歹徒就跑掉了。至於我指認那三人就是寵物殺手一事，這次的警察並不感興趣，只得到「寵物跟人又不一樣」的回應。

我幾乎是落荒而逃地回到公寓。我和河崎在途中便各自回家了。

抵達玄關門口的時候，我一直沒辦法順利將鑰匙插進門把，花了好久的時間，才發現自己的手在顫抖。

咦，好怪，明明都得救了，我爲什麼怕成這樣？我努力想讓自己振作，但一回神，人已蹲在門前。身體不住哆嗦，停不下來。

這樣啊，原來我比自己察覺到的要脆弱多了。

◇　現在　11　◇

我一回到公寓，立刻前去確認麗子小姐提醒我的事。

我穿過樓梯前方，往自己住處的反方向走去，拜訪最角落的一〇一號室。

時間已過傍晚五點，通道上方的日光燈亮著。太陽尚未完全西沉，外頭還有餘光，點亮的燈光看上去有點可笑。

我按下門鈴。「叮」的一聲，接著是「咚——」融入空氣般的聲音。門牌上什麼也沒寫。

我把耳朵湊近門板傾聽，遲遲沒人走出來應門的跡象。沒有走近玄關的腳步聲，也沒有睡覺的人起身時床發出的咿軋聲。

不在嗎？我後退一步，又不甘心就這麼放棄。

爲了取得眞相，某種程度的堅持是必要的。

所以，即使知道可能會引來反感，我仍再一次按下門鈴。我執拗地按，就在我厭煩地心想「眞是毫無生產性的行爲」時，門開了。

一名男子頂著明顯寫著「吵死了」三個字的不愉快表情出現。是之前我和河崎在外面聊天時見過的住戶。

我說出隨便編造的藉口，和他聊了幾句。我想確認的事很簡單，只要講上兩、三句話就可以明白。

我說著感謝與賠罪的話語，再三鞠躬之後，轉身離去。門旋即以大到不能再大的力道關上。

接著，我直接前往河崎的住處。心跳加速，我興奮起來。對於河崎的謊言，我沒有氣憤、沒有驚奇，唯有興奮竄遍全身，很像想出棘手算式的解法時的快感。

「怎麼了？」出來應門的河崎一臉超然，「蹺課了嗎？」

「現在不是上課的時候。」

「怎麼了？表情那麼恐怖。」一步也不肯踏進玄關的我，或許讓河崎感覺到一股不同於平常的氣勢。

「我被你騙了。」雖然我試著斟酌措詞，卻想不出更委婉的話。

「我有說謊嗎？」河崎的口氣很從容。

「我完全被你騙了。」

「你想知道什麼？」

「我想知道眞相。」這簡直就像追求眞理的宗教家在說話，卻是我的眞心話。我想要逐一驅散籠罩在周圍的混亂迷霧。

河崎目不轉睛地盯著我，默不作聲。他側著頭，也像是在思考所有的可能性，一一檢驗。

接著，他露出一種非常肯定的表情說：「是麗子小姐？」

「我剛才去過寵物店。」

河崎的臉上並沒有流露出「你背叛了我」這種遺憾或氣憤之色。

「她怎麼說？」

「她建議我確認一下。」我毫不隱瞞地說：「叫我確認你有沒有說謊。」

「確認我有沒有說謊？」

「你不是說，這棟公寓裡的亞洲人想要辭典嗎？」

「哦，我是說過。」河崎點頭。

「你還說，這裡的隔壁的隔壁就住著那個亞洲人。」

「我也說過。」

我吸了一口氣，「可是，那裡住的不是外國人。我剛才去過一〇一號室，那個人不是亞洲人。不，山形縣出身的日本人算是亞洲人吧，但他不是外國人。」

「我沒騙你。」河崎說。

「咦？」

「我沒有說謊。隔壁的隔壁住著外國人。」

我默默地聽著。我一陣不安，擔心自己追究的結果是否有誤，或者，錯的是追究的步驟？

「隔壁的，」河崎伸出拇指比了比一〇二號室，接著手一翻指向自己的住處，笑道：「隔壁。」

我意外平靜地聽著他的話，甚至有種舒暢的感覺。

「所謂隔壁的隔壁，指的是這裡。」

如果這是魔術，我等於是忘了送上禮貌的掌聲。

「我的名字叫金歷．多吉。從不丹來的。」

「那裡……」我茫然地聽著河崎的話，少根筋地應道：「一定很遠吧。」

我從頭到腳仔仔細細地打量河崎，還看了兩次。

「可是，你怎麼看都是日本人啊。」膚色雖然有點黑，但與皮膚較黑的日本人沒兩樣。

「要我說的話，你看起來也像個不丹人哪。如果我是家鴨，你就是野鴨。我們只有這點差別。」

「我覺得家鴨與野鴨差很多。」

「麗子小姐怎麼說的？」

「她建議我跟一〇一號室的住戶聊一下，對方應該不是外國人，然後叫我來找你，逼問你是不是說謊。」

「原來如此。」河崎並沒有生氣。

「你眞的不是日本人？」

「我不是。會說日語，又不一定是日本人，對吧？」

「可是你未免講得太溜了吧。」不只是令人驚嘆的程度，「不丹會講日語的人很多嗎？」

「是老師教得好。」河崎一臉嚴肅，仰頭望向上方。視線的盡頭是公寓的屋頂，但他應該是想仰望更上面的天空吧。「之前有人教我日語。」

「哦……」我在腦中組合散亂的拼圖，一邊進行消去法。「換句話說，教你日語的，是名叫河崎的人？」我總算明白麗子小姐的意思——「河崎是不丹人的日語老師」，原來是這個意思啊。

眼前的青年不是日語教師，而是日語學生。

「沒錯，特訓了一年半。我拚命學習，拚命練習說和聽。我請他教我日本人的口語，那眞的是……」河崎似乎很喜歡日語的這個形容，開心地說：「拚了老命。」

「整整一年半，一直練習？」

「拚了老命地練習。因爲這樣，我雖然是留學生，卻成了個不良學生。」

他的遣辭用句根本和日本人一模一樣。

「拚了老命？」

「只要去做就做得到。河崎眞的是拚了命地教我。」河崎——不，他是不丹人，絕不可能叫「河崎」這個名字——他嚥了口口水說道：「所謂的拚命，不就是把命拚掉嗎？」他的說法簡直就像在念一句漂亮的臺詞。

聽到這句話，我想起自己練習巴布．狄倫的歌曲的事。爲了心儀的女孩，拚命地練習。只要去做就做得到，這也是我的信條之一。

「但相對地，」河崎聳聳肩，「我完全不會寫日文字，閱讀也只看得懂簡單的幾個字。我只是拚命地練習說和聽。」

「那也是沒辦法的事。」不知爲何，我想爲他辯護。我想告訴他，這樣就很夠了。

「所以才傷腦筋。」

「咦？」

「前天你打電話給我，叫我念教科書的書名。」

「是呀。」我隨口應了聲，然後「啊！」地驚覺：「難道……」

「對。」

「因爲念不出書名，你乾脆把書全藏起來？」

「沒錯。」河崎有點不好意思地摸摸頭髮。「好死不死全是些難得要命的字。」他笑道：「但總不能說我不會念吧？所以決定當作書全都不見了。」

「你爲什麼要這麼做？」向坦承動機的人再次詢問理由，或許是件失禮的事，但我不得不問，「你不覺得把書偷走，更引人懷疑嗎？」

「沒辦法，我不希望你把我當成外國人。」

我恍然大悟，這會不會就是一切的起因？

爲什麼他打一開始就隱瞞自己是不丹人的事實？爲什麼對我使用「河崎」這個假名？依他的判斷，對新搬來的鄰居不能表明眞實身分嗎？河崎彷彿要回答這些疑問，這麼說道：

「如果你知道我是外國人，就不會理我了吧？」

「咦，爲什麼？」

「要是你知道我是來自位於喜馬拉雅山脈的偏遠國家的人，就不會把我當成朋友了吧？所以我才裝成日本人。只要學會日語、假裝成日本人，很多事就可以省去麻煩。河崎也是這麼教我的。」

我不明白「很多事」指的是哪些事，總之我想說「才沒那回事」，卻又把話吞了回去。用嘴說很簡單，是不是眞的「沒那回事」，我沒有自信。

我想起大學的朋友們，佐藤和山田。在地下鐵看到外國人的時候，他們不悅地說：「老外實在滿討厭的。」當我一問：「如果我是外國人的話？」他們便露出極端厭惡的表情回答：「哦，大概不會想跟你說話吧。」我無法保證他們只是例外中的例外，我甚至無法確定自己會做出什麼反應。

「所以，我也打算對你僞裝成日本人，因爲我希望你協助我的計畫。要是你知道我是不丹人，就不會幫忙搶書店了吧？」

沒那回事——我想反駁，卻依然說不出口。我沒辦法輕率地回答。不過，如果邀我「一起去搶書店吧」的是預定幾年後就會返國的外國人，或許我就不是很願意提供協助，因爲很難去相信遲早會離開的旅人。

「所以，你借用日語老師的名字，自稱河崎？」

「嗯。」他感觸良深地點頭，「我想變成另一個人。」

「那眞正的河崎先生現在怎麼了？」

麗子小姐告訴我，他們三人有一段故事，她說我是從途中參與了他們的故事。我對他們三人很有興趣。

「河崎……」他開口：「不在了。」

「不在了？」

「他死了。」河崎的口吻並沒有陰鬱的感覺，反而是一片爽朗，甚至不可思議地令人聯想到青空。

我沒打算擺出冷血的表情，但聽到未曾謀面的人的死亡，我也無法湧現什麼特殊的情緒。「這樣啊。」我只是這麼回答。

「我和河崎一直在計畫。」

「計畫搶書店？」

「這也有。」河崎說。言外之意是「還有其他的計畫」。「我們本來要一起行動，可是半年前，河崎說『你可以盡情使用我的車，用到壞掉為止』，隔天就跳樓了。」

我無法想像是從哪裡、怎樣跳下來的。要是河崎眼眶泛淚，我打算別開視線，但他只是筆直地凝視我。

「為什麼？」如果是病死或意外死亡，我還想像得出來，但根本沒想到會是自殺。

「他的身體不好。」

「癌症嗎？」我想起住院的父親。日本人最常見的死因就是癌症，這也不完全是瞎猜，是機率的問題。

「不，不是。」河崎搖頭，「是別的病。不，與其說是病……」

「因為患病的壓力？」

「他很傻吧。」河崎聳了聳肩。

他的日語真的非常流暢，絲毫不見生澀，我強烈地有種又被騙了的感覺。他的腔調的確有那麼一點不對勁，但那也是在知道他是外國人之後，仔細聽才隱約有感覺的程度。

「話說回來，我真的是徹底被你騙了。」

「徹底被我騙了呀。」
「可是，你本來打算怎麼辦？萬一我跑去一〇一號室打招呼呢？」
「那個人平常不管怎麼按門鈴都不出來，得一直按才行，所以我想就算你去了也不會有事。」
確實，若非遇上這種特殊狀況，我也不會沒完沒了地狂按人家的門鈴。
我告別河崎，打算回自己的住處。就在門關上八分的時候，我忽地想到一件事，於是湊近門縫問：
「把彩券綁在貓尾巴上的也是你吧？」
「是罷。」
開玩笑的吧？他故意用音調平板的外國腔日語回答我。
回到住處，我在廚房泡了杯即溶咖啡，坐到裡面的房間。我靠在牆上，彎起膝蓋，把馬克杯拿到唇邊。
冷靜下來吧。我告訴自己。若不冷靜，問題會一口氣在腦子裡氾濫成災，有可能像趕工處理不及的工廠般陷入混亂。
一個一個慢慢想。
在貓尾巴上綁彩券的犯人是河崎。

因爲他不會讀日文。這樣就解釋得通了。

河崎一定是想要我幫他看報紙。

他想知道搶書店的事有沒有登在報紙上，若是有，他想知道是什麼內容。他大可來拜託我：「能不能幫我讀報紙？」但他沒有這麼做，他選擇更拐彎抹角的方式。

爲什麼？

因爲他想隱瞞自己是外國人的事實。

在尾端圓滾滾的尾巴綁上彩券，讓我看到，反正我身邊又沒朋友，一定會找鄰居商量。爲了確認彩券有沒有中獎，我會找報紙看，但我沒有訂報，此時他便自然地打探：「對了，不知道我們的事有沒有上報？」

雖然無法斷定事情都將如預期般順利，不過這是一個可行性非常高的劇本。

那個時候的我，全副心思都在貓送來彩券這件怪事上，就算河崎叫我讀報，我也不覺得哪裡有異。

那份報紙一定是從便利商店之類的地方買來的，他不可能訂報。現在仔細想想，他的屋裡除了那天的早報以外，根本不見其他的報紙。

多麼愚蠢的傢伙啊！多麼好利用的傢伙啊！——河崎是這樣看我的嗎？我把馬克杯湊近嘴邊。咖啡的芳香撫過我的鼻子。

忽地，我想到一個重大的疑問。

河崎爲什麼要搶書店？想要送辭典給隔壁的隔壁的亞洲人這個說詞是騙人的，難道他眞的想要一本《廣辭苑》？

還有一件事我也忘了問。眞的河崎已過世，而來自不丹的青年自稱河崎。

應該還有一人，本來和他們在一起的女孩現在怎麼了？記得她應該是叫琴美。

我已筋疲力盡。儘管該確認的事堆積如山，但我想下次碰面時再問就好了。人這種生物，或許總是在應該有所行動的時候，懶得動。

◇ 二年前 11 ◇

多吉回到公寓，首先就是確定我有沒有受傷。

「（我有不好的預感，所以回來了。）」他搔搔頭說。

現在是晚上八點，大學研究室的實驗應該還沒完成，他搞不好是拋下該做的事特地趕回來。

我沒有馬上說出發生了那件事，一方面是不想讓多吉擔心，另一方面是不想洩漏自身的恐懼，但其實最主要的原因是，我害怕用言語去說明這件事。

如果藏在我一個人的腦袋裡，蓋上蓋子，那些恐怖的事是否就能變成從未發生過？雖然很非現實，我卻想依賴這樣的方式。

「（什麼事都沒發生嗎？）」多吉問：「（琴美要我找個保鏢來，所以我拜託了河崎先生。沒出事嗎？）」

「（就算是這樣，也用不著拜託河崎那種人吧？）」那是我以前交往過的男人，我很難稱讚他找了個稱職的人選。

「（這樣嗎？）」多吉天真地回答。

這可能就是不丹人的天性吧。可以和任何人交往，而誰和誰交往都不會介意。

「（眞的沒事嗎？）」他再次問道。

不安與恐懼很容易傳染，就算互相安慰「不要緊」，問題也不會得到解決。我試著這麼告訴自己，但終究沒向多吉坦白。

再撐一陣子，我還忍得住。

我還能夠平靜地看著多吉邊吃晚餐邊用小型錄音機，錄下電視新聞播報員的聲音。他把播報員的口白播放出來，拚命地模仿。

過了一會，他拜託我：「（以平常的用語說些什麼給我聽吧。）」

我說出隨興想到的日常會話。

「多吉來自偏遠的國家。」我開玩笑地說，他便問道：「偏遠的？」我跟他解釋，那是指遠離都市且交通不便的地方，多吉點點頭：「說的，沒錯。」

他把之前錄好的內容播放出來，是我熟悉的話聲。「這段是河崎講的？」

「是的。」埋首聽錄音機的多吉抬起眼來，點點頭。「之前，他錄，給我的。」

「他錄了些什麼？」

「要是，可以流利說這些，就搞定了。」

看樣子，河崎給多吉出了作業。我湊過去聽錄音的內容，但那是連日本人都難以聽清楚的說話速度，我目瞪口呆。「這怎麼可能學得會？」

「總有一天，可以的。」

「長期計畫？」

「是罷。」

錄音機裡傳出來的，大概是河崎亂編的意義不明的故事。有兩個國籍不明的人物登場，一個叫馬龍、一個叫夏隆，對話是兩人討論著要不要撿貓，似乎有什麼教訓的意涵，但我無法理解。

「如果說得出這些，就及格了？」

「對。」

哦，這樣啊——我的聲音毫不起勁，「說到貓，最近那隻貓都沒來。」

「貓？那隻，貓，嗎？」

「我們來給牠取個名字吧。」我提議。或許我是想藉由做些新鮮的事來轉換心情。

「好啊。」

「牠的尾巴尖端圓圓的，所以叫……」我直接說出當下想到的，腦子沒有餘裕思考複雜的事：「尾端圓滾滾。」

「尾丹圓滾？」多吉似乎很難發出正確的音，舌頭轉不過來。「再，說一次。」

尾端圓滾滾……正打算再說一遍的時候，我發現自己的身體急遽變得沉重。

數天前電話答錄機傳出的貓的慘叫聲掠過腦袋。

同時喚起我差點被兩名男子扛走的恐懼。

血流彷彿變遲緩，腦袋很重，全身發熱，沒有一絲寒意。

「對不起，我去廚房一下。」我勉強站起，把用過的盤子拿進廚房。我扭開水龍頭，水花在水槽中噴濺。我俯視著洗碗水流進排水孔，調勻呼吸。

爲了驅散倦怠感，我試著用水龍頭流出的水沾濕手臂，卻只有短暫的時間覺得冰涼，感覺立刻就消失了。胃的上方好重、好痛，彷彿有什麼東西從內側微弱卻執拗地戳刺著。

我吸氣的時候，發出「咿」的顫抖聲。聽到那聲音的瞬間，我不禁跪了下去，「不行了……好可怕……」

我使不出力，癱坐在地上，手上的盤子掉進水槽裡發出聲響，右手的洗碗海綿滾落地上，泡沫四處飛濺。我想伸手去撿，卻怎麼也搆不到。

「（怎麼了？）」多吉在我身邊。他湊過來，蹲下抱住我的肩膀。

「不要緊。」我回答，卻無法遏止顫抖。我連一小塊「不要緊」的碎片都拿不出來，根本是連牙齒都咬不緊的狀態。

眼前是多吉嚴肅的表情。除了老實說出一切，我別無選擇。

「（發生什麼事？）」

「（警察一定會保護我們。）」多吉不用日語了，可能覺得現在不是用說不慣的語言磨磨蹭蹭地交談的時候。

「（嗯。）」

「（我在不丹的時候聽說過，日本的警察非常優秀。）」

「（但最近行不行就不曉得了，而且，我不覺得能馬上抓到他們。）」我一邊說，一邊冷靜頭腦。

「（可是，他們是寵物殺手，沒錯吧？）」多吉撫著我肩膀的手使上了勁，「（都鬧得沸沸揚揚了，警方會拿出幹勁來的。）」

寵物殺手，多麼討厭的詞彙。並不是因爲詞面令人憎惡，正好相反。那些傢伙的殘酷與傲慢，在被命名爲「寵物殺手」的瞬間，變得極爲表面且罪行輕微。就像踐踏對方自尊心奪取金錢的行爲，一旦被稱爲「勒索」，就成了輕薄的惡作劇般無足輕重。

過了一會，稍微冷靜下來，心底又湧上另一種情緒。恐懼充塞胸口之際，更底層其實正燃燒著火焰。

那是憤怒。

我振作起跪癱在地上的身子，雙腳使力直起身，扶著多吉的手臂靠到流理臺邊緣，站了起來。

我不怕——我試著低語。要放過那些寵物殺手嗎？我聽見這樣的聲音自體內響起。只是受了點襲擊恐嚇，就嚇得畏縮不前嗎？有人在對我怒吼。

腦中掠過動物們的身影。腳被切斷、被刀刃切割的寵物們，明明只是我的想像，卻帶有奇妙的真實感。雖然只是一瞬間，畫面非常鮮明地浮現，是那些不明不白、莫名其妙死去的狗和貓。牠們最後聽見的，是那些寵物殺手下流的笑聲。一想到這裡，一股痛恨的情緒便從胸口直衝喉頭。

接著，我想像著，他們遲早會對人類動手，而且一定是孩童或女人這些手無縛雞之力的弱勢者。

當我回過神的時候，顫抖已平息。

「我不想原諒那些人。」我的眼角滲出淚，「（我現在就想逮住他們。）」

「（逮住他們？）」

我點頭。雖然已報警說明狀況，但就這樣什麼都不做迎接明天，才是最令我感到恐懼的。擔心著那些傢伙不知何時會再度現身，戰戰兢兢地度過每一分每一秒，是多麼恐怖的一件事。

「（可是，又不知道他們在哪裡。）」多吉傷腦筋似地垂下眉毛。

「（我們去速食店碰碰運氣。）」我決定了，把那家店的地點和名稱告訴多吉。

第一次遇上那些寵物殺手的時候，記得他們曾提到那家店。從當時的語氣聽來，他們是那家店的常客。

全身被恐懼俘虜的我，理當更加愼重，我卻一心只想著，總之得立刻有所行動。人這種生物，或許總是在應該愼重行動的時候，輕率行事。

◇ 現在 12 ◇

電話是算準了我在睡覺的時候響起——我甚至有這種感覺。如果現在這個瞬間我能夠實現一個願望，毫無疑問我一定會請求讓電話別再響了。

我從被窩裡伸出手抓起話筒，已做好心理準備可能是媽媽打來的，結果不是。

「在睡覺嗎？」

聽到那不帶感情的淡淡語調，我很快就曉得對方是麗子小姐。

「你聽起來好像很累。」我仍睡意矇朧，既無法逞強也無法裝模作樣，只得老實回答：「腦袋亂成一團。」

我彷彿硬掰開蛤蜊似地睜開眼皮，望向枕邊的時鐘。晚上十點。對了，前天電話也是在這種時間打來。

「你知道他不是河崎了？」

「嗯。」明知對方看不見我的動作，我仍點點頭。「完全明白了。他是不丹人，名叫……呃……」

「多吉。」

「對，多吉。」我毫無現實感，「還有，聽說眞正的河崎死了。」

我覺得自己就像在被逼問之前先主動招認的囚犯。我從被窩裡坐起。我好像連衣服也沒換，穿著牛仔褲就睡著了。

「他今天晚上也出門去了嗎？」

我正要問「什麼意思」，旋即想到，我把河崎昨天和前天連續外出的事告訴了麗子小姐。「妳是說河崎嗎？」

「對你而言，他不是多吉，仍是河崎？」

「唔，是啊。」事到如今才換稱呼也很怪。

「你住的公寓在哪裡？」

「啊？」

「等多吉出門之後，我再過去就來不及了吧？我馬上過去你那邊。」她的語調平板，讓我覺得抵抗也沒用。

「麗子小姐不知道這棟公寓在哪裡嗎？」

我試著想像兩年前他們和麗子小姐的關係，到底親近到什麼程度。

「我對別人在哪裡、過著怎樣的生活沒興趣。」

「可是，那個叫琴美的女孩，是妳的店員吧？」

「有法律規定，店長不知道店員的住址要受罰嗎？」

不久之後可能就會有了——我本來想這麼說，又打消念頭，相反地，我說出的是公寓地址。先告訴她最近的公車站的站名，接著說明從車站前往公寓的詳細路線。

好，那一帶我大概知道——麗子小姐靜靜地說：「我的車子會停在附近的便利商店那邊。」

「妳要過來嗎？」

「去跟蹤多吉。」她淡淡地說。

「多吉」這個名字讓我覺得很生疏。「好，我知道了。」我回答。

麗子小姐念出一串電話號碼，我寫在隨手扔在一旁的披薩廣告單上。麗子小姐無機質的語調，聽起來彷彿機器在念誦羅列的數字。

我掛斷電話，嘆了口氣。我想不出該做什麼、需要怎樣的準備，一逕發著呆。

我在鏡子前撫平睡翹的頭髮，確認服裝儀容。我承認，內心雀躍不已。

又不是要去約會——我告誡自己。我俯視寫在披薩新商品旁邊的麗子小姐的電話號碼，心想如果佐藤和山田看到這個，一定會把我當成重刑犯般強烈指責吧。

我不知該如何打發這段時間。由於必須側耳等待河崎離開住處發出的聲響，電視和音響都不能開，頂多只能看書，於是我拿起桌上的文庫本。二十歲的登場人物，深信只有他一個人將迎接與眾不同的命運。我讀著故事，心想我並不需要與眾不同的人生。我深切地感覺到，悠哉而純樸、與書店強盜或自殺無緣的生活——例如鞋店老闆這樣的人生——比較適合我。

這時我聽到了聲音，河崎住處的門開了又關。我把手伸向電話。

「兩年前發生了什麼事？」我望向駕駛座上的麗子小姐。

不久前，我才像這樣在副駕駛座和駕駛說話，那是什麼時候？我立刻想起是和河崎一起搶書店的時候。

我忍不住懷疑，如同那個時候我交談的對象其實是不丹人，現在我身旁握著方向盤的美女，或許是電腦合成圖像，她那沒有半點瑕疵的白色肌膚毫無立體感。

「兩年前，」她就像機械在搜尋情報似地開口：「我的店裡有個叫琴美的女孩。」

麗子小姐直盯著前方。河崎開的轎車在前方十五公尺左右，我們的車頭燈照亮他的車。

途中只有一次來到十字路口的時候，一輛白色休旅車插了進來，但很快就駛離，我鬆了口氣。

車子潛進地下道，穿過車站東側，筆直前進。橫越國道的時候，周圍行駛的車輛變少了。路燈減少，也不見號誌，再加上四周只剩古老的民家，我有種周遭漸漸被夜晚吞噬的感覺。

我們的車子像要逃離籠罩上來的黑暗，勇往直前。車燈雖然亮著，卻像只拿手電筒往前照似地令人不安。對向車線錯身而過的車燈照亮了麗子小姐的臉，每當那種時候，她的雪白總是令我心頭一驚。

「琴美小姐……」我說出那個名字，留意著語氣不要過於親密。「她……呃，是眞正的河崎先生的女朋友嗎？」

「不。」麗子小姐否定，「是多吉。她跟多吉住在一起。」

麗子小姐斜眼瞄我。應該說是瞪我比較接近，或者說是警告更爲正確。她的眼神銳利，彷彿只要我說出類似「日本人居然跟不丹人談戀愛，眞稀奇」之類的話，馬上就會被狠狠修理一頓。

只不過，該說慶幸嗎？我的經驗少得沒辦法對戀愛高談闊論，對於戀愛的標準形態也沒有任何哲學或堅持，所以就算不丹人的男性與日本人女性同居，我也不覺得有多奇怪。只覺得「哦？」而已。「哦，護欄嗎？」「哦，十字路嗎？」「哦，同居嗎？」這樣而已。

「那位琴美小姐現在怎麼了？」

麗子小姐一瞬間沉默了。不知是否多心，我覺得車速也變慢了。

不知不覺間，道路兩側成了一片稻田。夜晚映入眼中的插秧前的稻田，令人聯想到屏息的水面，有一種我們行駛在海面的錯覺。

「兩年前，市內發生許多貓狗遭到殺害的事件。」麗子小姐開始述說，我本來以爲她再也不會開口。

「狗和貓嗎？」

「說是說虐待動物，根本就太亂來了。凶手有好幾個，他們偷走寵物，也就是經常聽說的殺貓事件，但對他們來說，或許該稱爲一種娛樂吧。」

「嗯，好像有過那種事。」雖然我未曾實際目睹，但我想起有個以會員制的形式舉辦殺貓秀的富豪遭到逮捕的案件。「這種事，發生了很多次嗎？」

「凶手是二十多歲的男女，出於好玩的心態，殺害許多寵物。」

「哦……」我想不透這件事怎麼會與琴美小姐扯上關係。

「琴美無法原諒那些人。」

這任誰都無法原諒吧？——我在內心低喃。面對我們自己要吃的動物被殺害的場面，任誰都會別開視線，畢竟我們是如此「愛護動物」呀。

「琴美發現眞正的凶手。」

「咦，因爲她是寵物店的店員嗎？」

「我想是偶然。」麗子小姐彷彿在回溯記憶，「不過我也是事後才聽說的。」

麗子小姐踩下油門，加快速度。不知不覺間，我們與轎車的距離拉開了。穿過高架橋下的時候，窗外景色短暫地消失，之後又是綿延的田園風景。

「和警察商量之後，琴美和多吉一起去了速食店。」

「當然不會是去吃飯吧？」這麼問或許有些失禮，但我實在看不清事件的全貌，只能摸索著詢問。

「凶手就在店裡。」麗子小姐的聲音裡帶著不悅。接著她突然踩煞車，車子猛地停下。

「怎麼了？」被安全帶勒住的我出聲問道。

麗子小姐默默地指向左前方。

只見河崎的轎車往左邊開去。

有如行駛在水面，它拋下我們，逐漸變小。那不是柏油路，一定是農道。

「要是追進那條路，我們絕對會曝光。」麗子小姐埋怨道：「完全曝光。」

麗子小姐說的沒錯。那不是平常車子會開進去的道路，我們要是跟著開進農道，河崎恐怕也會開始懷疑我們的車子吧。

「我們被甩掉了嗎？」

「不知道。」

過了三分鐘左右，麗子小姐發動車子，開進同一條農道，但我不覺得還能追上。

麗子小姐握住方向盤的手，似乎也失去熱度，有一股死了心的氣味。我也一樣，嘆息的同時，肩膀也垮了下來。最後我們開回柏油路上，把車停在樹林旁。這可能是一片松樹林，陰森森地覆蓋住相當大的範圍。關掉車燈後，周圍變得一片漆黑。

我打開窗戶，豎起耳朵探尋車聲，卻聽見浪濤聲，有種巨大的怪物在黑暗深處打鼾般的詭譎。「這一帶靠近海邊嗎？」

「是啊，這座樹林的另一頭就是海。」

「河崎不會是來游泳的吧？」

麗子小姐一副不打算回答蠢問題的表情，望著前方。

沒辦法，回去吧——麗子小姐重新發動引擎，點亮車燈。她放下手煞車的時候，我忽然想起：「對了，剛才講到一半……」

「講到一半？」

「琴美小姐怎麼了？他們去到速食店之後。」

「哦，講到一半。」麗子小姐的嘴唇在黑暗中優雅地上下掀動，噘起又縮回的鮮紅嘴唇，比起性感，更令人感到眩惑。我看得出神，彷彿就要被吸進去。

「凶手們從速食店的後門逃出去了。」

「後門？」這兩個字讓我想到我曾手持模型槍守著書店後門。

「他們突然開車衝出來。因爲琴美他們報了警，凶手們急著逃走。」

「然後呢？」我催促她說下去。

「然後，琴美……」

「嗯？」

「被那輛車撞死了。」

頓時，我啞然失聲。

「哦，這樣啊。」我努力動員想像力，極盡所能地對陌生女子獻上最誠摯的同情，卻只能如此反應。

◇二年前 12◇

我的心情是，想要在膽怯退縮之前做完這件事。現在這一瞬間，我的願望只有一個——希望那些年輕人就在速食店裡。只有這樣。

一想到要是沒能找到他們，就覺得比任何事都恐怖。要我懷抱著這種混合憎惡與恐懼的混沌情緒度過一夜，實在太煎熬。我不認爲自己有辦法睡著。

要是確定他們在店裡，接下來只要聯絡警方，請警察調查他們就行了。他們並不是狡猾的智慧型犯罪者，只要稍加調查，殺害寵物的罪行應該很快就會曝光，搞不好當場就會被逮捕了吧。我期待著。

晚間九點，說是深夜還太早，只是天空暗到不能再暗。小雨紛飛中，行經的車輛車頭燈照亮了雨絲。

我和多吉下了公車後，沒什麼交談，直接走進拱頂商店街。

遊樂中心傳來喧鬧的聲音。站著聊天的女人們，傳來刺耳的話聲。行人號誌燈開始閃爍的警告聲響，與車子的喇叭聲接連響起。有幾個高中生把收起的雨傘當球棒揮舞。

每踏出一步，緊張感就增加一分，整個人彷彿一步又一步地從地面浮起。再踏出一步，又浮高一層。我覺得自己漸漸遠離地面，於是握住多吉的手，心裡有種一旦放手自己就會飛上天的不安。

來到速食店前，多吉大大地嘆了口氣。

「（感覺很怪。）」

那家速食店雖然位於市中心，卻稀罕地設有寬敞的停車場。足以容納五輛車子的空地最左側，停著一輛看過的迷你箱形車，黑色車體在速食店的招牌光線照射下，詭異地發著光。毫無疑問，是那些年輕人的車。

「（我有不好的預感。）」

「（不，這是好兆頭。）」我糾正多吉。

如果那些年輕人在這裡，那就太好了。叫來警察，請警方調查就行了。只要盤問幾句，他們就會慌了，輕易地露出馬腳吧。這麼一來，我和多吉就能回公寓悠哉地睡覺了。狀況急轉直下。事件解決。

因爲沒有屋頂遮蔽，細雨直接打在迷你箱形車上，水滴宛如滲出的汗水流淌，滑落下來。

並不覺得冷，但一摸頭髮，濡濕的手卻傳來一股寒意。

店內燈火通明，從外頭看，速食店裡面一覽無遺，就連客人咬漢堡的表情，有心想看都看得見。

我的目光掃過店內顧客，尋找那三名寵物殺手。這種緊張感簡直就像在發表錄取結果的公布欄上，尋找自己的號碼。

「沒有，呢。」多吉氣鬆了一口氣。

「可能在二樓吧。」

「（這是別輛車。）」多吉走近黑色迷你箱形車，伸手指道：「（妳也不確定就是這個車號，不是嗎？）」

這點我承認。我不記得車號。我跟上多吉，站到迷你箱形車旁邊。「（可是，這就是那輛車啊，只有這個可能了。這家店是那些傢伙平日流連的場所。）」

「（就說妳認錯啦。）」

若是平常，多吉應該更溫和悠哉，現在卻有點動怒，可能是不好的預感讓他焦躁起來。

我站在副駕駛座這邊，窺看車內。玻璃被雨水打濕，我伸出手輕輕擦拭水滴。

這就是那輛我差點被抬進去的車子嗎？我無法指認。但躺下的雨刷、扔在副駕駛座的ＣＤ盒、掛著飾品的照後鏡，每個地方都散發出一股不明所以的詭異。

「（雖然很像，卻是別輛車。）」多吉正要這麼斷言的時候，我發現車子後座擺著一個塑膠籠子。

看看車牌，上面蓋了一層薄薄的遮罩，是爲了讓號碼不易被看見而動的手腳吧。

不知是否我太多心，雨勢變大了，彷彿要協助藏匿車內景象，雨滴接二連三地滑過窗玻璃。我徒手將雨水抹開，水滴濺到衣服上。我甩開雨水，雙手放到眼睛上遮雨，湊近車窗。

後座擺著一個寵物籠。

「（怎麼了？）」多吉湊了過來，似乎也發現籠子，「啊！」了一聲。

我發現籠子裡裝著一個會動的物體，這下無庸置疑了。心臟怦地一跳，可能是太過驚愕，我的視野變得一片黑暗。籠子裡應該是裝著小型犬，不然就是貓。

「多吉，是他們。絕對是他們。他們正要把牠帶走。」我的嘴巴令人心急地無法好好言語，「就裝、裝在那個籠子裡。」

憤怒竄過背脊，我的思考宛如潰不成軍的軍隊，無法成形。配合劇烈的心跳，雨勢更強勁了。雨水粗暴地打在柏油路上，那聲音更激起我內心的焦急。

我雙手敲打後座的車窗，就像用拳頭捶父母肩膀似地毆打車窗。得讓那隻動物逃走才行——我滿腦子只有這個念頭。得打破車窗，救牠才行。可是打不破。水滴從濡濕的前髮落下，滴到鼻子上。

「琴美。」多吉慌忙按住我。他的頭髮也濕透，整個塌了下來。比起眼前的事態，讓他更不知所措的是陷入慌亂的我。

「得幫牠逃走才行。」我說。

多吉大概終於認同這是寵物殺手的車了，神情嚴肅。他回頭望向店裡，交互看了看我和速食店好幾次之後，說：「（好，報警吧。）」

我點頭。丟臉的是，儘管如此激動，我卻無法處理整個狀況，好不容易才「嗯」地應了聲。我的視線移向駕駛座的車門，鑰匙孔看來是壞的。一想到這可能是輛贓車，我更加怒不可遏。每件事都這麼不負責任。

應該打電話，還是直接去派出所？我拚命想轉動腦子，仍無法判斷該採取什麼行動。我望向多吉。

「嗯，就這麼做吧。」我點點頭，拚命擠出勇氣，決定相信應該會趕來的警察。

◇　現在　13　◇

隔天，我沒見到麗子小姐或河崎。或許該說是像在躲避他們似地度過了一天。

我一早就去上刑事訴訟法的課，然後就這樣在大學待到傍晚。有拿著麥克風只顧冗長地講課的教授，也有扯著令人燠熱的大嗓門想煽動學生的老師。我茫然地望著講臺上的他們，偶爾想到似地寫一些筆記。

沒什麼幹勁。三島由紀夫(註)的小說中寫到：「法律系最難熬的是第二年。」我其實不知道此話根據何在，但或許我一直是這麼相信的。所以第一年還好啦——我天真地這麼想。

該上的課全上完之後，我叫住正在收拾東西準備離開的山田和佐藤。

「去大喝一場吧。」我故意誇張地說。在他們的解讀裡，我可能是被那位膚色雪白的女子甩了吧。「好啊，走吧！」兩人拍拍我的肩。

我有種想要忘掉一切的心情。

住院中的父親、搶書店的事、從麗子小姐口中聽到的兩年前的事、河崎其實不是河崎的事、他半夜前往的地方……我想停止思考，把腦袋放空。

我們三人前往鬧區。

這是我第一次眞正徹夜喝酒狂歡，卻裝出十分習慣的模樣，或許另外兩人也是吧。把睡意拋在腦後，交換著沒營養的對話，雖然令人疲累，卻很新鮮。從途中開始，我就不記得自己講了些什麼，主題應該是關於「日本的政治人物」。就算是即將繼承鞋店的我，也有思考日本未來的力量。

一方面是睏倦，另一方面是喝醉，總之我覺得腦袋非常沉重。在居酒屋裡自然而然地拉大音量說話，所以喉嚨也啞了。路燈熄滅，旭日東升，鎮上漸漸轉白。隨著白天來臨，滿地的垃圾和嘔吐物暴露在光天化日之下。我們三人東倒西歪地走著，穿過鐵門拉下的商店街。山田撞上居酒屋的看板，我則踩到地上的保特瓶。

回到公寓，經過河崎住處的時候，我想著他不知怎麼了，卻沒按下門鈴。醉鬼登門拜訪，他只會覺得困擾吧。

我回到住處，粗魯地脫下衣服，隨手亂丟，便倒在棉被上。

遊樂園旋轉木馬旋繞的速度逐漸變慢，不留一絲餘韻地完全停下。彷彿模仿它停止的方式，我的思考跟著中止，不知不覺間進入了夢鄉。

我會醒來都要怪門鈴在響。輕快的聲音在屋裡迴盪。如果只響一次，或許我會當成

註：三島由紀夫（一九二五～一九七〇），小說家與劇作家。以《假面的告白》出道文壇，著有許多充滿古典主義、唯美主義的作品。後期傾向於國粹主義。

作夢不予理會，但門鈴實在太過執拗地響個不停，我投降了。

我套上牛仔褲，但身體沒辦法取得平衡，穿進右腳的時候整個人差點跌倒。我揉著眼睛走向玄關，打開了門。

「剛起床的臉。」面無表情的麗子小姐站在門前。

「現在幾點？」

麗子小姐把戴在右手的手表轉向我，回答：「早上十一點多。」

「趕不及上午的課了。」不過我也不記得本來是不是打算去上課。

麗子小姐努了努下巴，示意隔壁的門。「多吉住這裡嗎？」

我套上鞋走出外面，在身後拉上了門。「嗯，河崎住那裡。」

不同的兩個名字，指的是同一人，還眞是複雜。

她沒有絲毫猶豫，旋即伸手按下鄰室的門鈴，發出「叮咚」一響。然後，她等不及似地連按好幾次，簡直像是在進行門鈴的耐久度測試。原來如此，我也是被這樣叫起來的啊。我明白了。

門打開，河崎出來了。他看到門前的麗子小姐，一開始繃住了臉，隨即露出微笑，是像惡作劇被抓到的小學生般的純樸笑容。

「好久不見。」麗子小姐偏著頭。因爲沒有表情，她看起來也像是上門找碴的憤怒流氓。

「好久不見。」河崎回答。他看看我，難爲情似地搔了搔鼻頭。他們多久沒見面了？是幾天，還是幾個月，甚或幾年？我無從得知，只是，我知道自己正見證歷史性的一刻。現在不是睡昏頭的時候。

「我有話想跟你說。」麗子小姐對河崎說。

「關於什麼？」河崎問。

「今早我看了報紙。」麗子小姐說得很快，「有很多事要問你。」

「報紙？」我知道自己的臉色倏地變得慘白。難道我們搶書店的事如今才上報？我不安極了。搞不好是當天值班的書店店員江尻出面，迅雷不及掩耳地向警方作證。

「這樣啊。」河崎的表情很奇妙，但沒有吃驚的樣子。

麗子小姐正要開口，河崎比了手勢要她等一下。「我們別在這裡談吧。」

我環顧四周，同意了。在公寓陰暗的通道上三個人站著講話，實在太拘束，而且太陰沉了。站在這裡有種一開口蜘蛛網就會纏上話語般的晦暗，再者，看樣子我也知道接下來要談的應該不是什麼開朗的話題，移動到別的地方應該比較好吧。

「那去動物園怎麼樣？」麗子小姐板著臉說：「記得你以前說過，動物園是最好的地方。」

「好哇。」河崎笑逐顏開，接著突然看向我：「你也會去吧？」

當然——我只能這麼回答。

我有十年沒來動物園了吧。動物獨特的氣味、沒有多餘裝飾的園內氣氛，與我在孩提時代造訪過的動物園記憶相去無幾。就像不迎合潮流、堅持本色的搖滾歌手。樸素，沒有一絲多餘，是一座恬淡的主題公園。

坐在麗子小姐的車上，前往動物園的途中，我們幾乎沒有交談，彷彿事先約好，既然決定要在動物園說，抵達之前就不能多說一句話。

我說：「其實我學校下午有課要上。」麗子小姐冷冷地回答：「反正你本來就打算蹺課吧。」這就是唯一的對話，至於河崎，則是一句話也沒說。

我無法判斷門票五百圓算貴還是便宜，只聽到麗子小姐說：「以動物的飼料錢來說很便宜了。」

入園後，正面是一座廣場，正中央設置巨大的圓形花壇，豎著看板。花壇旁邊有塊大板子，上面畫著動物的圖案，只有臉的部分是挖空的。一名少女從獅子的圖案上探出臉，像是她父親的男子正在幫她拍照。廣大的園內似乎有參觀路線，我們循著指示牌，往右手邊前進。

「妳剛才說看了報紙，是什麼意思？」我首先發難。

並排在前面走著的河崎和麗子小姐同時停步，回過頭來。

「對喔。」麗子小姐望了河崎一眼，「在那之前，我想先問一下以前的事。」

簡而言之，我的問題被駁回。

「以前？」河崎反問。

「兩年前的事。或許你不願意回想，但我還是想知道。」

「雖然不願意回想，但我可以告訴妳。」河崎半帶玩笑地說。

他的日語流暢，令人佩服極了。

「當年琴美被撞，到底是發生什麼事？我只聽說是被凶手們的車子撞的。」

河崎用鼻子深深吸了一口氣，感覺也像在調勻呼吸。「當時，我們在那家店找到那些傢伙。因爲發現車子，得知他們八成就在那裡。」

「然後你們報警了？」

「琴美去了派出所，拚命向警方說明，那段時間由我負責看守店門口。琴美去了好久才回來。」

「警察還是來了？」

「我不知道他們看待這件事有多嚴肅，總之他們來了。」

「所以，琴美和你在店外等？」

「我和警察一起進去店裡，琴美留在外頭，因爲她一起進去太危險了。結果，那些傢伙就在二樓。」他彷彿正在與禁忌的記憶奮戰，「只不過，那些人動作太快了，一看見警察，當場起身拔腿就逃。」

「歷歷在目。」麗子小姐說。

「我也覺得歷歷在目。」我出聲附和。

「我對警察說：『就是，那些人。』」他模仿以前那個日語還講得結結巴巴的自己，「警察在樓梯口擋住他們的去路。」

「但他們還是逃走了？」

「對。」河崎吐出一口氣，聳聳肩。「他們回頭逃向後門。」

「那家店有後門？」

「有。緊急逃生梯。那些傢伙驚慌失措，跑下樓梯，跳上停車場的車，打算逃走。」

「此時琴美衝了出去。」麗子小姐接過河崎的話，然後問：「可是，爲什麼？」

「當然是——」這部分河崎應該也只是推測，但他仍充滿自信地斷言：「爲了不讓他們逃走。」

「琴美眞了不起。」

「明知不可能擋得住車子。」

我感覺得出來，河崎和麗子小姐都刻意以淡淡的口氣述說。他們掩蓋自己深刻的感情，只在表面確認事實、交換情報。就像害怕自己的對話染上文學的情趣，而故意提出數學算式。

「最後，」既然難得在場，我決定加入對話：「那些凶手怎麼了？」

「死了。」河崎攤開手，「凶手太著急了，沒注意到琴美跳出來。撞到她的時候，車身一歪，又撞到停在路邊的卡車。卡車上的木材滾落，插進車子裡，就這麼死了。」

「這、這樣啊。」我有點傻住。

「不要打馬虎眼。」麗子小姐加重語氣，「並不是全部死了吧？兩個。死掉的只有兩個，而凶手有三個。」

「也就是說，有一個得救了，對吧？」我瞭然於胸地點頭。我不知道「得救了」這個說詞是否恰當。

「沒錯，有一個得救了。」麗子小姐筆直盯著河崎，「雖然那種人死了最好。」她的眼睛眨也不眨，完全符合「凝視」一詞。「今天早報登了。那個叫江尻的，好像被找到了。」

河崎的臉瞬間僵住，「這樣啊，被找到了。」

「江尻？」我不禁提高聲音，「是那家書店的——我們搶的那家書店的店員。」

「沒錯，那個時候值班的店員就是江尻。殺害琴美的寵物殺手中的倖存者。」河崎說得若無其事。

「咦？等等，怎麼回事？」我又被混亂侵襲了。雖然他們斷斷續續地提供了很像是解答的話語，我卻無法理解那些線索該如何拼湊出全體的面貌。「咦，江尻被發現是什麼意思？什麼寵物殺手？」

「走吧，我按順序告訴你。」河崎背對我繼續往前走。

他的態度不像在轉移話題，或是想敷衍變糟的氣氛，可能是眞的想往前走吧。

左側的駱駝正嚼動著嘴，邊望著我們邊吃飼料。疑似大猩猩發出的吵雜怪聲傳了過來。

「那些傢伙中唯一活下來的就是江尻。」河崎再次開口。我站過去麗子小姐和河崎的中間，不想聽漏一字一句。「雖然是被警察逮捕了沒錯。」

發生車禍事故當時，由於車子後座載著狗，江尻被視爲「寵物殺害事件」的嫌犯，被在場的警察逮捕。但因爲兩名同伴都死了，江尻堅稱自己只是當跑腿的共犯，還表現出一副深切反省的模樣，結果獲判緩刑。

「之後你們怎麼了？」麗子小姐問道。

「之後？」河崎聳聳肩，「不能怎麼樣啊，我們非常消沉，混混沌沌過了好一陣子。只是這樣而已。」

他說江尻消失了，連人在哪裡都不知道。

「我們？」

「我和河崎。」他回答我，「我們早就把江尻忘了。」

「騙人。」站在我右側的麗子小姐，像要一併刺穿我和河崎似地說：「你們一直在找江尻。想也知道，你們不可能原諒他。」

河崎笑了。他只是笑，沒有否定。「半年前，我在報紙上看到江尻。」

「你不會看日文，卻訂報嗎？」麗子小姐問。

「是河崎訂的。」

說到報紙，我靈光一閃，是那張貼在書店的剪報。那是反對興建動物中心的特輯報導，刊登了店長和江尻站在一起的照片。是指那個嗎？

「看到報紙，我們得知江尻在那家書店工作。」河崎說。

「然後，你們便計畫復仇？」

「復仇？」我從未想過竟會在現實生活中聽到這個詞彙，「妳說的復仇，就是『復仇』那兩個字？」

河崎先是輕快地笑了，接著露出傷腦筋的表情。「是河崎。他構思了計畫。」

不知不覺間，我們來到猴山前。

圍有柵欄的凹地裡，有一座人工假山，大大小小的日本猴四處活動。牠們又跑又跳，穿過鏈橋，或是整理毛皮。猴子們似乎正忙著過自己的生活。

「殺害江尻的計畫是吧？」麗子小姐說。

「在報紙上發現江尻之後，河崎想了很多。」

「很多？」麗子小姐問。

「他去觀察那家書店，調查江尻值班的時間，然後思考執行方式。」

「他當然是想殺了他吧。」

「一開始是。」河崎回答。

「一開始？」我忍不住反問。

「他打算闖進書店殺了江尻。」那口氣就像在說「他打算傍晚去買草莓」。

「所以那個時候……我們去搶書店的時候，」我彷彿伸手指向一摸就會遭天譴的神明，戰戰兢兢地問道：「你的目的其實是那個？」

「是啊。」河崎滿不在乎地承認，「對你很過意不去。那個時候，我不是要搶《廣辭苑》，而是要找店員江尻。我打算在客人走光之後襲擊書店，殺了江尻。」

「你爲什麼要帶他去？」麗子小姐瞥了我一眼。她搶先問了我想問的事。

「那家店有後門。」

「後門？」麗子小姐的神情雖然沒暗下來，語氣卻帶著狐疑：「那有關係嗎？」

「我再也不希望有人從後門逃掉。」河崎彷彿在述說一輩子都無法補償的罪業，「河崎也是這麼說。所以一開始的計畫，我們就打算兩人行動。」

「所以你才會邀我？」

「要是我一個人去，讓江尻從後門逃走的話，不就前功盡棄？」

「就算是這樣……」

「要是被他從後門逃了，等著我們的就是不幸。悲劇總是從後門發生。」在河崎的腦中，兩年前琴美小姐過世的事，不是一段記憶，而是一個被刨挖開來的傷口嗎？他的聲音就像在和那段記憶對決，強而有力。

我聽見猴子們嘶聲尖叫，感覺像在嘲笑：「說什麼悲劇。」「被養在這種地方的我們，不更是悲劇一樁？」

「可是，你是怎麼殺他的？」我終於也說出這個凶暴的字眼。

「沒殺成。」河崎靜靜地微笑。

我望著他，有種不可思議的心情。因爲我覺得他的笑容不是那種「後來沒必要殺他了」的柔和，而是帶著一種更殘酷的滿足感。

「其實，本來的預定是一進書店就重擊江尻的頭，殺了他。」河崎開口。

「徒手嗎？」麗子小姐不知是否下意識地擺出拳擊手般的戰鬥姿勢，那姿態看上去甚至帶著愉悅。但她這冒失的舉動，讓我不知所措。

「磚塊。」河崎說：「預定是拿水泥磚砸他的頭，殺死他，再搬去掩埋。」

忽地，我想起那個晚上，河崎拎了一個塑膠袋。

「可是，有我跟著，你要怎麼……」河崎和我一起抵達書店，逃走的時候也是一道。

「順序啊。」河崎說：「本來就是預定一切照順序來。先殺江尻，接著把屍體搬到停車場。」

「停車場？」我不禁複述，然後想起那天夜裡看到停車場上的車。「是那個嗎？那輛……轎車！」

「沒錯。那是江尻的車，總是停在那裡，跟河崎事前調查的一樣。接下來，我便用那輛車運送屍體。」

「你什麼時候搬的？」我沒有發現。

「你在踢門的時候。」

啊啊——我瞇起眼睛，回想當時的狀況。每唱兩遍巴布．狄倫的歌，我就踢門。我們是這麼說好的。「是那個時候？」

「對。當你踢門的時候，我搬屍體。我也哼著巴布．狄倫的歌，所以我很清楚。我沒被你看到，對吧？」

對於遲鈍過頭的自己感到非常羞恥，我不禁臉紅。「騙人的吧？」

「不是騙人的。」河崎聳聳肩。

「那樣的話，當時我看到坐在副駕駛座的人，不就是……」

「江尻。」河崎立即回答。

背脊發涼。當時和我對峙的那名男子，是一具屍體嗎？我嚇得渾身哆嗦。

「我先讓江尻坐進車裡，然後轉頭回書店收拾。」

「然後，那時候我……」我回想自己的行動，「唱了兩遍巴布．狄倫的歌，又踢門。」

「趁這段時間，我再次衝回車上，發動引擎，駛離書店。」

的確，當我待在書店後方的時候，聽到了車子緊急發動的聲音。

「接著，我把車子開到我們會合的地方。」

「咦，直接開到那裡？」

「嗯。」河崎依舊十分沉著，「那個地方棄置很多車子，就算有車停進去，也很難分辨吧？想藏車就要藏在車堆裡。」

的確，那塊空地上盡是壓扁的車子，和上下翻倒的機車等等，堆積如山。

「到了空地，我把屍體從副駕駛座搬到我車子的行李箱，然後等你過來。」

「我到的時間好像比預定的早了些。」那個時候，我在途中忘了唱歌，便隨便哼哼進行調整。或許是我到得太早，河崎慌了手腳。這麼一想，他對我說「你動作眞快」的神情有些驚慌。

「我先送你回公寓，再開車運屍。本來預定是這樣的。」

「就是這個！預定！」我發現一件重要的事。剛才的說明全是他想要實行的「預定」，而非「事實」。「對啦，其實你沒有殺店員吧？剛才你說沒殺成，意思就是你剛才描述的事其實並未發生吧？」

如果是這樣就好了——我暗自祈禱著。

「不。」河崎很乾脆地打碎我的希望，「人沒死，但我照預定行動了。」

「什、什麼意思？」

「我拿磚塊砸他，江尻倒下來。我以爲他死了，但那傢伙只是暈過去。」

「原來如此。」麗子小姐輕聲應道。

「我揍了他，但他沒死。只是倒下，人還活著。」

「你沒給他致命的一擊？」麗子小姐問。多麼恐怖的話，這個世上應該有多不勝數的人，一輩子都不會說出「給他致命的一擊」這種話。

「致命？」河崎納悶地偏頭。

麗子小姐很敏銳，主動跟他解釋：「就是徹底殺死的意思。」

「哦，是啊。我沒有把他致命。」河崎笨拙地使用剛學到的語詞，「因爲我突然想起一件事。」

「突然想起？」拿磚塊砸完別人的頭之後，還有什麼會突然想起的事嗎？

「不殺他，讓他受到更慘的對待。」河崎的口吻一派輕鬆，甚至是瀟脫，聽不出半點惡意。「所以我按照預定，載走江尻。」

「按照預定——指的是你剛才一直提到的預定嗎？」

換言之，當時車子上載的不是屍體，而是昏迷不醒的江尻。但河崎剛才說明的整段計畫似乎還是照常執行。那個時候，回程車子的行李箱裡裝著江尻，這個事實令我毛骨悚然。

「你送椎名回公寓之後，便前往海邊的樹林，是這樣嗎？」麗子小姐攤開我所不知道的手牌。

「海邊？樹林？什麼意思？」我摸不著頭緒。

「今天報上都登了。負傷的青年被人發現綁在松樹林的樹上，名叫江尻。雖然沒有生命危險，但身體很虛弱。」麗子小姐後半段的口氣像是毫無抑揚頓挫地念著報導。

「啊？」我已變成混亂的專家。不管是何種混亂，儘管放馬過來吧！

「我把昏厥的江尻一路載到海邊。那裡是海邊的一座樹林。」

「爲什麼要把他搬到那種地方？」麗子小姐問。

「兩年前……」河崎的眼睛看起來熠熠生輝。述說兩年前的事情的時候，或許他看見的是與現在不同的風景。他看著的，正是麗子小姐所說的「三人的故事」嗎？他露出一種沐浴在春季陽光下的爽朗表情，「兩年前，河崎說過，要把這裡的動物全部放走，帶到那座樹林去。」

「這裡的動物——你是說這間動物園裡的動物？」我順手指了指眼前的猴子們。

「他這個人眞的很妙。非常可笑吧？居然說要把這裡的動物養在那座樹林裡。他說那裡不會有人去，會待在那裡的只有烏鴉。」

「烏鴉到處都有啊。」我做出了無謂的反應。

「鳥葬。」河崎唐突地說。

「咦？」

「鳥葬呀。不丹有種葬法，人的屍體不是放火燒掉，而是讓鳥吃掉。」

我綳起臉來。雖然知道有這樣的風俗，或是說殯葬方式，但我仍爲不明所以的詭異感到一陣寒意。可能因爲我現在身處動物園，更有臨場感吧。我甚至覺得只要河崎下達指示，鳥兒們就會衝破籠子，用牠們的尖喙朝我刺來。

「難道，」麗子小姐出聲：「你是想那麼做嗎？鳥葬。」

河崎慢慢地、靜靜地闔上眼，然後很快地睜開。看起來完全就是在回答「ＹＥＳ」。

「騙人的吧？」

「我不想馬上殺了江尻，所以把他綁在樹上，希望他被烏鴉吃掉。我用刀子刺傷他的腳，雖然不會死，但傷口會腐爛，對吧？」

「你每天晚上都去江尻那裡嗎？」麗子小姐繼續提問。

河崎只有一瞬間露出「妳怎麼會知道」的表情，回答：「我去看他，也給他一些食物，讓他不會死得那麼快。」

雖然沒人開口，我們三人離開了猴山，順著參觀路線繼續前進。大象出現在右手邊。兩頭印度象規律地搖著尾巴，四處徘徊。

「那個……」我忍不住開口。

「怎麼了？」

「你是想讓烏鴉……吃掉江尻，對吧？」

「那是鳥葬。」

我深深吸了一口氣，一鼓作氣地說：「那不叫鳥葬吧。」我糾正他，「處理屍體的手段才叫鳥葬吧？難道不對嗎？江尻還活著，所以那根本不是鳥葬啊。」

「你說的沒錯。」河崎露出炫目的燦爛笑容，簡直就像是希望有人糾正自己，才故意說錯。「對啊，其實，這不是鳥葬。」

「你明白就好。」

前方傳來車輪的聲響，有人騎腳踏車衝過來嗎？我提防著。這條遊園道寬約十公尺，雖然是柏油路面，但很少在動物園裡看到有人騎腳踏車。鞋子啪噠啪噠踩在地面的聲響，以及車輪轉動聲逐漸接近。

我們望向前方，靜靜等著。

迎面過來的是兩個孩童。

先看到的是輪椅，上面坐著一名少年，短褲下面的寶藍色襪子特別顯眼。少女在後方推著輪椅，可能是小學高年級生吧，她的表情很成熟，個子卻很矮，綁成兩束的頭髮彷彿打太鼓的棒子般甩動。

輪椅少年拚命抱緊懷中的紙袋，少女也拚命奔跑，瀰漫著一股幾乎連呼吸聲都要傳到這裡來的熱氣。

他們可能完全沒工夫理會我們，一眨眼就從我們身旁衝過去。雖然看上去令人膽顫心驚，但他們似乎習慣了，行動非常迅速流暢。

我張著嘴，目送他們離去。

「看那個，」麗子小姐指著遠去的輪椅，「那孩子抱著的紙袋。」

咦？——我伸長脖子，凝目細看。少女的身影擋住輪椅正面，我正想開口問「什麼？」的時候，看到那個東西了。一條像是填充玩偶的尾巴般的東西悠悠地晃著，大概是從少年懷抱的紙袋裡跑出來的。

「尾巴耶。」我呆呆地低喃：「那是什麼啊？」

「浣熊？」我身邊的麗子小姐歪著頭，一臉納悶。

這時，河崎突然「噗哧」一聲，放聲大笑，笑到全身都在顫動。

是告白了自己的罪行，精神大受打擊？還是，罪惡感衍生出的反作用力？我不禁擔心起來，但似乎並非如此。

河崎只是愉快地笑著。「那是小熊貓。」他說。

「小熊貓？」就算河崎這麼說，我也毫無頭緒。「你是說那個嗎？那條尾巴？」

輪椅朝出口奔去，兩道身影愈來愈小。

「那些孩子偷了小熊貓。」河崎說。他抬起頭仰望天空。沒有一絲雲朵，是大片清爽的青空。

我不知道河崎在看什麼。彷彿要與俯視我們的蔚藍天空相抗衡，河崎筆直地望著上方。

他的眼角之所以變得濕潤，應該不是笑得太用力的緣故。

◇ 過去 13 ◇

先是「磅！」地一陣衝擊，接著方向感扭曲，我不知道自己的身體轉向哪邊，當下也沒發現自己是被車撞到。遲了一會，被沉重的鐵球迎面撞上的感覺才襲來。我可能是摔到地上了。

腦中一片空白，沒有聲音，什麼都看不見，也不知道自己是不是張著眼睛。記憶泉湧而出，宛如濁流沖入空蕩蕩的房間。兩歲的我、五歲的我、十歲的我、國中生的我、高中生的我、大學中輟的我、在寵物店邂逅麗子小姐的我、邂逅多吉的我——過去的一幕幕場景彷彿趁著防波堤崩壞，全奔流了出來。這是屬於我的洪水。

意識逐漸遠去，就要「啪」地一聲斷絕時，又回來了。好似漸漸變得遲鈍淡薄，又覺得像是被砂紙磨過，變得更銳利。

爲什麼我會衝到車子前面？我自己也無法理解。那些年輕人打算開車逃走的時候，我跳了出去。我不想讓他們逃走。雨雲遮蔽整個天空，完全沒有打雷的徵兆，然而，我卻宛若被落雷劈中，一陣麻痺。一定是至今那些被殺害的動物們的憤怒，與無法排遣的恨意，落了下來。憤怒與使命感驅策著我，絕不讓你們逃走！我的腳踏了出去，緊接著我的身體便麻痺了。

過了一會，我作了夢，或者說是一頭栽進夢中比較貼切吧。當然，其實我連這是不是夢都分不清。

很唐突地，我佇立在車站裡。日期、時間和脈絡都不清楚，連外頭的天氣狀況也不明。

我站在新幹線的剪票口旁，茫然地望著投幣式置物櫃。

多吉在那裡，他旁邊有人。我以爲那人是河崎，結果是個未曾謀面的年輕人。是大學生嗎？身上帶有一種若對他說「你好純眞」，他便會當場嘔氣的純眞。

我不確定他們在做些什麼，但我看見多吉鎖上置物櫃說「這樣就關起來了」，露出了笑容。

多吉說日語的腔調完全就像日本人般流暢，此時我確定了這是夢。

他們開始移動，搭手扶梯下樓。我跟了上去。感覺不到行走的觸感，也感覺不到皮膚應該感受到的空氣溫度，或許我已沒有肉體。

多吉和那名年輕人在車站出口分道揚鑣，但我沒辦法聽見他們互相道別的聲音。

兩人往相反的方向，各自前進。我跟上多吉。

多吉穿過逐漸聚攏到十字路口的人群，往南前進。南邊有什麼嗎？我不知道，但他的腳步很輕快。

就在走了約二十公尺左右的時候。

多吉朝馬路衝了出去，跟我初次遇見他的時候一模一樣。我差點誤以為自己看到的是他救助醉漢時的那個場面。

他朝著車水馬龍的馬路衝了出去。搞不好是我的記憶被加工過，重新拿來使用。那緩慢進行的情景，宛如觀賞著慢速播放的影像，我呆然望著。

我很快就知道他為什麼衝出去了。有一隻嬌小的博美狗走在馬路上，牠的飼主是正在等紅綠燈的駝背老人。不知道是老人放開了牠，還是繩索鬆掉，總之老人沒發現狗在單獨行動。

可能是沒注意到小型犬，一輛休旅車並未放慢速度，發出隆隆巨響衝了過來。

多吉為了救那條狗而衝出去。騙人的吧？我感到不知所措。為了救狗而衝上大馬路？實在是老掉牙的情節。

車子熙來攘往的縣道彷彿一條河川，感覺多吉像是勢如破竹地躍入那清澈的水中。多吉的臉上沒有悲愴或拚命的神色，若真要說，那是一種即將獲得什麼的凜然，我不禁看得入迷。

我聽到他的聲音。

「就算死了，也只是再輪迴轉世罷了。」

那優美至極的日語，讓我感到驕傲無比。

回過神時，景色消失了。是夢嗎？我一方面這麼想，一方面也揣測這或許是未來的故事。會不會是因爲某種差錯，使得意識即將消失的我，不小心窺見幾年後的情景？就算給我這麼一點獎賞也不爲過吧？我恣意地想像。搞不好——我心想——是啊，或許再過不久，我就可以和死後的多吉再會了。會不會是這樣呢？聽說轉世是需要一段準備時間的。

是個性隨便還是胡來？總之，我樂觀地這麼想。

反正是小細節，怎樣都好。

彷彿睡著般意識逐漸淡去，我朝著看不見的多吉一再地確認：眞的會轉世吧？一定會轉世的吧？

◇　現在　14　◇

「河崎他自己爲什麼沒動手？」麗子小姐問河崎。

繞完動物園一圈，我們在園內商店買了美國熱狗，三人坐到長椅上。

「沒動手？」

「都是他計畫的，不是嗎？挖空心思構思殺江尻的計畫，可是他爲什麼沒有親手執行？」

「因爲他在那之前死了。」多吉揚起眉毛。死掉就不能動手了，答案很簡單啊。

——他笑道：「明明和我一起計畫了那麼久，卻突然死去。」

「至少把計畫執行完再死啊。」麗子小姐爲了奇怪的部分忿忿不平。

不是那個問題吧？——我心想，卻沒插嘴。

「那個時候，河崎認識的女孩死了。因爲同樣的病。」河崎嘆了口氣，「之後他就突然變得無精打采。眞的是一眨眼之間喔。」

「是他傳染的嗎？」

「他是這麼認爲的。」

我不是很明白這段對話的意思，然而當下不是能夠追根究柢的氣氛。既然提到什麼傳染不傳染的，大概是一種會傳染的病吧。

「可是也用不著死啊。」麗子小姐說。

「我也這麼想。」河崎使勁嚼著熱狗，順便發洩怒氣。「但他死了。過世前一天，河崎說：『這是因果報應。』」

「因果報應？」沒想到這麼難的日語會從外國人的口中冒出來，我相當吃驚。

「不丹人相信善有善報，惡有惡報。」

「那麼，河崎認爲自己會得病，是因果報應？」

「他說：『我玩弄許多女人，才會得病。』他認爲自己做了壞事，才會引發悲劇。」

「我覺得不是這樣。」麗子小姐開口包庇如今已不在此處的河崎先生。

「我也覺得不是，所以我說：『你錯了，錯得亂七八糟的。』結果河崎回答——」

這時他頓了一下，轉向我說：「『這世上本來就亂七八糟，不是嗎？』」

這也是他之前對我說過的話。

「是啊，這世上就是亂七八糟的。或許吧。」

「我搞不懂。琴美和河崎都不在了，我傷心欲絕。明明死後會轉世，應該沒什麼好傷心的才對啊。」

「原來如此。」麗子小姐點點頭。

「我搞不懂。」河崎又重複一次，「河崎死了之後，我去過那家書店。」

「你跑去那家店？」我問。

「當時是晚上，江尻就在書店裡，出乎我的意料，他看起來非常快樂，大概是喝醉了吧。」

搞不好是嗑了奇怪的藥的關係——我悄悄地想。

「看到他那個樣子，我真的完全不懂了。我覺得很不公平。」不公平——河崎像在念外來語似地發出這三個字的音。

「原來如此。」麗子小姐同意。

「所以我生氣了。」河崎的聲音靜靜地滴下，落到動物園的地面。「有點生氣了。」

「那個……」此時我終於忍不住，插嘴：「對不起！」

河崎和麗子小姐一齊望向我，可能是很訝異我突然謝罪吧。

「對不起！」我再次道歉，「老實說，我根本不瞭解你們的狀況，無法適當地表達共鳴或同情。對不起！」

「這沒什麼好道歉的吧？」麗子小姐說。

「總覺得很過意不去……」

「你只是被我硬拉進來罷了。」河崎說。

「可是……」

「知道我爲什麼邀你嗎？」他拿手裡的竹籤指向我。

「不知道。」

「因爲第一次見到你的時候，你在唱巴布．狄倫的歌。」

「啊？」

「我第一次遇到你的時候，你在唱巴布．狄倫的歌，對吧？我很喜歡他的歌聲。既溫柔又嚴厲，不負責任又溫暖。以前河崎這麼說過。」

「河崎不就是你嘛？」

「河崎說，那是神明的聲音。」

「因爲我哼著神明的歌，所以你才邀我？」

麗子小姐面無表情，安慰似地拍拍我的背。「你啊，」她說：「你只是途中參與了他們的故事，不必道歉。」

那奇妙的鼓勵多少有些受用。我一直以爲自己才是主角，當下生活的「現在」才是世界的中心，但正確來說，或許並非如此。河崎等人活著的「二年前」才是正式的故事。主角不是我，是他們三人。

而且，眞正的河崎先生，教河崎日語的「一年前」的種種過往，我只能憑空想像。兩人是懷著什麼心情構思計畫、過著怎樣的生活？死去的河崎先生在想些什麼？我只能想像。

吃完熱狗，我們折斷竹籤，扔進垃圾桶，走向出口。

偷走小熊貓的孩子們已不見蹤影，搞不好他們被工作人員逮到，正在挨罵。我暗自希望事情沒有鬧大。

我們走出動物園，坐上麗子小姐的車，循著來時的道路回到公寓。

等我們下車之後，麗子小姐拉起手煞車，走出駕駛座，車門仍開著。「喂，」她對河崎說：「去自首比較好。」她的聲音沒有抑揚頓挫。

河崎沒有開口。

「對方又沒死。只要說明原委，罪也能減輕的。」

「我不是沒殺他，我只是失敗了。」河崎聳聳肩。

「去自首吧。」麗子小姐更強硬地說。

「是罷。」河崎用一種變回日語笨拙的外國人口吻，點了點頭。

「絕對要去喔。」麗子小姐叮嚀。

「我，不大懂日語。」

我完全沒想到河崎會說出這種話，忍不住笑了出來。

更令人吃驚的是，麗子小姐也笑出聲了。

我一直以爲就算發條人偶突然跳起舞來，麗子小姐的表情也絕對不會有變化。我不禁啞然失聲。

或許這比我想像中要來得稀奇，河崎也張大嘴傻住了。

「我一直覺得別人的事怎樣都無所謂，」麗子小姐對於自己發笑的事一點都不慌亂，臉上已恢復原本冷血的表情。「可是，琴美不在、河崎也不在之後，最近我的想法有點改變。」

「我明白。」河崎毫不猶豫地同意。

「我想幫助能夠幫助的人。」麗子小姐還是老樣子，話聲沒有抑揚頓挫。「有時候我會這麼想。」

「我明白。」河崎又說了一遍，「我也是這麼想。」

「雖然只是有時候。」麗子小姐縮起下巴。

我想起她在公車裡挺身對抗色狼的事，還有河崎踢倒腳踏車的事，那代表的是他們兩年來內心有所變化的部分嗎？

善有善報。河崎所說的宗教訓誨我雖然無法理解，但我覺得果眞如此就太好了。河崎做了善事，能不能對他寬待一些呢？不過是動了念頭想殺人，就對他寬容一點吧，難道不能正負相抵等於零嗎？

「還有，」麗子小姐的聲音裡的緊張感已消失，「琴美和河崎都一直這麼說，我在想……」

「什麼？」

「不丹眞的是那麼棒的地方嗎？」

河崎露出潔白的牙齒，眼角也擠出皺紋。「妳問我，我也不知道該如何回答。」

「家族財產是由女方繼承，這是眞的嗎？」

「是啊，土地與房子都是女方的。結婚之後，男方會住到女方家。」

「眞好。」麗子小姐手抵著下巴，「還有，聽說不丹人不只爲自己，也會爲他人祈禱，是眞的嗎？」

「會希望全世界的動物和人類都幸福，這是理所當然的吧？大家都是在輪迴轉世的漫長人生中偶然邂逅，那麼在這短暫的期間，和諧相處不是很好嗎？」河崎淡淡地說：「不丹人是這麼想的。」

「這也很棒。」

「鄉下人嘛。」河崎揚起眉毛。

聽著河崎的話，雖然覺得難以置信，我不禁讚嘆不丹眞是個美好的國家。然而，另一方面，我想河崎所說的「全世界的動物和人類」裡，應該不包括江尻吧。

麗子小姐坐回車裡，一關上車門，立刻發動，轉眼間車子便越過坡道離去。

我們沒有目送到最後，回頭便往公寓走。

我煩惱著該向河崎說些什麼。該鼓勵他？還是，像麗子小姐一樣勸他自首？或者，一再重複「騙人的吧」這種無力的話語？

我正在躊躇，河崎開口：「椎名，你等一下有空嗎？」

時刻是下午兩點半。「今天沒力氣去學校了，我等一下沒事。」我老實說。

河崎有些難爲情地撇了撇嘴角，問道：

「要不要去把神明關起來？」

有一種和初次見面時完全相同的印象。

啊，這一定是惡魔的話語。

我們坐上公車，前往車站。我不知道目的地，但河崎說「我想去車站」，我也就順從地接受了。我的角色似乎是「老好人」，所以不應該違逆。

在車裡，我不知道該說什麼好，兀自望著窗外。剛搬來的時候，什麼都很新鮮，眼前所見彷彿全是未知的風景，但現在只覺得是極爲平凡無奇的景色。與其說是習慣，或許是我已安定下來。之前還覺得電線是複雜的象徵，如今看來只不過是一堆粗俗的繩索罷了。

十字路口塞車，公車遲遲沒前進。「那個是要做什麼用的？」我指著河崎放在膝上的手提音響。

河崎特意把手提音響帶出門，說是裝了電池。

「有需要用到。」河崎曖昧地說，沒有正面回答。

「剛才在動物園裡說的事，是眞的嗎？」明明不需要問，我卻忍不住想問。就像毫無獨力獲勝可能的棒球隊的球迷，仍大言不慚地說：「就是無法預測才叫棒球賽啊！」不到黃河心不死。

「是眞的。」河崎說。

「這樣啊。」我很怕對話中斷。

公車總算前進了，轉了個大大的彎之後，開始加速。「可是，江尻沒死不是很好嗎？」

「爲什麼？」

「要是殺人，罪很重耶。他沒死成，眞是萬幸。」

「是嗎？」他似乎眞的沒興趣。

此時，我突然想到：「難不成你是在試驗？」

「試驗？」

「你把江尻綁在樹上，卻沒殺他。按照因果報應論，如果江尻眞的不對，他應該會死，否則他就有可能平安無事。你是在試驗這個嗎？」

或許河崎不直接下手，是將結果託付給更巨大的法則或系統之類的力量。這種假設掠過我的腦袋。

河崎只是笑，沒有回答。

「我刺得很深。」一會之後，河崎開口：「我把江尻的腳刺得很慘。」

「咦？」

「就算沒死也無妨，我希望他一輩子不能走路。」

「說得那麼血淋淋……」我繃起臉，河崎笑了。

一點都不好笑好嗎？——我暗暗抱怨。

下了公車，我們走過天橋，不一會就進到車站。只見新幹線的到站月臺，停著新型的列車。

車站裡擠滿觀光客和西裝筆挺的上班族。人們各自往不同的方向走去，複雜交錯，擠得水洩不通。

我們穿過售票機旁邊，搭乘手扶梯來到三樓，那裡是新幹線的剪票口。河崎要辦的事似乎與新幹線無關，他大步前進。

和那天晚上一樣。河崎爲了搶書店而快步往前衝，我卻只能在後面拚命地追。

來到投幣式置物櫃並排的地方，河崎總算停下腳步。那裡共有縱四個、橫二十個置物櫃，構成一小塊置物櫃牆面。

「這裡？」我納悶地問，「你有事要來這裡？」

河崎尋找還插著鑰匙的置物櫃，打開之後，用腰擋著不讓門關上，單手舉起手提音響。

「你想把音響怎麼樣？」

行人接二連三經過，有人訝異地瞥著手提音響，但大部分的人都毫不關心。

「可以幫我按下播放鍵嗎？」河崎說著，放開右手，探進黑色長褲口袋裡，掏出百圓硬幣。

「播放？」我完全搞不清楚狀況，總之先照著他說的做。

我左手扶住音響，右手按下ＣＤ播放鍵。

ＣＤ轉動的聲音響起，過了一會，輕快的旋律響起。音量並不刺耳，也不至於聽不見。

「巴布．狄倫。」我馬上聽出來。

手提音響中傳出的，是他的代表曲〈*Like a Rolling Stone*〉。

「對。」話聲剛落，河崎便將手提音響塞進置物櫃。

「你在做什麼？」

「把神明關起來。」河崎說。

「啊？」

我急忙轉動腦子，試著推想。他曾說巴布．狄倫的聲音是「神明的聲音」。

「把神明的聲音關進置物櫃，就算是把神明關起來了？」

「對。」河崎一本正經地點頭，「我設定好了，會一直重複播放。」

「做這種事有意義嗎？」或許很無禮，但我還是要問。

「琴美以前說過。」

「琴美小姐？兩年前嗎？」

「對。」河崎關上投幣式置物櫃的門，音樂聲變得模糊，聽不大清楚。「她說只要把神明關起來，就算做壞事也不會被發現。」

這時，河崎突然想起似地摸索黑色長褲的後口袋，取出一張皺巴巴的照片遞給我。

正想問這是什麼，我赫然發現：「是剛才的動物園。」

穿過入園大門，廣場上有三名男女正從畫板探出頭。是一張這樣的照片。

「我、琴美、河崎。」河崎像在羅列記號似地說。

我想像著兩年前應該確實存在的故事，把照片拿近。眼前是一名笑得活潑燦爛的女孩，這一定就是琴美小姐。

「這個是河崎，長得很帥吧？」他誇讚自己似地指著旁邊的臉。

我默默點頭。我被那張五官分明的臉孔嚇到了，透過照片甚至感受得出一股女性般的陰柔氣質。

「上面寫了字耶。」翻過照片，我發現後面用簽字筆寫了字。

河崎「哦」了一聲，「不知道什麼時候寫上去的。大概是河崎寫的吧。」

流麗的筆跡橫書了一段文字。

「快快轉世，再回來抱女人。話雖如此，多吉，人眞的會轉世吧？」

什麼跟什麼？我蹙著眉，煩惱該不該轉述這段話。多吉似乎也能讀一點日文，或許早就知道這段文字的意思。我覺得不該多事。只不過，我試著想像，河崎先生是懷著什麼心情、背負著何種絕望、帶著怎樣的詼諧，在照片背面寫下這段話。我交互看著照片上那張秀麗的臉龐和文字，總之感想是：「他只是在耍帥吧。」

結果河崎露出柔和的微笑。

「是啊，河崎眞的很帥。」他把照片一併放進置物櫃，右手投了三枚百圓硬幣，轉動鑰匙。「這樣就把神明關起來了。」他收起鑰匙。

我把耳朵湊近關上的置物櫃，依稀能聽到巴布．狄倫的聲音，但不是很清楚。

「可是，這又不等於眞的把神明關起來。」

「所謂的儀式就是這樣。」河崎大剌剌地說。

「原來這是儀式啊？」

「不丹人最擅長拿替代品來蒙混了。」

看著他那神清氣爽的表情，我忽然覺得瑣碎的疑問和無聊的常識怎麼樣都無所謂了。

「是啊。」我笑道：「我們把神明關起來了。」

我心想，這是我和河崎的投幣式置物櫃。另一個自己則是冷眼旁觀，說著「蠢斃了」。我決定裝作沒聽到。

走出車站，來到天橋的時候，河崎說：「我稍微逛一下再回去。」

我沒有理由挽留他，只是，「那個……關於自首的事，」我小心翼翼地說：「雖然我不是和麗子小姐串通起來勸你自首……」可是，我覺得自首是現在的最佳選擇。

「ㄔㄨㄢˋ ㄊㄨㄥ？」

「我並沒有和她講好要勸你自首，」我改口：「不過，你還是自首比較好。」

「我知道。」河崎馬上回答。

他的口氣聽起來像是眞的「知道」，不像是敷衍了事，所以我決定相信他。

「那麼，再見。」我舉手道別。

「再見是什麼時候見？」河崎輕快地說，露齒微笑，卻是一副看破一切的嚴峻表情。

我們分道揚鑣，各自邁開腳步。兩人彷彿踩著無論怎麼延長都絕不會相交的直線前進。

◇ 現在 15 ◇

隔天一早，我被電話鈴聲吵醒。最近不是被電話鈴聲吵醒，就是被門鈴給叫醒。反過來想，如果沒有電話或門鈴，或許我一生就會這麼沉睡不醒。

是媽媽打來的。「你會回來吧？」她用一種幾近斷定的口吻說。

「我會回去探病啊。」

「那你今天回來。」

「什麼今天，不是已經今天了嗎？」我覺得所謂的預定，應該是在當天來臨之前計畫好的。

「在你後悔之前，今天就回來。」

我發現媽媽的語氣逐漸變得尖銳，這與爸爸的病情或許不無關係。

「爸的情況不好嗎？」

「等你回來，我再告訴你。」

「這算什麼奇怪的交易啊？」我說著，卻已下定決心回老家。先去爸爸住院的醫院探望，再來認眞思考大學該怎麼辦。

祥子也想看看你——媽媽掛斷電話之前說的這句話，也是促使我這麼決定的原因之一。

我想見阿姨，想請她聽聽我的話。如果是阿姨，應該不會嘲笑我，而是會傾聽我述說搬來之後，在這麼短的時間裡所體驗到奇妙經歷吧。

我從櫃子裡拖出紅色運動背包，花了二十分鐘，打包好三天兩夜的行囊。

我看了看錢包，裡面的錢勉強足夠購買去程的新幹線車票，我鬆了口氣。不過，我也想到，要是媽媽不肯借我回程的車費就慘了。

我打開面向庭院的窗戶，環顧周圍，想確定尾端圓滾滾在不在。總覺得要是此時沒見到，就再也見不到牠了。

我走出玄關，隨便套上鞋子，並鎖上門。公寓一片寂靜，除了走道的陰暗天花板上有蟲在爬，不見任何活動的東西。

剛踏出一步，我突然在意起河崎。他昨天是幾點回來的呢？昨晚沒聽到腳步聲，雖然我也沒有刻意去聽。

總覺得離開仙台之前，有好多事得先告訴他。

去自首比較好喔。能不能談談琴美小姐？告訴我有關不丹的事。你把《廣辭林》錯當成《廣辭苑》偷來，是因爲看不懂漢字吧？

總之，我覺得該和他聊一聊。至少我想告訴他：「不管你是不丹人還是哪裡人，都是我寶貴的鄰居。」

我按下門鈴。「叮」的短促聲音後，一放開手指，「咚——」的長音接著響起。彷彿要滲進整座城鎮似地，叮咚作響。

跟我第一次站在他門口的時候一樣——我心想，就像剛搬來這裡，爲了向鄰居打招呼，不安地站在這道門前的時候一樣。

河崎沒有出來應門的跡象。

我再一次按了門鈴，慢慢放開。「叮」地一響，「咚——」地拖長。

是在睡覺嗎？或是還沒回來？是哪個呢？

留張紙條好了。我把包包從肩上放下，掏出便條紙和原子筆。

我把紙張按在門上，寫著「我要回老家一陣子」，旋即想起河崎可能看不懂，又揉成一團。我還是老樣子，總是在重要的地方少根筋。我再次揹起背包，懷著「最後一次」的心情按下門鈴。「叮」與「咚——」又響起。

河崎不在。這樣啊，這也跟搬來的時候一樣。

公寓旁的櫻樹雖然還沒開花，卻已緩緩結出花苞，樹幹本身似乎也漸漸染上粉紅色，充滿就算只有一株也要竭力變成「櫻」的意志。當我回來的時候，花或許早就開了。不，或許已凋謝。

一踏出公寓，陽光便迫不及待地灑了下來。光線太過刺眼，我不禁閉上一隻眼睛。肌膚忽地感到一陣暖意。

我回來的時候，河崎不知怎麼樣了呢？想到這裡，我突然很不安。他還會在這棟公寓嗎？還是會消失到別的地方？不，警察搞不好會包圍這棟公寓。

或許還是應該和他好好談過再回老家。我回望身後，隨即改變主意。父親的病情似乎不容許我繼續悠哉下去了。

我揹著沉重的背包，往上坡走去。

一頭可愛的柴犬穿過眼前的十字路口。那是一隻黑色柴犬，毛皮亮麗，但沒戴項圈，可能是野狗吧。牠的鼻子往右邊歪，很明顯的特徵。

柴犬停下腳步，目不轉睛地盯著我，一副在問「你要回去嗎？」的表情。

「我會回來的。」我在內心回答，繞過牠的身旁。

我牽掛著公寓響起的門鈴聲，腦袋裡一直殘留著那道聲響。叮咚——彷彿融入空中，拖長的聲音響自我的心底，不絕於耳。

巴布．狄倫的歌還在播放嗎？

驀地，我想起這件事。一想到在狹窄的投幣式置物櫃裡，維持著自己的步調不斷歌唱的他，我就感到愉快。

巴布．狄倫還在歌唱嗎？

河崎，你覺得呢？

我望著腳邊，一步一步朝著坡道的盡頭前行。

No animal was harmed in the making of this novel.

參考文獻

《赤瀨川原平的不丹目擊》赤瀨川原平／淡交社

《不丹・風之祈禱　尼曼寺的祭典與信仰》田淵曉・攝影　今枝由郎・文／平河出版社

《日本人的源流　喜馬拉雅南麓的人們》森田勇造／冬樹社

感謝曾在不丹生活的佐佐木義修先生、井上圭介先生提供資訊，承蒙兩位對作者抽象的疑問做出詳細的回答，感激不盡。

此外，想當然耳，本作品是根據作者的想像所創作，因此有好幾處異於現實。關於小說裡登場的不丹人，希望各位讀者把他當成作者憑藉僅拜訪過一次的不丹的記憶、對不丹人的憧憬，以及故事上的需要而創作出來的架空角色。

解說

廣辭苑與寵物殺手的巴布・狄倫

張筱森

（本文涉及謎底，未讀正文勿入）

「我要去搶《廣辭苑》。」

「你說你要做什麼？」

「所以，要不要一起去搶書店？」

我學到了一個教訓：沒有敢搶書店的覺悟，就不該去向鄰居打招呼。

大學新生椎名懷抱著對新環境的不安和期待，戰戰兢兢地來到櫻花尚未綻放的四月仙台。當他站在新公寓的走廊上哼著巴布・狄倫的〈隨風而逝〉時，被鄰居河崎搭訕，雖逃過被迫買下昂貴教材的劫難，卻捲入了詭異的書店襲擊事件——這是伊坂幸太郎的第五部長篇作品《家鴨與野鴨的投幣式置物櫃》的開頭。居然有人要爲了一本《廣辭苑》決定去搶書店？這個搶匪河崎的心路歷程就和難以理解其關聯性的書名相互輝映似地令人覺得莫名其妙。

即使是村上春樹在一九八六年發表的短篇小說〈麵包屋再襲擊〉，至少村上點明了主角夫妻是因爲深夜肚子餓才會徘徊於東京街頭，但河崎的眞意究竟是什麼？這般特異的開場白除了和出道作《奧杜邦的祈禱》的稻草人殺害事件相比不遑多讓之外，所有眞相也全都隱藏在這個奇特的書店襲擊事件背後。

這個事件精準地將推理小說所需要的「開頭神祕的謎團（＝爲何襲擊書店？）、中盤的懸疑氣氛（＝車中的神祕男子）、結尾的意外性（＝錯搶成《廣辭林》）」全都妥當地收在其中，並成爲貫穿全局的關鍵存在。放眼日本推理小說史上能將事件開端寫得如此精妙並且洋溢一股荒唐無稽的幽默感的作者，伊坂實爲箇中翹楚。

故事開頭分兩條線交錯進行。一條線是正在發生的椎名和詭異鄰居河崎的互動，一條線是兩年前寵物店員琴美、不丹人多吉和琴美前男友河崎的故事。將眞正的時序和眞相打成碎片，撒在故事各處緩步進行，最後再一氣呵成的寫作方法是伊坂經常使用的手法，尤其是第二作的《*Lush Life*》更是會讓人看完一遍又再次從頭看起。

不過或許是《*Lush Life*》這樣登場人物眾多、劇情時序複雜的作品寫來需要精密的計算，實在太過辛苦，之後的伊坂便鮮少採取如此龐雜的劇情線。相對地，《家鴨與野鴨》在登場人物和時序上雖顯得十分精簡，但是在劇情的前後呼應則更爲精準、更能勾引出讀者想要一窺究竟的欲望。透過時而現在、時而兩年前的劇情交錯推進，兩年前的河崎、麗子都已出現在椎名的生活中之際，琴美到哪裡去了？而兩年後的河崎又渾身上下透著一股古怪、瘋狂的氣質，和兩年前好色、爽朗的個性又大不相同，在這兩年之內他又經歷了什麼？再加上令人不寒而慄的「寵物殺手」三人組似乎又在兩年前對琴美步步進逼，莫非琴美不再出現是慘遭他們毒手嗎？劇情的交錯進行讓讀者無法立刻知道琴美的下落，便會在腦中自行試著想像琴美可能的遭遇，同時也跟著兩年後的椎名和麗子的相遇開始察覺到河崎的不對勁的行爲舉止之下可能隱藏的祕密。

猶如電影的交叉剪接手法，也讓讀者察覺到在兩年前琴美、多吉和河崎的那段奇妙的三人時光中所發生的瑣碎小事似乎也影響著兩年後的人們，例如兩年前的多吉想要一本《廣辭苑》、兩年後的河崎也打算搶一本《廣辭苑》給公寓裡的外國人……諸如此類的巧合，更是將劇情的懸疑感推至頂點。這也看出了伊坂作品中強烈的影像性格，也難怪日本演藝圈對於伊坂作品如此鍾愛。

而在麗子和椎名的談話和跟蹤行動之後，河崎之所以進行那場詭異的書店襲擊行動的原因終於曝光。至此，和那個荒唐無稽卻又洋溢著一股獨特幽默感的開頭完全相反的沉重眞相，便一一被掀了開來，那竟是一場多吉獨自進行的苦澀、悲傷的復仇行動。而在這場復仇劇的背後則隱藏著多吉身處異國的不安和孤寂，即使是椎名這個土生土長的日本人來到了一個搭乘新幹線僅需兩個鐘頭左右的異地都不免感到不安、孤獨；那麼來自遙遠的喜馬拉雅山國度的多吉，縱使外表多麼近似日本人，在他開朗、樂天的舉止之下，當然也會感受孤獨、疑懼的心情隱隱地嚙噬著內心的某個角落。也因此相較於聽到英文便會露出驚訝眼神望著自己的日本人，可以毫不在意自己外國人身分的琴美、河崎的存在對異邦人多吉有著重要的意義。至此，伊坂作品中反覆出現的主題便從一場難以理解的書店襲擊行動之後浮現出來了。

可能是在看本作之前恰巧碰上乙一來台，所以看著本書中琴美和多吉遭遇「寵物殺手」，甚至支持著多吉在陌生土地找到歸屬感的「三人時光」都因爲寵物殺手而驟然結束的部分時，腦中總是不由自主地跑出乙一的〈*SEVEN ROOMS*〉的場面。這時候，我不禁開始認真地思考起伊坂和乙一的類似之處。

乙一在訪台期間曾經提過非常喜歡一九九七年的美國電影《悍將奇兵（*Break-down*）》，那是部描寫主角因爲妻子失蹤，而在陌生的土地上和強盜集團對峙的動作電影。主角被突如其來、毫無道理的暴力奪走幸福，不論在伊坂或乙一的作品中都是反覆出現的母題，似乎他們總是一方面思考著「惡」是何種模樣的存在之外，同時也揣想著做爲一個人究竟該怎麼面對「惡」所帶來的橫禍？

當多吉無法處理琴美和河崎突如其來的死亡，就連自己從小所理解到的輪迴轉世觀念都不能拯救他萬分之一的痛苦，徘徊在不丹和日本之間的他模仿起河崎的打扮和生活方式，活在那段「三人的故事」裡。而遭遇橫禍的琴美卻在死前接受了有時會讓她難以理解的遙遠國度不丹的觀念——「是啊，或許不久之後我就可以和死後的多吉再會了……感覺意識彷彿睡著般逐漸淡去，我朝著看不見的多吉一再地確認：眞的會轉世吧？一定會轉世的吧？」，坦然邁向死亡。甚至之後多吉執意要以「鳥葬」的方式殺害江尻的段落，可以看見對琴美而言理應陌生的異邦宗教卻成了讓自己接受死亡的方法，然而對多吉而言理應熟悉的教義卻成了再陌生不過的語言。

伊坂在此藉由多吉的痛苦更加強化了人生始終無法逃脫毫無緣由的暴力。就像是琴美在聽完寵物殺手的留言後所說的：「就算沒做壞事，颱風、地震也會侵襲過來。這就是毫無道理的惡意。」

相較於伊坂廣受台灣讀者歡迎的有些古怪但的確存在著某種幸福感的《重力小丑》、《死神的精確度》和《孩子們》，《家鴨與野鴨的投幣式置物櫃》雖然有個輕飄飄的書名，底層卻流動著和其毫不相稱的悲慘、灰暗的氛圍。然而，看到那對終於順利偷走小熊貓的姊弟時，這部一路讀來有些陰暗的作品，終於露出了雖然微弱、但切實存在的幸福光芒。

作者介紹

張筱森，任職傳統產業。喜歡推理、恐怖、科幻作品。偶爾翻譯、偶爾寫文章。

伊坂幸太郎作品集04

家鴨與野鴨的投幣式置物櫃

原著書名　アヒルと鴨のコインロッカー
原出版社　東京創元社
作　　者　伊坂幸太郎
翻　　譯　王華懋
責任編輯　陳盈竹
行銷業務部　徐慧芬、陳紫晴
版權部　吳玲緯
編輯總監　劉麗眞
榮譽社長　詹宏志
發行人　凃玉雲
出　　版　獨步文化
城邦文化事業股份有限公司
104台北市中山區民生東路二段141號5樓
電話：(02) 2500-7696　傳眞：(02) 2500-1967
發　　行　英屬蓋曼群島商家庭傳媒股份有限公司城邦分公司
104台北市中山區民生東路二段141號2樓
讀者服務專線：(02)2500-7718；2500-7719
24小時傳眞服務：(02)2500-1990；2500-1991
服務時間：週一至週五　上午09:00～12:00　下午13:00～17:00
讀者服務信箱E-mail：service@readingclub.com.tw
劃撥帳號：19863813　戶名：書虫股份有限公司
香港發行所　城邦（香港）出版集團有限公司
新址：香港灣仔駱克道193號東超商業中心1樓
電話：(852) 25086231　傳眞：(852) 25789337
E-mail：hkcite@biznetvigator.com
馬新發行所　城邦（馬新）出版集團　Cite(M)Sdn Bhd
41, Jalan Radin Anum, Bandar Baru Sri Petaling,
57000 Kuala Lumpur, Malaysia.
電話：(603) 90578822　傳眞：(603) 90576622
email:cite@cite.com.my

城邦讀書花園
www.cite.com.tw

封面設計　蕭旭芳
排　　版　游淑萍
印　　刷　中原造像股份有限公司

初　　版　2008年9月
二　　版　2023年1月
定價　420元
ISBN 9786267226117（平裝）
ISBN 9786267226100（EPUB）

國家圖書館出版品預行編目資料

家鴨與野鴨的投幣式置物櫃 / 伊坂幸太郎著，王華懋譯.
初版. -- 台北市：獨步文化：家庭傳媒城邦分公司發行，
2023.01
面；　公分. --（伊坂幸太郎作品集：04）

譯自：アヒルと鴨のコインロッカー

ISBN 9786267226117（平裝）
ISBN 9786267226100（EPUB）

861.57　　111018471